À PROPOS DE L'AUTEUR

Jeu de dames est le deuxième roman de Nicolas Druart après *Nuit blanche* qui a remporté le Grand Prix du Suspense psychologique en 2018. Infirmier de 34 ans établi à Toulouse, il excelle à décrire au scalpel les fêlures du corps et de l'esprit : âmes sensibles, s'abstenir !

Du même auteur

Nuit blanche, Grand Prix du Suspense psychologique 2018, Les Nouveaux Auteurs, 2018 ; Pocket, 2019.

L'Enclave, HarperCollins Noir, 2021.

Jeu de dames

NICOLAS DRUART

Jeu de dames

thriller

NOUVEAUX AUTEURS

HarperCollins POCHE

Éditions Nouveaux Auteurs – Éditions Prisma
© PRISMA MÉDIA / 2019

Tous droits réservés, y compris le droit de reproduction de tout ou partie de l'ouvrage, sous quelque forme que ce soit.

Toute représentation ou reproduction, par quelque procédé que ce soit, constituerait une contrefaçon sanctionnée par les articles 425 et suivants du Code pénal.

Cette œuvre est une œuvre de fiction. Les noms propres, les personnages, les lieux, les intrigues, sont soit le fruit de l'imagination de l'auteur, soit utilisés dans le cadre d'une œuvre de fiction. Toute ressemblance avec des personnes réelles, vivantes ou décédées, des entreprises, des événements ou des lieux, serait une pure coïncidence.

HARPERCOLLINS FRANCE
83-85, boulevard Vincent-Auriol, 75646 PARIS CEDEX 13
Tél. : 01 42 16 63 63
www.harpercollins.fr
ISBN 979-1-0339-0856-2

Prélude

La jeune femme court sur le sentier qui borde le périphérique.

Rythme soutenu. Foulées allongées. Déroulé du pied, du talon aux orteils.

Une fine couche de gel nappe peu à peu le chemin de terre, figeant les cailloux sur le sol sec, rendu aussi dur que le revêtement d'une piste d'athlétisme par le froid cinglant. Chaque appui, chaque impulsion fait vibrer tout le corps de la joggeuse et se répercute, résonne, se propage comme une onde dans ses os et ses articulations. Ses baskets peinent à amortir les chocs répétés. Une pellicule blanche, immaculée, tapisse la haie mal entretenue, ainsi que l'herbe clairsemée qui recouvre la parcelle de terrain jusqu'à la bretelle d'autoroute. Le thermomètre a chuté sous la barre du 0 degré.

La jeune femme laisse échapper un nuage de vapeur éphémère à chaque expiration, à travers son cache-nez en laine qui lui mange le visage, sa respiration est contrôlée, régulière. Son rythme cardiaque caracole autour des quatre-vingt-dix battements par minute : une bonne moyenne.

Elle poursuit sa course, indifférente au froid mordant de la fin novembre.

Ses cheveux sont emprisonnés dans un bonnet noir, fin, tendu comme un tipi sur sa tête. Polaire sur le dos, fermeture Éclair remontée jusqu'aux narines, par-dessus le cache-nez, legging molletonné avec la marque de la virgule inscrite sur les fesses : sa tenue de sport la recouvre comme une seconde peau, très suggestive, ne laissant aucune place à l'imagination. Les vêtements sombres épousent parfaitement toutes les courbes de sa silhouette gracieuse.

Après deux grossesses et le cap des trente-cinq ans tout juste franchi, elle reste bien conservée. Du moins c'est ce qu'elle estime quand elle s'ausculte devant la glace de la salle de bains – en toute modestie –, ou qu'elle interprète les regards libidineux des hommes qui la croisent. Surtout dans cette tenue.

Ce soir-là, cependant, le running n'a pas l'effet antidépresseur escompté. Une course loin d'être salvatrice, mais qui, au contraire, la fait cogiter à plein régime. Les tracas de la vie quotidienne se bousculent dans son esprit. Elle rumine. Boulot. Famille. Crèche. Nounou. Boulot. Courses : qu'est-ce qu'on va manger demain ? Congés. Boulot. Me trouve-t-il toujours aussi attirante ? Boulot. Cadeaux de Noël – déjà ! Un mois sans sexe : pourquoi ne m'a-t-il pas touchée depuis des semaines ? Réponse, évidente : boulot. Boulot. Boulot !

Les pensées fusent, monopolisent sa concentration, annihilant les vertus revigorantes, apaisantes, presque euphorisantes de la course à pied : cette purge émotionnelle vitale pour son bien-être. Comme une drogue.

Jambe gauche, jambe droite ; elle continue son

effort dans les ténèbres du sentier, sous l'éclat blême de la lune. Le ciel semble engorgé, prêt à exploser de confettis blancs. Des cristaux de givre, en suspension, flottent dans la nuit sans étoiles.

Météo France a annoncé de la neige sur Toulouse, mais aucun flocon n'est encore tombé sur la ville rose. Une ville rose qui, après des mois de terreur, est passée au rouge. Rouge comme les joues de la joggeuse. Rouge comme son smartphone qui la géolocalise, qui calcule la distance qu'elle a parcourue et, approximativement, enregistre ses paramètres vitaux. Rouge comme les écouteurs de son iPod intemporel qui lui balance la voix mélancolique d'Ed Sheeran dans les oreilles.

Rouge comme les feux arrière de l'utilitaire qui est sorti du périphérique et qui rétrograde avant l'arrivée au carrefour.

Le moteur du bolide rugit. La joggeuse tourne la tête en direction du raffut.

Une seconde d'inattention. Seulement.

Et alors que le chanteur roux entonne le refrain de « Shape of You » dans ses tympans, la jeune femme grimace, interrompt sa course et attrape sa cheville gauche en sautillant.

L'articulation a tourné. C'est ce qu'elle imagine.

Au niveau du carrefour, le feu passe au rouge. L'utilitaire ralentit. La joggeuse surgit à l'orée du bosquet. Elle boitille, ostensiblement. Les muscles de son visage sont crispés. La douleur semble fulgurante. Elle avance à cloche-pied, franchit la barrière rouge et blanc saupoudrée de gel, qui interdit l'accès du sentier aux véhicules à moteur. Elle regagne le bitume.

À l'angle du carrefour, une salle de sport déserte. Les vélos et les tapis roulants s'alignent tels des spectres derrière les grandes fenêtres, comme s'ils récupéraient après une journée entière à supporter le poids des assoiffés de fitness et autres adeptes du culte du *corps parfait*. L'endroit est sinistre. Silencieux. Sur la gauche, la bretelle – sortie 16 –, le feu tricolore, les passages piétons qui précèdent le pont du périphérique.

L'utilitaire s'immobilise. Au point mort.

La jeune femme hésite. Puise dans son courage. Elle *doit* demander de l'aide. Toujours en boitant, elle extrait les écouteurs de ses oreilles et se dirige vers le véhicule à l'arrêt. Vitres teintées à l'arrière. Forme humanoïde à l'avant, derrière le volant, encapuchonnée dans un sweat noir.

Les lumières des réverbères projettent un halo exsangue, étouffé par l'épaisseur de la nuit. Aucun son, pas même une bourrasque ni le bruit d'une accélération sur l'autoroute qui passe en hauteur sur le pont.

La joggeuse avale sa salive avec difficulté. Des pétales de gel dansent autour d'elle et se déposent sur ses vêtements. La peur se distille dans son organisme comme un poison. Sueurs froides. Bouche sèche. Membres glacés. Depuis qu'elle ne court plus, le froid la paralyse. Un point de côté pulse dans son flanc droit. Elle se masse toujours la cheville, haletante. Tous les muscles de son faciès sont contractés en une expression de souffrance intense.

Derrière la vitre, la forme tourne la tête dans sa direction. Son visage est plongé dans l'ombre. Méconnaissable. Angoissant. La joggeuse titube encore vers le passage piéton. À cloche-pied. La camionnette est à quelques mètres. Le feu passe au vert, celui des piétons est au rouge, mais l'utilitaire, lui, ne bouge pas.

La vitre du côté passager descend dans un bruit électrique.

Au loin, un scooter pétarade ; des véhicules tombent les rapports à l'approche du carrefour.

La vitre est grande ouverte. La jeune femme découvre les traits du conducteur.

Le temps s'arrête. Un troisième œil la dévisage.

L'index s'enroule autour de la détente comme un serpent et appuie d'un coup sec.

Le Glock 17 crache son venin Parabellum 9 mm au visage frigorifié de la joggeuse. La douille s'éjecte contre le plafond de l'utilitaire, ricoche, retombe sur le siège passager. Un trou éclôt sur le front de la jeune femme ; la balle se fraye un chemin jusqu'au fond de la boîte crânienne, broyant, déchiquetant, pulvérisant tout sur son passage en une bouillie d'os, de sang et de matière cérébrale.

La joggeuse s'écroule sur le trottoir verglacé. Raide morte.

Le carrefour, qui semblait figé dans le temps et dans l'espace, s'anime brusquement.

Un enfant hurle. Un scooter pile sous le pont du périphérique. Un SUV écrase la pédale d'accélérateur. Un véhicule apparaît sur la bretelle d'autoroute à vive allure.

La vitre se referme dans le même bruit électrique. Le froid s'est immiscé dans l'habitacle, le chauffage tourne à fond, désembuant le large pare-brise de l'utilitaire. L'odeur de poudre se conjugue à celle du désodorisant jonquille qui vacille sur sa cordelette, enroulée autour du rétroviseur intérieur. Le son de la radio est baissé au minimum, seul un murmure s'échappe des baffles de la camionnette. Le Glock rejoint sa cachette dans la poche centrale du sweat ample.

Levier de vitesse. Embrayage. Accélération.

L'utilitaire mugit, dérape sur la fine couche de gel sur quelques mètres et traverse le carrefour. Il croise le SUV, le scooter, et distance le véhicule qui approchait dans le rétroviseur.

Du fond de sa capuche noire, la silhouette tourne la tête de façon effrénée et saccadée, étudiant chacun de ses rétroviseurs. Ses doigts tambourinent contre le volant alors qu'il enclenche la seconde – le moteur rugit à nouveau –, et s'engage sur la bretelle pour regagner le périphérique.

La camionnette file vers le sud de Toulouse sur l'A61. Direction Saint-Orens. Montpellier. Puis Barcelone. Elle roule en surrégime, ignorant les limitations de vitesse. Quatre-vingt-dix, cent dix, cent trente kilomètres heure.

Elle s'évapore dans le réseau autoroutier.

1

Jeudi 30 novembre, 23 h 30

Ludovic n'a pas spécialement hâte de rentrer chez lui.
Il sait ce qui l'attend, et la perspective d'une nouvelle altercation ne l'encourage pas vraiment à regagner sa maison. Il visualise déjà la scène : sa femme, prostrée sur le canapé d'angle, un plaid sur les jambes, devant une série américaine à la con, un verre de Tariquet dans la main et l'esprit embrouillé par les saloperies chimiques qu'elle gobe du matin au soir. Sous l'emprise d'un cocktail alcool-anxiolytique, voilà comment il imagine sa charmante épouse, patientant dans leur pavillon de Balma, à la périphérie de Toulouse.

Non, pas de quoi être pressé de retourner chez lui. Vraiment pas.

Les jumelles doivent être au lit, normalement, depuis longtemps – si *l'autre* y a pensé –, et Ludovic n'aura même pas le plaisir de les border ni de leur fredonner la berceuse du soir. Il devra juste endurer les accusations et le sermon de sa femme désinhibée qui, grâce aux psychotropes, osera dire tout haut ce qu'elle a sur le cœur, comme chaque fois qu'il rentre aussi tard.

Les mêmes sujets reviendront sur le tapis, inévitablement : pourquoi rentres-tu à cette heure-ci ? Ton boulot accapare tout ton temps ! Occupe-toi un peu de tes filles, c'est toi qui les as voulues ! Qu'est-ce qui s'est passé, Ludo ? Que nous est-il arrivé ?

Mais Ludo le sait très bien, lui, ce qu'il s'est passé. Il vit avec une bonne femme incapable de faire quoi que ce soit avec ses dix doigts, de respecter quelques règles simples et qui, par-dessus le marché, ne cesse de lui faire la morale alors qu'il se démène corps et âme pour offrir un certain confort de vie à sa famille. Tout ce qu'il demande, c'est qu'on lui lâche un peu la bride. Mais ça, *l'autre* n'arrive pas à le comprendre !

Ludovic referme son ordinateur portable, le loge dans sa sacoche à bandoulière. Quand faut y aller, faut y aller ! La fatigue commence à poindre et il sent qu'il n'est plus efficace. Le boulot attendra demain. Il remet un peu d'ordre sur son bureau – une plaque de verre immense –, ajuste les piles de dossiers client pour que les colonnes de documents soient parfaitement droites. Que rien ne dépasse. Les stylos s'alignent par ordre décroissant, devant le sous-main en cuir ; chaque chose est ordonnée, scrupuleusement rangée à sa place selon une symétrie rassurante.

Il se lève de son fauteuil baquet dernier cri, avec tout un tas d'options, de l'inclinaison des accoudoirs au réglage du renfort lombaire, puis jette un œil par la fenêtre. Toujours pas de neige.

Sur le trottoir, en contrebas, des grappes de jeunes s'agglutinent devant la bouche du métro, emmitouflées dans des vêtements chauds, claquant des dents et s'empressant de terminer leur cigarette.

Ludovic attrape son écharpe grise en cachemire,

son caban noir Ralph Lauren et sort de son bureau après avoir vérifié qu'il n'a rien oublié et, encore une fois, que rien ne traîne.

Pour sa défense, ce soir, il est *vraiment* à son travail. À trente-neuf ans, Ludovic est analyste financier et dirige son propre cabinet. Il révise, étudie les comptes, et porte conseil et assistance aux sociétés cotées en Bourse qui figurent sur son carnet d'adresses. Fin limier, il enquête, épluche l'évolution des cours pour garantir les meilleurs placements possible à ses clients. Traduction : pour qu'ils amassent un maximum de pognon. Il a créé son entreprise avec un ami de longue date, Tristan, un ancien expert-comptable spécialisé dans les audits. Le nombre de leurs contacts ne cesse d'augmenter, si bien qu'ils ont dû recruter une secrétaire pour pouvoir sortir la tête de l'eau.

Originaire de Gironde, Ludovic a fait ses études en région parisienne. Il a travaillé dix ans chez Allianz avant de tout quitter – encore à la demande de *l'autre* –, pour venir s'installer dans le sud de la France et monter sa société libérale. Quatre ans après son départ de la capitale, il est parfois nostalgique de la vie parisienne. De ces soirées sulfureuses, de l'effervescence de la Défense – ce bouillonnement de costumes et de tailleurs, attaché-case à bout de bras –, de ce climat d'agitation permanent, de l'esprit de compétition, de cette course omniprésente à la réussite, mais, en particulier, de son appartement de quatre-vingts mètres carrés avec une vue imprenable sur la *skyline* du quartier des affaires. Dans l'ensemble, il ne regrette pas son choix. Certes le cadre est idyllique pour les gosses, les parents de *l'autre* sont à dix minutes en bagnole, les siens sont à deux heures de route et la vie provinciale a le mérite d'être reposante, mais, surtout, Ludovic a bâti une véritable pompe à fric. Sept mille, huit mille, jusqu'à neuf mille euros nets par mois. Bim ! Il se fait des couilles en or.

Alors oui, après une dure journée de labeur, il s'octroie le droit de décompresser, de boire un cocktail au *Télégramme*, de flirter, de sortir s'amuser...

Ludovic attrape ses clés de voiture, son iPhone 8 et part de son cabinet. Sa société est hébergée au troisième étage d'une tour de verre, à l'angle des allées Jean-Jaurès et du boulevard Lazare-Carnot, au-dessus du siège d'Air France. Un local qu'il a d'abord loué pendant deux ans, puis qu'il a décidé d'acheter avec Tristan grâce aux rentrées d'argent régulières. Aujourd'hui ils sont propriétaires, tout l'étage leur appartient. Leur business est très lucratif.

La nuit glaciale le happe à la seconde où les portes automatiques s'ouvrent. Le froid s'engouffre, Ludovic a l'impression de recevoir une gifle. Les trottoirs scintillent comme une patinoire. Le gel recouvre tout. Des groupes de jeunes, les mains dans les poches, se dépêchent de vaquer à leurs activités nocturnes, le menton enfoui dans leur manteau. Des voix s'élèvent, quelque part, au loin, puis un cri retentit. Ça vocifère, ça gueule. Un bruit de verre. Bref, Toulouse *by night*.

Ludovic tire sur les pans de son caban hors de prix, presse l'allure et se dirige vers le parking souterrain Jean-Jaurès, quasiment vide à cette heure-ci. Ses pas résonnent au milieu des blocs de béton. L'endroit est lugubre, anxiogène. Il grimpe dans son Touareg Volkswagen.

Un SUV noir flambant neuf.

Ludovic émerge dans les allées Jean-Jaurès. Tourne vers la médiathèque. Prend le boulevard de la Gare. Puis l'avenue de la Gloire. Direction Balma.

Direction la sortie 16.

Le SUV s'arrête au feu rouge du carrefour. Ludovic est en pleine introspection. Il pense à l'état dans lequel il retrouvera sa femme, aux futures remontrances, aux clients du lendemain, à cette femme de ménage, immigrée du trou du cul de l'Afrique, et au vacarme qu'elle a foutu en nettoyant la moquette du cabinet. C'est à cause d'elle qu'il n'a pas pu boucler son dossier, fulmine-t-il, le regard perdu dans l'obscurité du pont qui soutient le périphérique. Il fait abstraction de ce qui se déroule à une dizaine de mètres.

Soudain, une détonation. Une jeune femme s'écroule. Un enfant hurle. Un scooter pile. Un utilitaire lui coupe la route. Un autre véhicule atteint le carrefour.

Ludovic accélère. D'instinct. Sans réfléchir. Pied au plancher.

Il prend la fuite. Sans un regard en arrière.

2

Jeudi 30 novembre, 23 h 40

Ousmane attend.

Il est coincé dans la file d'attente du *drive* du *Burger King*, piégé dans le virage ceinturé de haies. Les sarcasmes pleuvent dans sa tête sur la notion de « fast-food » : pourquoi est-ce toujours aussi long, bordel ? Il bougonne sous son écharpe du Real Madrid, impuissant, contraint de prendre son mal en patience. Son estomac hurle famine, il sent qu'il pourrait manger un bœuf en entier.

Devant lui, les véhicules avancent au compte-gouttes, en file indienne. Il fait un froid polaire, la nuit semble prête à ensevelir Toulouse sous la neige et Ousmane, soucieux, n'a pas envie que les flocons entament leur descente avant de rentrer chez lui. Les routes sont déjà suffisamment glissantes comme ça.

À ce moment-là, il en veut à la Terre entière.

Il repense à sa dernière course, au dernier client de la soirée – évidemment le plus chiant. Il revoit ce type, le *relou* de service, qui a daigné lui répondre au bout du troisième appel, alors qu'Ousmane s'ébrouait devant l'Interphone en grelottant depuis dix minutes dans la nuit glaciale. Le gars ne décrochait même pas son téléphone, aussi Ousmane hésita à contacter le central pour faire demi-tour avant que l'autre ne se décide enfin à ouvrir la porte de la résidence. Résultat : dix minutes de perdues et peut-être une pneumonie contractée dans le froid toulousain. Depuis, il a l'impression que sa poitrine le brûle, qu'il frissonne, qu'il tousse davantage, mais il sait aussi qu'il a tendance à exagérer les symptômes. Il n'est pas hypocondriaque, mais presque.

Ousmane est livreur de sushis depuis deux ans dans une grosse chaîne de restaurants. Celui où il opère est implanté dans le quartier François-Verdier, près du centre-ville. Tous les soirs – et certains midis, pour dépanner ses collègues –, il vadrouille sur son scooter à travers l'est de Toulouse, livrant les adeptes de gastronomie japonaise en sushis, makis, yakitoris, gyozas, et autres spécialités nippones. Son deux-roues se faufile partout dans la circulation, zigzagant, s'insinuant ; il file dans les rues tel un Bip Bip urbain motorisé avec, en guise de Coyote, la faim insatiable des clients intransigeants. Sens interdits. Pistes cyclables. Trottoirs. Pour Ousmane, le Code de la route est une rumeur, une légende dont quelqu'un, un jour, il y a longtemps, lui a vaguement parlé.

Cet emploi lui correspond parfaitement car, depuis tout petit, il connaît la ville comme sa poche. Ousmane est né à un kilomètre de là où il vit ; il a grandi à cinq cents mètres de là où il vit ; traîne toujours là où il vit. À vingt-neuf ans, excepté lors d'une virée espagnole à Lloret de Mar, il n'a jamais quitté Toulouse.

Le *Burger King* éructe une voiture, en avale une autre. Ousmane avance, il a gagné deux mètres. La tête penchée sur le côté, il continue à énumérer la liste de ses contrariétés.

Ce soir, plus que d'habitude, il en veut à ses deux colocataires : Arda et Nazim, deux frères turcs dont la mère, veuve, a immigré d'Istanbul dans les années 1990. Arda a vingt-neuf ans – comme Ousmane –, et est brancardier au CHU de Rangueil depuis trois ans, renouvelant les CDD sans toucher sa prime de précarité. Ils sont les meilleurs amis du monde depuis l'école élémentaire ; depuis qu'Arda est arrivé en France à l'âge de six ans ; depuis ce jour où ils ont échangé leurs premières passes sur le terrain de foot improvisé de la cour de récréation. Nazim, le petit frère de vingt ans, qui lui est né en France, est le pur stéréotype du branleur, incapable de dévisser son cul du canapé – ou des chaises en plastique qui longent l'avenue de la Gloire ; une manette de PS4 greffée dans la main, avec un joint au bec du matin au soir en guise d'immunosuppresseur ; les yeux rivés sur FIFA 2018 ou des *clients* potentiels, tel un parasite insidieux multirésistant qui aurait colonisé le salon d'Ousmane et Arda. Jusqu'à présent, ils n'ont jamais trouvé le moyen de s'en débarrasser.

Ousmane est révolté. Arda était de repos aujourd'hui, le cancrelat qui lui sert de frère a dû, au pire, voyager du côté droit au côté gauche du canapé – sans passer par la case salle de bains –, et pourtant c'est à lui qu'incombe la lourde responsabilité de rapporter le dîner. Et chaud, de préférence.

« C'est sur ton chemin », a argué Arda, alors qu'Ousmane troquait sa pétrolette du boulot contre son scooter Peugeot Satelis, cent vingt-cinq centimètres cubes, acquis en parfait état en bas de son immeuble. Que dalle, oui ! Deux sorties de périf, un détour de dix minutes, tout ça parce que *Messieurs* saturent du McDo. Certes les sandwichs du *Burger King* sont d'un autre standing culinaire, mais ses colocs pourraient faire preuve d'un minimum d'empathie pour la soirée éprouvante qu'il vient de se farcir. Même pas ! Ousmane l'a en travers de la gorge de devoir faire – encore ! – le livreur sur son temps personnel pour satisfaire les deux boulets qui cohabitent dans son appartement, rue du Général-Baurot, derrière la pharmacie.

Quelle ingratitude, fulmine-t-il en assénant un regard furibond à l'employé en tablier, cloisonné derrière la vitre, qui lui tend le terminal bancaire pour le paiement « sans contact ».

Ousmane avance jusqu'au guichet suivant. Il se demande aussi ce que font tous ces gens, un jeudi soir, qui n'ont rien trouvé de mieux à faire que de bouffer des burgers un peu avant minuit. Il aimerait savoir combien viennent de débaucher, comme lui, et estime être prioritaire parce que lui, ce soir, dans le froid de la fin novembre, sur son scooter, il en a pâti plus que tous ces abrutis en berline ou en SUV qui vont rester de ce côté du périphérique et rejoindre leur pavillon de banlieue.

Une voiture disparaît à l'angle du fast-food. La file de véhicules progresse, les uns après les autres, comme des dominos, rappelant un jeu de serpent virtuel sur un vieux Nokia.

Ousmane frotte ses mains gantées l'une contre l'autre. Tape contre ses cuisses. Tente de se réchauffer.

Bonnet sur la tête, écharpe remontée jusqu'au nez ; la capuche en fourrure de sa parka est rabattue sur son casque à la visière opaque. La vapeur qu'il expire se mêle aux fumées des pots d'échappement.

Son tour est arrivé. Enfin. Derrière la vitre, un jeune boutonneux hyperactif s'escrime à finaliser sa commande. Concentré, il vérifie les menus sur son écran comme si sa vie en dépendait.

— Tenez, bon appétit !

Ousmane grommelle un vague merci, réprime l'envie de demander à l'employé trop souriant pourquoi il leur a fallu aussi longtemps, puis cale le sac débordant de boîtes en carton entre ses jambes. Inspection sommaire du contenu : le nombre de boîtes a l'air correct. À table ! Il tourne la poignée de l'accélérateur, suit le lacet étroit et sinueux pour quitter l'établissement. Le sac stabilisé entre ses mollets lui offre un soupçon de chaleur supplémentaire très appréciable.

Il rejoint l'autoroute. Dépasse la sortie 17. Déboîte sans clignotant. Prend la sortie 16.

Le scooter descend la pente douce jusqu'au pont du périphérique. Pas un chat. Pas un bruit. Seulement les nuisances sonores du cent vingt-cinq centimètres cubes. Ousmane grille le feu, passe sous le pont et freine à l'approche du carrefour.

Soudain, une détonation. Un enfant hurle. Un corps heurte le béton.

Ousmane pile.

Une ombre mouvante se déploie sur sa droite, près des piliers du pont. Furtive, elle semble glisser dans les ténèbres. Inaccessible. Presque irréelle. *Inhumaine*.

Un utilitaire traverse le carrefour. Un SUV démarre en trombe. Un autre véhicule atteint l'intersection.

Ousmane panique. Il accélère, fait demi-tour en imprimant la gomme de ses pneumatiques sur l'asphalte, dérape, redresse, repart en sens inverse.

Il n'ose pas tourner la tête.

3

Jeudi 30 novembre, 23 h 50

Claire est lessivée.
Ses paupières sont lourdes, de vilains cernes maquillent la peau fine au-dessus de ses pommettes saillantes. Elle cligne des yeux, mais s'efforce de rester focalisée sur la route.

Les lumières du périphérique sont aveuglantes. Les lignes blanches de démarcation de la bande d'arrêt d'urgence ondulent, tremblent, n'étalonnent plus les distances de sécurité, mais forment à présent un trait continu, infini.

Claire cramponne ses mains sur le volant, secoue la tête pour ne pas s'endormir. Rester attentive. Le véhicule collectionne les embardées depuis qu'elle roule sur l'autoroute, elle mord la ligne médiane trop souvent et dangereusement. Pour une professionnelle, ce n'est pas sérieux ! Le chauffage ronronne comme une berceuse, douce, agréable, lénifiante, une invitation à lâcher prise et à sombrer dans le sommeil.

Elle tapote ses joues rougies, entrouvre la vitre pour s'extraire de la chaleur soporifique qui règne dans l'habitacle. Sortir de sa zone de confort. L'air frais pénètre aussitôt, court-circuitant le calme et la température bienveillante qui cajole Claire et l'enrobe comme un duvet moelleux. Monter le son. Se réveiller. Complètement. Claire navigue sur la playlist de son smartphone et, grâce au Bluetooth, « Down with the Sickness », de Disturbed, rugit dans les enceintes.

Après une journée entière à transiter dans le bassin toulousain, Claire ramène son ambulance. Elle ne compte plus ses heures, son planning est éreintant, comme tout professionnel débutant travaillant à son compte. Elle a fait la navette entre les centres de dialyse – pour les patients souffrant d'insuffisance rénale terminale – et leur domicile. Les séances commencent tôt le matin et, dans certains cas, terminent tard le soir. Le corps humain, lui, se moque des trois-huit ; la maladie n'attend pas ; la mort ne prend pas de RTT. Durant trois heures, les malades restent branchés à une machine qui purge leur organisme de tous les déchets toxiques s'accumulant dans leur sang. Un traitement de substitution en attendant, pour les plus chanceux, une greffe salutaire. Un nouveau départ dans la vie.

Pendant ce temps, Claire effectue d'autres transports, mais, la plupart du temps, elle examine, imbibée de caféine, la disposition de chaque cafétéria, chaque *Relais H*, chaque buvette des établissements prodiguant les soins de ses patients. Une ambulancière doit s'évertuer à faire preuve de patience.

Bien qu'elle se qualifie plutôt du soir, elle reconnaît que, ces dernières semaines, elle a enchaîné les heures et elle le ressent physiquement. Elle emmagasine la fatigue, comme son air las peut en témoigner dans le rétroviseur. La conduite, les insultes au volant, les ralentissements, les travaux, la nuit qui tombe à dix-sept heures trente, les gens – surtout les gens ! ; ces derniers temps, tout l'épuise.

Depuis la rentrée de septembre, pour on ne sait quelle raison, la circulation à Toulouse est épouvantable. Les bouchons démarrent plus tôt, finissent plus tard, sans se cantonner aux points noirs habituels, mais infectant une grande partie du trafic, et ce à des horaires inédits. De plus en plus de cadres dans la ville rose, supposent les médias qui tentent de trouver une explication à ce fléau endémique, aux conséquences environnementales. La municipalité veut même instaurer une vignette lors des pics de pollution, comme c'est déjà le cas à Paris. En attendant, la seule idée que les élus ont dégotée pour pallier le smog toulousain est de réduire la vitesse du périphérique de vingt kilomètres heure.

Claire bâille. Ses oreilles se débouchent. Elle se traîne comme une conne à soixante-dix kilomètres heure sur un périf désert, et en déduit que c'est son allure d'escargot qui la rend somnolente. Ou peut-être est-ce à cause de la fatigue accumulée ? Du stress ? De son cachet pour la glande thyroïde qui lui flingue sa matrice ? Elle s'interroge.

Il y a dix ans, on lui a diagnostiqué une hypothyroïdie. Une maladie plus fréquente chez les jeunes femmes, qui implique un traitement à vie à base d'hormones pour suppléer le déficit de son métabolisme.

Durant l'été, le laboratoire qui confectionnait la molécule a eu la brillante idée de modifier un des excipients de la formule, engendrant un gigantesque scandale sanitaire à l'échelle nationale. Comme la plupart des patients dépendants à ce traitement, Claire a présenté des effets secondaires imputés, vraisemblablement – sauf pour le Gouvernement –, au nouveau médicament. Crampes. Irritabilité. Prise de poids – que seule Claire a remarquée, compte tenu de sa taille de guêpe. Mais, surtout, une grande fatigue. Elle aimerait s'approvisionner en Espagne, comme beaucoup de malades, mais le temps lui manque. Le petit cachet insignifiant qu'elle avale tous les matins a chamboulé son état général. Ajoutez à cela des journées entières passées sur les routes, les tracas de la vie quotidienne, et vous obtenez une Claire sur les rotules à un mois des vacances de Noël.

À trente-deux ans, elle a déjà le dos en compote. Les heures de conduite, le stress, les transferts des patients corpulents lui ont bousillé les lombaires, si bien qu'elle est obligée de porter une ceinture abdominale pour renforcer sa posture et sa musculature. Rien d'opérable, ont dit les rhumatologues. En clair, débrouillez-vous. Le yoga l'aide à s'assouplir, à gainer, à vider son esprit, mais, manque de bol, le mal est déjà fait. Elle souffre en silence, sans jamais se plaindre. Parfois en grinçant des dents. Quelques séances de kiné épisodiques, lors des crises, un ostéopathe mercenaire qui la soulage de ses tensions – et surtout de soixante euros non remboursés par la Sécu ! –, sont les seuls traitements qui lui permettent de continuer à assurer son boulot. Elle a coupé les ponts avec les charlatans-chiropracteurs et autres acupuncteurs. Désormais elle gère la douleur à sa façon, sans avoir recours aux antalgiques. Elle a appris à apprivoiser son mal, à le dompter.

Les riffs de guitare électrique du groupe de metal emplissent l'ambulance. Les « Ooh-wah-ah-ah-ah » du chanteur David Draiman sont enivrants, galvanisants, presque contagieux dans sa folie. Claire s'imprègne du rythme effréné en bougeant la tête, battant la mesure sur le volant. Un frisson la parcourt. Trop froid. Elle referme la vitre.

Claire est une irréductible célibataire – pas besoin d'un mec pour se compliquer la vie ; personne ne l'attend dans sa maison, rue Marie, dans l'Est toulousain. Chaleureux, cosy, légué par ses parents devant le notaire après leur mort, ce nid douillet est le dernier vestige de l'héritage familial. La seule famille qu'il reste à Claire est sa grand-mère paternelle, qui vit à l'extérieur de Toulouse, et qu'elle essaye de voir au moins une fois par semaine. Mais avec ses activités, c'est parfois compliqué.

Les lampadaires du périphérique sont hypnotiques et défilent avec lenteur. D'un ennui mortel, monotone. Le ciel est gorgé de neige, oppressant, prêt à tomber sur la tête des Toulousains. La nuit est compacte, impénétrable. Mystérieuse.

Un panneau se profile dans la lueur des phares : sortie 16.

Claire s'engage dans la bretelle. Descend la pente vers le carrefour.

Une jeune femme est étendue sur le trottoir. Un enfant hurle. Une ombre d'une forme incroyable, *inhumaine*, se volatilise derrière les piliers du périphérique. Des véhicules prennent la poudre d'escampette, fuient dans toutes les directions.

Claire arrive à discerner les traits des protagonistes, leurs visages, à travers les vitres et les pare-brises, sauf le pilote du scooter, camouflé par son casque, qui s'engouffre sous le pont.

Échanges de regards. Directs, indirects – par rétroviseurs interposés.

Claire hésite. Une fraction de seconde. Puis guidée par un instinct de survie ancestral, bestial, reptilien, elle accélère elle aussi.

Sans se retourner, elle déguerpit de la scène de crime.

4

Vendredi 1er décembre, 8 h 30

« Les infos, Virgin Radio. À Toulouse, 102.4. Mesdames, messieurs, bonjour. Le parquet de Toulouse a saisi un nouveau juge dans l'affaire du fantôme de Toulouse. Le procureur de la République défendra et expliquera son choix ce matin lors d'une conférence de presse prévue à onze heures. Les enquêteurs poursuivent toujours leurs investigations. Toutes les pistes sont exploitées. Nous vous rappelons que le portrait-robot de l'homme recherché est affiché partout dans la ville et qu'un numéro vert est mis à disposition pour toutes informations, tous renseignements susceptibles d'aider les enquêteurs. La police insiste sur le fait que si vous voyez cet homme, vous devez immédiatement prévenir les autorités. Vous ne devez en aucun cas agir seul. Nous rappelons également la mise en place du couvre-feu fixé à vingt et une heures, instauré depuis le mois dernier. Évitez, dans la mesure du possible, de vous déplacer seul après cet horaire. Le tueur en série que l'on surnomme *Baba-Yaga* a déjà fait quatorze victimes et est extrêmement dangereux. À Ramonville, de nouveaux incendies ont ravagé le quartier de… »

Ludovic éteint la radio. Le miroir de la salle de bains est embué, ses chaussettes mouillées clapotent sur le tapis humide.

Les gels douche, les shampoings et autres lotions pour le corps gisent autour de la baignoire. Des serviettes éparses, roulées en boudin sur le carrelage, endiguent la crue du dernier bain. Il y a de l'eau partout. Les parfums sont renversés. Seul le flacon Sauvage, de Dior, résiste au bord de l'étagère en verre, mais menace de s'exploser contre la faïence du lavabo.

La salle de bains s'apparente à une zone ravagée après une série de catastrophes naturelles ; une inondation additionnée d'un séisme : un double tsunami nommé Emma et Lola – sept ans chacune –, aussi discrètes que deux éléphants sous cocaïne dans un magasin de porcelaine.

Ludovic essuie le miroir recouvert de buée d'un revers de main. Son reflet apparaît. Corps sec, mais musclé : un mètre quatre-vingts de nerfs compressés. Visage long, fin, joues creusées ; nez aquilin, bosselé ; cheveux poivre et sel ; yeux sombres, perçants ; regard inquisiteur, genre : « Ne me faites pas chier. »

De loin, on pourrait lui donner des faux airs de Vincent Cassel. Surtout de profil.

Un tatouage cannibalise tout son bras gauche, de l'épaule au poignet : une fresque calligraphique, surchargée de motifs tribaux avec, à l'intérieur, les prénoms de ses jumelles.

Comme beaucoup d'hommes, l'approche de la quarantaine l'a embelli, il tutoie l'apogée de son potentiel de séduction. Il attise les passions, stimule les libidos. *What else ?* Son corps est entretenu avec diverses crèmes antirides, antioxydantes, par des épilations régulières et des soins en institut. Un homme 2.0, qui vit avec son temps.

Ludovic attrape le rasoir électrique et l'approche de son visage. Avant de s'atteler à son rituel quotidien, son regard embrasse le gigantesque bazar autour de lui. Cette scène-là, il la vit tous les jours. La salle d'eau est toujours en chantier après le passage des jumelles.

En temps normal, il rêve du jour où les travaux de la salle de bains adjacente à sa chambre seront terminés, au plaisir de fouler un carrelage sec sans qu'il soit obligé de prévoir deux paires de chaussettes tous les matins.

Mais aujourd'hui, l'inondation de la baignoire ne l'intéresse pas. Tout cela l'indiffère. Il a le regard vitreux, perdu dans la brume de condensation. L'esprit ailleurs. Car ce matin, la seule chose qui le préoccupe, c'est la scène dont il a été témoin la veille au soir.

La détonation. La joggeuse qui s'écroule.

Un meurtre de sang-froid.

Ludovic a été témoin d'une exécution. Il en est certain.

Il n'en a pas dormi de la nuit. Il a ressassé le film des milliers de fois dans sa tête. Les véhicules, les silhouettes, les visages plongés dans l'ombre, les regards échangés – surtout un –, la chronologie des événements, autant de résurgences qui ont parasité son sommeil et qui le hantent encore ce matin. Il s'est isolé et enfermé dans son bureau dès qu'il est rentré la veille, ignorant – pour une fois – les critiques de sa femme, et il faisait toujours semblant de dormir quand elle s'est levée et a préparé les jumelles pour les emmener à l'école. Il ne souhaite voir personne, parler à personne, quitte à faire l'impasse sur le bisou du matin à Emma et Lola.

La télévision du séjour diffuse un clip de RnB insupportable. La maison est spacieuse, lumineuse. Un haut plafond, mansardé, agrémenté d'un réseau de poutres apparentes, descend en pente douce vers la terrasse. Une mezzanine surplombe le salon.

Des bibelots chics, des vases aux formes bizarroïdes, des contrefaçons de Modigliani et un flipper décorent la grande pièce épurée. Organisées en mosaïques, des photos de famille – où la vie est belle au pays des *Bisounours* – donnent l'illusion du foyer modèle. Des jouets et des poupées jonchent le tapis qui orne le parquet. Un chargeur de tablette tactile traîne sur le canapé d'angle.

Ludovic ne remarque rien de ce qui a le don de le mettre dans une colère noire, et lance le programme de la machine à expresso. Une cafetière avec réservoir pour les grains à moudre, remplie d'un café colombien hors de prix. Rien à foutre du commerce équitable !

Encore vaseux, il s'adosse au comptoir de la cuisine américaine qui s'ouvre sur le séjour. Il éteint la télévision et attrape son iPhone.

Le café crépite dans la machine, ses fragrances délicieuses embaument le pavillon de banlieue. Les premières lueurs du jour sont filtrées par la baie vitrée du salon, dévoilant le jardin, la piscine bâchée, la balançoire et la cabane en bois des jumelles, que Ludovic leur a construite quand elles avaient cinq ans : le château des princesses. Une fine pellicule de givre recouvre tout. Mais toujours pas de neige.

Il attrape son mug de café, hisse ses fesses sur le tabouret du comptoir et navigue sur son smartphone. Ce matin, il ne consulte pas les réseaux sociaux, Boursorama, *La Tribune*, *L'Équipe* ou *Le Figaro*. Non, ce matin, il lance le navigateur Internet et ouvre le site de *La Dépêche du Midi*, le quotidien de la région Occitanie.

Les articles défilent sous ses yeux. Les trois premiers sujets traitent du tueur en série, surnommé *Baba-Yaga*, dont les Toulousains ne connaissent que trop bien le visage, à force de le voir placardé sur tous les abribus et diffusé dans les médias à longueur de journée. L'actualité est morose, les faits divers et la criminalité n'ont rien à envier à la cité phocéenne ou à la grande couronne.

Ludovic fronce les sourcils. Rien sur le meurtre de la joggeuse. Déjà à la radio, la journaliste n'a pas abordé le sujet, et il se demande quelle peut en être la raison. Difficile d'imaginer qu'elle n'ait pas été retrouvée. Un cadavre au bord d'une sortie de périphérique ne passe pas inaperçu. La police n'a-t-elle pas communiqué l'information aux médias ? Ludovic s'interroge. De quoi a-t-il été témoin, exactement, hier soir ? Et pourquoi un tel silence sur ce meurtre ?

Le calme de la maison l'oppresse. Il a besoin de se changer les idées. De travailler. Il termine son café, aspire une bouffée aromatisée sur sa vapoteuse aussi lourde qu'une arme de poing et, sac à bandoulière sur l'épaule, il sort de chez lui.

Le SUV est garé à cheval entre la pelouse et l'allée de gravier qui dessine un lacet jusqu'au portail. Un pot de fleurs émietté gît devant les phares. Les traces de pneus ont gravé leur empreinte gaufrée sur l'herbe blanche. Ludovic s'est tellement précipité pour rentrer chez lui, hier soir, qu'il n'a même pas mis la voiture dans le garage. Il s'est garé le plus vite possible, terrorisé à l'idée de rester une seconde de plus dans le Touareg.

Le pare-brise est gelé. Ludovic démarre le moteur, enclenche le désembuage et sort gratter la couche de givre en soufflant sur ses doigts pour les réchauffer.

La télécommande émet un bip, la porte du portail s'ouvre en silence. Ludovic actionne la marche arrière quand les trois notes d'un message carillonnent dans les baffles de la Volkswagen. Un SMS.

Machinalement, conditionné par l'air du temps de cette génération connectée, il baisse les yeux vers le smartphone fixé sur son support, comme tous ces gens qui préfèrent mourir au volant plutôt que de rater une notification Facebook.

Numéro masqué.

Une ride scinde le front of Ludovic en deux. Il ignorait que l'on pouvait envoyer des SMS masqués. D'un mouvement du pouce, il ouvre la messagerie. Son pied gauche dérape, l'embrayage se relâche, les graviers crissent sous les pneus du SUV. Il cale.

Le cœur de Ludovic s'emballe. Brusquement, il a chaud, froid, puis à nouveau chaud. Il a l'impression de manquer d'air, d'étouffer. L'habitacle s'étiole, les portières se rapprochent, les lumières du tableau de bord deviennent d'une violence éblouissante.

Ludovic est en apnée. Sa vision se trouble.

Il ouvre la portière le plus vite possible, tend le cou vers la fraîcheur matinale. Inspire à pleins poumons. De l'air pur ! Vivifiant. Revigorant. Il tente de se contrôler. Porte la main à sa poitrine en essayant de calmer sa respiration.

Il saisit son téléphone, relit le SMS.

Je sais ce que vous avez vu.

5

Vendredi 1ᵉʳ décembre, 8 h 58

Ousmane titube dans le couloir.

Bouche pâteuse. Mal à la tête. Ses paupières sont engluées à cause du manque de sommeil, difficiles à décoller. Une main frictionne ses cheveux crépus, l'autre est glissée sous l'élastique de son caleçon, malaxant tout ce qui s'y trouve. Il avance comme un zombie, léthargique, torse nu, pieds nus, jusqu'aux toilettes.

L'appartement empeste le tabac froid, les relents de fast-food et le renfermé. Ça sent la meute de mâles dans toutes les pièces, le manque d'hygiène au masculin qui n'a pas été aéré depuis des mois, voire des années. Des troupeaux de moutons de poussière épars broutent le lino élimé, le papier peint se décolle des murs, des taches jaunâtres maculent la lunette des toilettes.

Ousmane entre dans la salle de bains. Pour une fois, ce matin, il ne se soucie pas de la saleté ni du roulement qu'il a vainement instauré pour le ménage. D'autres pensées le préoccupent. Il croise son reflet dans la glace qui surplombe les W.-C. Yeux rouges, conséquence de la nuit désastreuse – et des substances inhalées la veille ; orbites creusées ; cernes occultés par sa peau brune ; corps rachitique aux allures de brindille d'un mètre quatre-vingt-deux. Cheveux crépelés au sommet du crâne, rasés sur les côtés ; visage allongé, glabre – à son grand désespoir. Ousmane effectue sa petite affaire en bâillant. Il est exténué.

Le film de la veille repasse en boucle dans son cerveau.

La détonation. La joggeuse qui heurte le bitume. Les véhicules en fuite. L'ombre furtive sous le pont du périphérique. L'échange de regards.

Après avoir roulé au hasard durant des minutes interminables dans la zone commerciale de Balma, il s'est résigné à rentrer chez lui. Il a évité délibérément la sortie 16 – le lieu du crime –, a poussé son scooter jusqu'à la sortie suivante et a emprunté les petites rues pour rejoindre son appartement. Il a prétexté un accrochage pour justifier son retard – et les burgers froids –, répondant en biaisant à ses colocataires sur la véritable raison de son contretemps. Ni Arda ni Nazim n'ont semblé remarquer l'état de panique dans lequel il se trouvait quand il est rentré.

À la colocation, on parle de tout, sans tabou, mais jamais de ce qu'on a réellement sur le cœur. La soirée s'est déroulée comme les autres : Arda, devant son ordinateur portable avec six tables de poker de *cash game* ouvertes simultanément sur Winamax ; Nazim, coagulé à sa PS4, enchaînant les matchs sur FIFA 2018. Pas de question, pas de confession, pas d'épiphanie ; ce n'est pas le genre de la maison. On s'adresse la parole quand le sujet en vaut la peine ; si l'on n'a rien à dire : on la ferme. Point. C'est la règle.

Ousmane s'est incrusté sur le canapé à côté de Nazim – le petit frère –, répétant les parties de foot virtuelles jusqu'à cinq heures du matin. Ils ont communiqué par monosyllabes et onomatopées, jusqu'à ce que l'épuisement achève Ousmane et qu'il sombre dans une torpeur mouvementée, hachée de cauchemars plus vrais que nature. Il est demeuré taciturne toute la soirée, une manette entre les mains, sans que personne s'en soucie.

Il n'a pas osé parler. Pas osé avouer qu'il a eu peur, même s'il compte sur la visière de son casque pour lui épargner toutes représailles éventuelles. Même à son meilleur ami, il n'a pas trouvé la force de dire qu'il a été témoin d'une exécution de sang-froid. Il aurait aimé qu'Arda, au moins, lui demande si ça va, ce qu'il se passe, mais jamais il ne le reconnaîtra. Et jamais il n'abordera le sujet de lui-même. À la coloc, montrer qu'on est vulnérable : ça craint. Ce n'est pas viril.

Ousmane retourne dans le salon.

Un canapé sépare la pièce en deux, créant une démarcation entre la cuisine et le coin télé. La gazinière est recouverte de crasse, de taches d'huile, le plastique de la table à manger colle aux avant-bras, des cartons de pizza s'empilent à côté du réfrigérateur, près des sacs remplis de bouteilles de bière qui attendent, un jour prochain, un voyage jusqu'au conteneur de la rue.

Tout l'appartement est en désordre, comme si le bazar avait muté en un écosystème vivant, capable de se développer, de se protéger et de résister aux rarissimes et casuels coups de balai.

Les rideaux sont fermés, raides, si bien que l'on peut supposer qu'ils tiennent debout tout seuls et que la tringle n'est là que pour la décoration.

Différentes consoles s'alignent sous l'écran plat de cent trente-deux centimètres : Wii, PlayStation 3, 4, Xbox, Xbox One, emmagasinant la poussière sur les étagères. La table basse est surchargée de tout et n'importe quoi – il ne reste plus un centimètre carré exploitable –, le cuir du canapé est fissuré par endroits, tavelé de trous de cannabis incandescents.

— Mec, il y a ton portable qui a sonné.

Arda est coincé entre deux cendriers, au centre du canapé. Il joue sur une application mobile. Ousmane opine, peu intéressé, et traverse le sol poisseux en direction de la cuisine.

— Putain, qu'est-ce que j'ai dit sur les cartons dans le frigo ? s'énerve-t-il en ouvrant le réfrigérateur et en attrapant une bouteille de jus d'orange.

Arda esquisse un sourire, il mime en articulant les paroles exactes d'Ousmane pendant que celui-ci rouspète :

— C'est dégueulasse un carton, il y a plein de saloperies dedans.

Ousmane extrait le carton de pizza du frigo et le jette – approximativement – vers la poubelle débordante, dégoulinante, qui expectore ses déchets sur le lino. Il souffle, porte la bouteille de jus de fruits à sa bouche et en avale une longue rasade. Il se prépare un café Senseo et rejoint Arda, absorbé par son jeu mobile, vautré dans le futon. Un rictus peint son visage.

— T'embauches à quelle heure ?

Arda lève les yeux de son smartphone.

— Je fais dix heures, dix-sept heures.

— Tu fais le week-end aussi ?

— Ça va pas, non ? J'ai déjà fait le dernier.

Ousmane hoche la tête, compatissant.

— Je suis éclaté, avoue-t-il.
— Vous vous êtes pieutés tard ?
— J'ai laissé ton frère vers cinq heures. Lui, j'en sais rien.

Arda ricane :
— On le saura vers quatorze heures, quand il se réveillera.

Ousmane pouffe à son tour.
— C'est ça. Comme d'hab quoi. Et toi, t'as gagné combien au poker ?

Arda renifle, songeur.
— Quarante euros, en cinq heures.
— À ce tarif-là, t'es encore brancardier pour un moment.
— M'en parle pas.

La mélodie d'un SMS tinte dans le salon. Arda se redresse.
— T'as une admiratrice qui te harcèle, ou quoi ? C'est pour ça que t'es rentré aussi tard hier soir ?

Ousmane se retient. Une fraction de seconde. Arda lui a tendu une perche. Il hésite à la saisir, à dire la vérité. À tout dévoiler. À se confier. Le meurtre de la sortie 16. La fuite en scooter. La peur qui le cisaille toujours. Mais il finit par éluder :
— C'est le même message, il resonne cinq minutes après.

Il boit une gorgée de café, allume une cigarette et attrape son smartphone. Arda est retourné dans son monde virtuel. L'appartement devient silencieux. D'une glissade du pouce, Ousmane déverrouille son téléphone, l'approche de ses petits yeux fatigués.

Ses pupilles se dilatent subitement.

Il laisse échapper sa cigarette.

6

Vendredi 1ᵉʳ décembre, 9 h 30

Je sais ce que vous avez vu.

Claire relit le message, toujours aussi ébahie.
Elle n'en croit pas ses yeux.
Elle est assise, jambes croisées, à la terrasse d'un café, place du Capitole, sous le chauffage extérieur. Ses bottines reposent sur le socle du parasol chauffant qui la domine et lui assène des caresses brûlantes, suaves. Exquises.

Le thermomètre stagne autour du 0 degré et pourtant, elle se sent bien sous le braséro électrique. Même pas froid. Cela dit, elle est équipée pour l'hiver : bonnet blanc avec pompon, col roulé en laine sous un manteau bordeaux, mitaines, collants en laine sous une jupe courte écossaise.

Sans trembler, ses phalanges dénudées verrouillent le téléphone portable qu'elle tient entre ses mains. L'écran s'opacifie, renvoyant le reflet de la jeune femme : lèvres pulpeuses, joliment dessinées, nez fin, pommettes saillantes rougies par le froid, yeux bleu azur ; une mèche brune de ses cheveux courts, plaquée par une couche de laque, dépasse du bonnet et vient flirter avec ses sourcils religieusement épilés.

Ce matin, pourtant, elle n'a pas ce regard de braise, un brin aguicheur, celui qui fait chavirer le cœur – ou le membre – des hommes qui se retournent sur son passage.

Claire a conscience de l'effet qu'elle produit chez la gent masculine – coquette comme elle est –, même si aujourd'hui, guindées dans ses vêtements chauds, les courbes gracieuses et voluptueuses de sa silhouette ne sont pas mises en valeur. Une sorte d'aura sensuelle, mêlée d'érotisme, émane de sa personne, sans qu'elle ait besoin de s'en soucier ou d'accentuer cette facette de sa personnalité. Avec ou sans maquillage, c'est une séductrice dans l'âme. Le désir suinte de tous ses pores.

Un serveur percute sa chaise, s'excuse en souriant, puis repart avec un plateau plein de tasses au bout des doigts. C'est la deuxième fois qu'il fait le coup, espérant sans doute attirer l'attention de la *belle*. Le malheureux essuie un nouvel échec. Trop concentrée, Claire ne réagit pas, le regard perdu sur les bâtiments en briques rouges qui l'entourent.

Le lieu emblématique de Toulouse grouille de monde. Des camions de l'EFS, l'Établissement français du sang, ont investi une partie de la place, invitant la population à se faire vampiriser pour pallier la pénurie de produits dérivés du sang dans les milieux hospitaliers. Globules rouges, plaquettes, plasma ; les badauds et les habitués font la queue, slalomant entre les barrières métalliques en attendant leur tour pour se faire pomper le fluide vital.

Des militaires en treillis patrouillent, délimitent un

périmètre de sécurité autour des camions aménagés ; d'autres, en civil, fouillent les généreux donateurs qui s'apprêtent à pénétrer dans l'enceinte avec les veines pleines.

De l'autre côté de la place, le marché de Noël – fermé à cette heure-ci –, véritable village fantôme en bois aux racines de dalles rosées. Clôturé de toute part, inaccessible, sous l'œil attentif des escouades des forces de l'ordre qui circulent entre les cabanes. Les artisans ouvrent leur échoppe à tour de rôle, déballent leur matière première, allument les marmites pour la première fournée ; des odeurs de friture, de graisses brûlées et de vin chaud emplissent peu à peu la place.

Devant le café, sur la route, des Vélib' paradent tantôt dans un sens, tantôt dans l'autre, klaxonnant pour se frayer un chemin au milieu des piétons et des taxis téméraires. Les touristes – facilement reconnaissables – flânent, contemplent la ville aux nuances rouge et rose, manquant se faire renverser par les riverains pressés et grognons.

Les terrasses des cafés sont presque pleines malgré le froid. Les serveurs des brasseries voisines sortent les tables et les chaises pour le service du midi. Des jeunes sont assis sur les petits piliers qui ceinturent l'esplanade, sac à dos à leurs pieds ; les couples se tiennent la main, s'embrassent, prennent des selfies avec la façade du Capitole en arrière-plan.

Claire observe l'effervescence alentour avec un profond détachement. Son regard passe d'un endroit à un autre, sans se fixer sur un point précis. Elle est ailleurs. Seule au milieu du bouillonnement de la place. Dans une bulle d'interrogations. Elle est toujours aussi éreintée après ses derniers jours de travail, et par le détour de plusieurs kilomètres qu'elle a dû improviser pour rentrer chez elle, hier, après le drame de la sortie 16.

Après le meurtre.

Des petites rides sont apparues au coin de ses yeux, de nouveaux cernes zèbrent son teint blafard, stigmates d'une nuit morcelée d'un sommeil agité, intermittent. Comment arriver à dormir après ça ? Et comment continuer à vivre après un tel message ?

Je sais ce que vous avez vu...

Claire touille son thé aux agrumes machinalement, même s'il n'y a aucun gramme de sucre à l'intérieur. Elle place ses doigts autour de la tasse, se penche pour boire une gorgée, sans court-circuiter son regard du couple qui marche, bras dessus bras dessous, le long de la route, à quelques mètres de sa table.

Son esprit ne cogite pas sur le couple d'amoureux – qui la débecte –, mais sur une liste de questions plus pertinentes. Qui lui a envoyé ce SMS ? Comment l'auteur du message a-t-il eu son numéro ? Elle comprend que la crainte qu'elle a eue toute la nuit se confirme : quelqu'un l'a reconnue hier soir. Si son mystérieux interlocuteur connaît son numéro, a-t-il en sa possession d'autres renseignements personnels ? Sa plaque d'immatriculation ? Son adresse ? Claire tressaille, elle s'embourbe dans ses raisonnements. Ce pirate masqué peut-il accéder à ses e-mails, ses relevés bancaires ? Peut-il naviguer sur son ordinateur en toute impunité ?

Du bout des lèvres, elle boit une nouvelle gorgée. Ne pas paniquer. Réfléchir. Elle se surprend à conserver son calme, malgré la situation. Pourquoi lui a-t-on envoyé ce message ? Quel en est le but, la finalité ? Claire reste circonspecte, arborant une moue perplexe.

Elle termine son thé, plonge les mains dans les poches de son manteau en tendant les jambes. Autour d'elle, le bouillon toulousain : conversations animées, envenimées, des éclats de rire, un cri, une quinte de toux, un coup de klaxon, des jappements de chien, des bruits de vaisselle qui tintent et des panaches de fumée de tabac qui s'élèvent vers le ciel.

Le serveur s'arrête à côté de la table, lorgne les longs collants de la jeune femme, ostensiblement tourmentée. Il fait mine de se racler la gorge, cherche à capter son attention. Claire demeure stoïque, sans lui accorder un regard, le menton enfoui dans le col de son manteau, les yeux rivés sur la place qui pullule de gens. Le serveur repart en ronchonnant, vexé, la queue entre les jambes.

Claire se redresse, comme si elle avait été piquée par une guêpe invisible. Elle ne compte pas rester sans rien faire. Aucun client ne l'a contactée – *a priori* aucune course n'est prévue pour le moment –, elle dispose donc de sa journée.

Un seul rendez-vous était programmé aujourd'hui, à quatorze heures. Sa seconde *clientèle*. Elle n'a pas encore confirmé si elle s'y rendrait, mais, dans tous les cas, elle a le temps de se décider.

Un couple de touristes s'installe à la table voisine. Deux jeunes Espagnols d'une vingtaine d'années, d'après leur accent. Ils se bécotent, impudiquement. Lui sourit à Claire ; elle passe en revue des clichés sur un appareil-photo numérique.

Claire ignore la politesse et en profite pour se lever. Elle glisse un billet de cinq euros sous la soucoupe de son thé, déploie sa longue silhouette, louvoyant entre les chaises et les chauffages extérieurs pour s'extraire du café.

Sous l'enseigne de l'établissement, devant les portes qui mènent à l'intérieur, le serveur la regarde partir avec un pincement au cœur. La grande brune ne complétera pas son tableau de chasse, se résigne-t-il. Dommage. Il s'attarde sur sa taille fine, son déhanché ; imagine les formes sous le manteau d'hiver bordeaux. Il l'observe s'éloigner. Se fondre dans la foule.

Son regard embrasse ensuite la terrasse, le couple de touristes espagnols, la table que la *belle* a désertée.

Il remarque le billet de cinq euros.

Et un téléphone portable.

L'interrogatoire

— Veuillez décliner votre identité.
— Je suis le commandant Sandrine Pou...
— Parlez distinctement.
— Commandant San...
— Plus près de l'appareil.

Sandrine dévisage ses quatre interlocuteurs d'un air las.

— Sandrine Poujol, commandant au SRPJ de Toulouse.
— Bien. Depuis quand travaillez-vous ici ?
— Ça va faire sept ans.
— Pardon ?
— Sept ans.
— Et quel âge avez-vous ?
— J'ai trente-huit ans.
— Célibataire ?

Sandrine, surprise, marque un temps d'arrêt.

— Je ne vois pas le rapport. Mais oui, en effet.
— Hum. Pas vraiment une surprise.
— Si vous le dites.
— Vous êtes bien le chef d'équipe du groupe 1 de

la brigade criminelle du service de recherche de la police judiciaire de Toulouse ?

— Oui.

— Vous commandez – l'homme consulte ses notes – le lieutenant Bertrand Silas, le lieutenant Chloé Castagner, et le lieutenant... bordel, comment ça se prononce ça ?

L'homme tourne la tête dans toutes les directions, cherchant une aide qui s'avère futile. Un sanglot enraye l'élocution de Sandrine, elle réprime l'envie de le corriger. À contrecœur, elle vient finalement à la rescousse de celui qui l'a prise en grippe, emplie d'un mélange de colère et de pitié.

— Hyun-Ki Park, souffle-t-elle.

— Hum, du chinois quoi.

— En fait c'est coréen.

— Ouais, si vous voulez. Bon, c'est bien vous qui dirigez cette équipe ?

— Oui.

— Depuis combien de temps ?

— Bientôt quatre ans.

— Je vois. Pourquoi avoir choisi ce poste ?

— Parce que je suis de la région.

— Vous avez grandi à Toulouse ?

— En Aveyron.

— Dans la cambrousse, quoi. Vous êtes une campagnarde.

— Si vous le dites.

— Ça explique pourquoi vous êtes bien en chair.

— ...

— Vous êtes venue à Toulouse pour vous prouver quelque chose ? Vous rêviez du grand frisson ?

Sandrine ne répond pas. Elle toise son auditoire.

Derrière l'individu qui s'obstine à la déstabiliser, trois hommes demeurent silencieux, bras croisés, dans l'ombre du bureau. Trois mines déconfites, en costume-cravate, qui jugent allègrement la policière.

Le premier est corpulent, ses mentons s'affaissent les uns sur les autres sous son visage rond et rubicond. Une mèche de cheveux enroulée en spirale tente de dissimuler sa calvitie. Son corps forme un triangle de graisse qui le fait ressembler à Jabba the Hutt, dans *Star Wars*. En toute logique, Sandrine l'a surnommé *Jabba*.

À ses côtés, un homme au teint blafard, chauve, tiré à quatre épingles – mouchoir de veste assorti à sa cravate bleu nuit –, avec un nez tellement plat que Sandrine se demande comment il respire, épie la jeune femme de ses yeux noirs et rapprochés. Il dégage une certaine froideur, une autorité incontestable. Sandrine soupçonne que même les pigeons changent de banc quand il s'assied. Elle l'a immédiatement surnommé *Voldemort*.

Le dernier transpire la sagesse, la sérénité. Il est plus grand et plus âgé que les autres, une lueur bienveillante pétille dans ses prunelles, à travers ses lunettes fines. Il semble toujours détenir la vérité. Ses cheveux grisonnants sont rabattus à l'arrière de son crâne ; une barbe blanche ponctue son visage aux traits burinés. Il fume la pipe, les volutes de fumée emplissent le bureau. Tous les protagonistes s'y sont accoutumés. De toute manière, personne n'a jamais osé le réprimander sur l'interdiction de fumer dans les lieux publics. Lui, Sandrine l'a toujours surnommé *Gandalf*.

— Pourquoi n'avez-vous pas voulu bosser avec les ploucs de votre département ?

Ah oui, le dernier, celui qui est déterminé à contrarier la commandante. Pour lui ç'a été facile. Petit être rabougri, dégarni, courbé sur son fauteuil, un regard vif empli de sournoiserie ; sa langue frétille entre ses lèvres pincées comme un reptile. Lui, c'est *Gollum*. Il ne cache même pas le dégoût que lui inspirent les formes de la policière, son accent trahit des origines parisiennes. Sandrine l'a tout de suite cerné : un gratte-papier grossophobe, qui considère les provinciaux comme des arriérés.

Gandalf remue sur son siège en se raclant la gorge. *Gollum* comprend le message et se recentre :

— Bien, commandant Poujol, reprenez tout depuis le début.

— Soit. Par quoi voulez-vous que je commence ?

— Par le début, crache *Gollum*.

— Quand avez-vous compris que vous traquiez un tueur en série ? suggère *Voldemort*.

Sandrine plonge dans ses souvenirs, remonte le temps jusqu'à la chaleur étouffante du mois d'août.

Avant qu'un tueur en série ne sévisse dans la ville rose.

Avant le cauchemar. Avant l'horreur.

— Comme souvent dans ce genre d'affaire, nous avons fait le rapprochement après le deuxième meurtre. Mais toute l'équipe et moi-même avions déjà un mauvais pressentiment lors de la découverte de la première victime. Nous étions en émoi. Personnellement, je n'avais jamais rien vu de semblable. Nous redoutions tous le pire…

— Veuillez développer, commandant Poujol. Détaillez-nous cette première victime.

— C'était le vendredi 4 août 2017. Un agent de la voirie a prévenu les autorités après avoir découvert le corps sans vie d'une jeune femme, au port de l'Embouchure, près du skate-park, le long du canal du Midi. La victime s'appelait Fanny Daveau, vingt-quatre ans, étudiante en master d'économie à l'université Paul-Sabatier. Blonde, de petite taille, populaire, et bien foutue si c'est la question que vous vous apprêtez à me poser.

Gollum fusille toujours Sandrine du regard. La commandante rondelette reprend son histoire :

— Soit. Donc nous sommes arrivés sur les lieux à six heures cinquante. La police municipale organisait le périmètre de sécurité, notre procédurier et les agents spécialisés de la police technique et scientifique (ASPTS) nous ont rejoints vingt minutes plus tard. Toute la scène était bouclée, sous contrôle, les collègues avaient fait du bon boulot. Rien n'a fuité. Je me suis personnellement chargée du P.-V. de constatation. La victime était entièrement nue, installée en position couchée, sur le ventre. Un ballon noir était ficelé à son orteil gauche, il flottait au-dessus du cadavre. Toute la surface du corps avait été intégralement décapée au gaz carbonique, avec l'espèce de neige que l'on trouve dans les extincteurs.

Sandrine mime des parenthèses avec ses petites mains potelées.

— C'est d'ailleurs pour cette raison que nous n'avons jamais découvert le moindre indice sur les victimes. Le gaz, pulvérisé à très basse température, brûlait toutes traces ou d'éventuels résidus sur la peau des jeunes femmes.

Jabba agite ses mentons en signe de compréhension, *Voldemort* fronce son regard glacial alors que *Gandalf*, imperturbable, encourage d'un discret signe de tête Sandrine à continuer. *Gollum* s'humecte les lèvres avec sa langue, ondulant toujours dans le fauteuil à chaque changement de position.

— L'examen préliminaire, poursuit Sandrine, a démontré que la victime était morte par strangulation. Il y avait des signes d'hémorragie pétéchiale, ainsi qu'une plaie à vif sur le cou, infligée par un filin métallique, pouvant causer l'asphyxie. Elle présentait des lésions aux chevilles et aux poignets, stigmates des liens qui ont servi à l'entraver pour l'immobiliser. D'autres blessures de défenses ont été relevées, notamment aux ongles et aux dents, comme si la victime avait tout tenté pour s'échapper, quitte à mordre dans tout ce qui était à sa portée. Ces détails nous ont confirmé qu'elle s'était débattue et qu'elle avait essayé – comme elle le pouvait – d'endurer son supplice. Hormis toutes les marques que j'ai énoncées, elle ne présentait pas de traces de coups ou autres sévices qui pouvaient nous faire penser qu'elle avait été violentée ou torturée. L'autopsie, en revanche, a révélé des choses bien plus terribles. La victime semblait…

— Épargnez-nous vos déductions erronées, crache *Gollum*. Qu'a dit le légiste ?

Sandrine reste flegmatique :

— Soit. L'heure de la mort a été évaluée à trois heures du matin, un peu moins de trois heures avant la découverte du corps. Le légiste a stipulé dans son rapport que la cause de la mort, en réalité, était due à une hémorragie interne. L'assassin s'est servi d'un filin de trois millimètres pour étrangler sa victime. En procédant ainsi, il a entaillé les chairs sur plus de seize centimètres, broyé la glotte, déchiré les muscles du larynx et sectionné les carotides, entraînant une hémorragie interne. Plus tard, nous avons retrouvé des jeunes femmes pratiquement décapitées.

— Mon Dieu, soupire *Jabba*.

— Comme vous dites, monsieur. Après un examen approfondi, la victime présentait deux brûlures en haut de la nuque et une trace de piqûre sur la fesse droite.

— Vous n'aviez pas remarqué ces détails sur la scène de crime ? C'est tout de même incroyable ! s'indigne *Gollum*.

— Je vous rappelle, cher monsieur, que le corps avait été entièrement détergé au gaz carbonique. Ces lésions ont été découvertes sur la table d'autopsie.

Gollum se recroqueville sur son fauteuil.

— Qu'est-ce que le légiste a dit d'autre ?

— Si vous arrêtez de me couper la parole, je pourrai vous l'expliquer.

La créature bougonne dans son coin.

— Soit. Les deux brûlures correspondaient aux traces spécifiques d'un taser. Un modèle standard que vous pouvez commander sur Internet et où vous êtes livré le lendemain. Huit cent mille volts en trois clics, satisfait ou remboursé. Le point de ponction, sur la fesse, correspondait à une trace d'aiguille intramusculaire de gros calibre. Les résultats toxicologiques étaient tous négatifs, mais les prélèvements sanguins ont démontré que le tueur a injecté un puissant neuroleptique dans le muscle fessier pour neutraliser sa victime. Il a utilisé plusieurs ampoules d'Haldol : un produit que l'on donne aux psychotiques lors des crises d'agressivité. Il s'y est pris de la façon suivante : après avoir *tasé* Fanny Daveau, il lui a administré une forte dose d'Haldol pour la *sédater*. Pour l'ensuquer au maximum. Avant de l'attacher. Les lésions aux chevilles et aux poignets ont été causées par des liens de type Serflex ; la profondeur de ses lésions nous a indiqué que la victime était consciente, qu'elle a remué, mais qu'elle était tellement assommée par le neuroleptique qu'elle était dans l'incapacité de se défendre. En revanche elle a tout senti. Absolument tout. Sans rien pouvoir faire. Voilà comment il a procédé pour l'attraper. Et il a répété ce *modus operandi* plus de quatorze fois…

Jabba s'interroge :

— Pour quelles raisons voulait-il immobiliser sa victime avec un neuroleptique ? Vous disiez tout à l'heure qu'elle n'avait pas été torturée, qu'elle n'avait pas de lésions visibles sur le corps, et maintenant vous nous dites qu'elle a tout senti. C'est incohérent. Expliquez-vous.

— Effectivement, monsieur, il n'y avait pas de traces de mutilation à l'extérieur. L'horreur était à l'intérieur…

7

Vendredi 1ᵉʳ décembre, 9 h 45

Musique entêtante : ambiance jazz-lounge. Mimiques gênées. Regards obliques, fuyants : chaussures, plafond, chaussures, poids limite de la cabine, plafond, chaussures.

Ding !

Ludovic sort précipitamment de l'ascenseur.

Le couloir est recouvert d'une moquette rouge, bigarrée de losanges orange et jaunes. Des plantes en pot jalonnent l'étage, entre les différents bureaux. Des tableaux de paysage marin ornent les murs, conférant une touche de pureté au milieu de cette profusion de couleurs criardes. Au pas de course, Ludovic entre dans son cabinet.

— Ah ! Salut, Ludo. M. Roubiau a appelé, il veut savoir si…

— Pas maintenant, Malika.

Ludovic fait taire sa secrétaire d'un revers de la main. Il poursuit sa course jusqu'à son bureau, sac à bandoulière sur l'épaule, le regard paniqué, comme une bête traquée par un prédateur.

Malika, une petite brune d'une trentaine d'années,

tailleur gris, chemisier bleu, talons hauts et lunettes sur la tête, ouvre la bouche sans rien dire. Elle le suit de ses yeux noisette.

Ludovic ôte son caban, le jette dans le fauteuil en face de son bureau. Il extrait l'ordinateur portable de son sac et l'allume. La porte s'entrebâille. Encore Malika.

— Désolée, Ludo, mais M. Roubiau a insisté pour…
— Pas maintenant, je t'ai dit ! C'est difficile à comprendre ça ?

Malika se rabougrit, heurtée par le ton impérieux de son patron. Elle reste coite, les bras ballants. Ludovic la congédie dans la pièce d'à côté avec fermeté.

Le système d'exploitation de sa machine lui demande un mot de passe.

Maltraitance du clavier. Touche entrée.

L'ordinateur ronronne, la page du bureau s'affiche. Ludovic pose une fesse sur son fauteuil baquet. Sa jambe droite est prise de convulsions, elle tremble frénétiquement, en contact avec le tréteau, faisant vibrer le mobilier.

Navigateur Internet. Barre de recherche.

Ludovic se mordille la peau autour des ongles. Il consulte le site de *La Dépêche du Midi*.

Rien. Absolument rien. Encore. Aucun article ne traite de la mort de la joggeuse. Ludovic devient de plus en plus nerveux. Après avoir intégré et digéré la nouvelle du message, il a présumé que se noyer dans le travail le libérerait de cette situation extraordinaire. Que les dossiers qui l'attendent contiendraient l'angoisse qui lui noue l'estomac.

Désemparé, il comprend que ce n'est pas le cas. Bien au contraire. Ni le trajet en voiture – où il a failli emboutir deux fois le SUV et renverser un vélo –, ni la montagne de paperasse posée sur son bureau ne change la donne : il est toujours aussi obnubilé par toute cette histoire. Incapable de se concentrer sur autre chose.

Je sais ce que vous avez vu...

Ludovic déglutit. Plié en deux sur son bureau. Apeuré, scannant chaque recoin de son cabinet comme si quelqu'un – un tueur de sang-froid – était tapi dans l'ombre d'une armoire ou d'un guéridon.

Il s'enfonce dans son fauteuil, respire le plus calmement possible. Il s'efforce d'analyser la situation. D'être méthodique. Comme s'il s'attelait à décortiquer les comptes d'une société ou décrypter les cours de la Bourse.

Pourquoi lui a-t-on envoyé ce message ? L'auteur désire-t-il lui faire peur ? Ludovic est forcé d'admettre que c'est plutôt réussi. Le menace-t-on ainsi pour lui soutirer de l'argent ? Le faire chanter ?

Ses doigts martèlent la plaque en verre. Ou, plus invraisemblable, s'agit-il d'un canular ? Un de ses amis lui fait-il une mauvaise blague ? Ce scénario lui paraît saugrenu, mais cela expliquerait pourquoi l'émetteur connaît son numéro. Non, il n'y a pas de coïncidence, le SMS fait référence au crime de la veille, le danger est bien réel. Il ne peut en être autrement. Il ne comprend pas les intentions de son correspondant anonyme. S'il est effectivement un témoin gênant, pourquoi l'auteur du message le prévient-il ? Pourquoi se donner cette peine ? Pourquoi ne se débarrasse-t-il pas de lui simplement ? Ludovic frissonne en développant cette idée. Une évidence éclôt dans son esprit, une réalité dure à avaler : sa vie est menacée.

Il fouille sur la Toile. Articles de presse, blogs, fils d'actualité, aucun rédacteur n'évoque le meurtre de la sortie 16. Quel que soit le site d'informations, tous les sujets convergent vers le tueur en série qui sévit à Toulouse : le *Baba-Yaga*. Ses quatorze victimes. L'escalade de la violence. La terreur palpable qui s'instille dans la ville. Du jamais-vu dans l'histoire de la métropole occitane.

Toc-toc-toc.

La porte s'entrouvre, le visage hâlé de Malika s'introduit dans l'interstice.

— Ludo, excuse-moi, mais j'ai M. Roubiau en ligne, et il demande quand...

Ludovic s'emporte :

— Merde, Malika ! Fous-moi la paix ! Tu peux comprendre ça ? Putain, c'est pas vrai !

La secrétaire s'éclipse, les larmes aux yeux.

Ludovic soupire, se pince l'arête du nez en fronçant les sourcils. Sa secrétaire a un pois chiche à la place du cerveau. Putain de bonnes femmes ! Pas foutues de retenir quelques consignes simples. Il sait de quoi il parle, il a la même à la maison. Même si la petite Malika est mieux roulée, bandante avec ses lunettes et deux boutons en moins sur son chemisier. C'est d'ailleurs pour cette raison qu'il l'a recrutée ; la taille de bonnet a primé les références de son CV.

Les minutes défilent. Ludovic passe le reste de la matinée enfermé dans son bureau. Retranché. Ignorant les appels de sa secrétaire dépitée. Il sursaute à chaque crissement de freins sur les allées Jean-Jaurès, au moindre coup de klaxon, aux altercations et aux échauffourées des gamins postés devant la bouche de métro. Il est sur le qui-vive. En sueur. Sa chemise colle à sa peau moite, des auréoles de transpiration maculent ses aisselles.

Les vapeurs de cigarette électronique se mélangent aux arômes de la machine expresso qui, ce matin, a fait des heures « sup » et dont les capsules débordent du bac et jonchent le guéridon près de la porte.

Le souffle haletant, Ludovic fixe son iPhone 8. Écran noir. L'appareil est éteint depuis qu'il a reçu le message à neuf heures pétantes. Il hésite à le rallumer. Les doutes l'assaillent. Si l'auteur a son numéro, est-il en mesure de le géolocaliser ? De le suivre ? De l'épier ? Ludovic sent la panique redoubler d'intensité. Il doit se débarrasser de son smartphone. Mais si le tueur veut le contacter à nouveau, comment procédera-t-il ? Le téléphone permettrait alors de maintenir une certaine distance avec le correspondant anonyme. S'il détruit ou égare volontairement son portable, Ludovic craint que son mystérieux contact ne lui rende visite. Personnellement. Une hypothèse qui le fait frémir de la tête aux pieds.

Une autre option est inenvisageable : prévenir la police. Les flics ne doivent pas être mêlés aux affaires du cabinet.

Les rides naissent à vue d'œil sur le front de l'analyste financier. Il ne sait pas quoi faire. Ambivalent. Malgré ses appréhensions, il opte pour allumer le téléphone. Il le tient du bout des doigts, comme si l'engin allait exploser.

Gorgée de café. Bouffée de vapeur aromatisée.

L'appareil lui souhaite la bienvenue. Ludovic patiente, de plus en plus nerveux. Il a peur de faire une énorme connerie en dévoilant sa position, en admettant que le tueur ait la capacité de le géolocaliser.

Vibrations.

Ludovic tressaille.

Cinq appels manqués. Trois messages. Deux de Tristan, son associé ; un de *l'autre*, la mère de ses deux princesses. Mais pas de SMS. Fébrilement, il empoigne le téléphone, avec précaution, comme s'il allait se désagréger entre ses doigts, et écluse sa messagerie sans l'écouter. Instinctivement, il l'éteint. Ôte la carte SIM. Il ne saurait expliquer exactement son geste, il l'a vu faire dans les films. Cela le rassure.

Sa décision est prise : il conservera le portable en pièces détachées – pour ne pas être localisé –, dans l'éventualité où l'auteur anonyme déciderait de reprendre contact.

Pour le business, ou en cas de force majeure, il lui reste toujours son second téléphone.

On cogne à la porte. Ludovic s'apprête à fulminer quand il découvre le visage de Malika, résignée, qui brandit le combiné sans fil du cabinet.

— C'est Tristan, annonce-t-elle, il cherche à te joindre depuis des heures. Il veut savoir si vous irez manger ensemble ce midi.

Ludovic se reconnecte avec la réalité. Les impératifs de son quotidien resurgissent au galop. Son boulot. Son associé. Les clients. Des responsabilités qu'il a négligées et qui lui paraissent dérisoires depuis neuf heures du matin. Il inspire profondément, essaye de recouvrer une contenance de chef d'entreprise.

— Dis-lui qu'on se retrouve devant *L'Entrecôte* à midi.

Malika acquiesce sans prononcer un mot, ses talons claquent contre le lino lorsqu'elle fait demi-tour.

Ludovic se prépare à partir. Écharpe nouée autour du cou, col de caban relevé. Il n'a pas faim mais il pense qu'un peu d'air frais lui ferait du bien. Il constate que l'idée de sortir lui fait peur. Confiné dans son sanctuaire de travail, il était en sécurité. Dehors, le danger est omniprésent. Un individu malintentionné – un tueur ? – rôde quelque part ; un être capable de tuer de sang-froid, de violer son intimité en lui envoyant des menaces cachées sur son téléphone.

Des voitures au feu rouge. Des gens partout sur les trottoirs. Ludovic quitte son bureau. Des grappes de voyageurs s'agglutinent près d'un abribus, les passants s'amassent devant les passages piétons ; certains, intrépides, traversent entre les véhicules, hors des clous. Des bonnets, des écharpes, des nez rouges qui coulent, reniflent, éternuent : les prémices de l'hiver.

Ludovic se faufile dans la marée humaine. Il tourne la tête dans toutes les directions. Mains dans les poches. Démarche volontaire. Aux aguets. Camouflé dans son long caban, il lance des regards torves aux gens qui l'entourent, étudiant leurs déplacements, leur comportement. À l'affût du moindre signe suspect. La paranoïa le gagne. Depuis neuf heures du matin, il est convaincu d'être suivi.

Il dépasse les sans-abris allongés sur leurs cartons. Certains dorment, enfouis dans des duvets, d'autres font la manche, alpaguant les passants. Une meute de chiens formant un cercle, sur le trottoir, devant leurs maîtres épuisés, se met à aboyer comme si elle sentait le danger qui plane au-dessus de Ludovic ; une ombre néfaste, méphitique, qui lui colle à la peau.

Ludovic accélère. Regard devant, derrière, sur les côtés. Il percute un jeune en skateboard, s'excuse, puis

67

poursuit son chemin, de plus en plus nerveux à l'idée d'être pris pour cible. Il fonce, tête baissée, jouant des épaules pour se frayer un passage dans la cohue.

Soudain, il l'aperçoit.

Une forme, encapuchonnée dans un sweat noir, Bomber noir et casquette noire. Ludovic jurerait l'avoir déjà vue quand il est sorti de son bureau. Il se remémore aussitôt la silhouette qu'il a croisée la veille, au volant de l'utilitaire qui a fui sur le périphérique. Ce visage plongé dans l'ombre. Ce scintillement dans les prunelles. Une étincelle de cruauté. Le Mal à l'état pur.

Une vision imprimée sur ses rétines pour l'éternité.

Celle du tueur.

Ludovic bifurque. Traverse le boulevard de Strasbourg dans un vacarme de klaxons. Une voiture pile, *in extremis*, un conducteur de scooter l'insulte en lui tendant un majeur ostensible. Niveau discrétion : c'est raté. Il continue, accélère encore, trottine, prend la première rue sur sa gauche. Change de trottoir.

L'artère est étroite, avec une voie unique de circulation, étiolée par les immeubles anciens. Des résidences, un hôtel, un coiffeur. Un restaurant thaïlandais fait l'angle.

Ahanant, Ludovic presse l'allure.

Il se retourne. Furtivement.

La silhouette encapuchonnée émerge dans la ruelle.

Ludovic se crispe, baisse la tête et poursuit son slalom dans les rues de Toulouse.

Cette fois, il ne rêve plus : le tueur de la sortie 16 l'a bel et bien pris en chasse.

Ludovic est dans son viseur.

8

Vendredi 1ᵉʳ décembre, 11 h 50

Coup de sifflet final !

Le Real Madrid vient d'infliger une sévère déculottée au FC Barcelone. Cinq à zéro. Un résultat qui n'est pas près d'arriver dans la vraie vie, regrette Ousmane en posant la manette de la PlayStation.

L'appartement est plongé dans le noir. Des rais de lumière filtrent à travers les carreaux sales, sous les rideaux tirés, dessinant des rectangles de clarté sur le lino poussiéreux. L'écran plat diffuse une lueur vive, agressive, qui contraste avec l'obscurité du salon. L'odeur de renfermé et de moisissure est tenace. La fumée de tabac jaunit le papier peint des murs et les angles du plafond.

Ousmane allume une cigarette, tire dessus comme un condamné à mort. Il la pose sur le cendrier empli à ras bord de mégots, de cartons de joints, d'emballages plastique, d'un paquet de clopes vide, puis attrape la manette pour configurer un nouveau match. Depuis qu'il a reçu le message, il se comporte comme un ermite. Reclus dans son antre. Coupant tous les ponts avec le monde extérieur.

Il a choisi le déni.

Il refuse de croire que ce qui s'est passé la veille a vraiment eu lieu. Qu'il a réellement été le témoin d'un homicide volontaire. Une putain d'exécution. Il n'accepte pas la réalité, allant jusqu'à faire impasse sur le SMS masqué et faire comme s'il ne l'avait jamais reçu. Il fuit. Préfère fermer les yeux. Il en vient à douter de sa santé mentale. A-t-il imaginé le meurtre de la sortie 16 ? Était-ce une hallucination ? La scène semblait tellement irréelle. Cette jeune femme qui dégringole sur le bitume verglacé. Ces crissements de pneus. Les véhicules qui dérapent sur le gel. Ce cri d'enfant. Et cette ombre, qui glisse sous les ténèbres du pont. Ousmane nie tout en bloc. Il a rêvé. Il ne peut en être autrement. Ce message reçu est une erreur, il était prévu pour un autre destinataire. Toute cette histoire n'est qu'un malentendu.

Alors Ousmane joue à FIFA. Fume clope sur clope entre deux cafés pour oublier. Renier. Refouler ce souvenir. Effacer cette expérience de vie de son esprit. Il a même hésité à rouler un joint. Ousmane ne touche pas aux drogues, d'habitude, même au cannabis. Il est fumeur passif et, selon lui, c'est amplement suffisant. Il profite des effets engourdissant à distance – en s'en tapissant un peu moins les poumons que ses colocataires –, et juge que c'est moins néfaste pour sa santé.

Cigarette au bec, il compose son équipe de foot idéale, quand un brouhaha émane du couloir : basses saturées, mélodie de jeu vidéo des années 1990, effets de voix électronique ; le tout dans une cacophonie insupportable.

Nazim, le petit frère, vient de se réveiller. Et comme tous les matins – ou plutôt tous les midis –, il met du

Jul à fond. Ousmane lève les yeux au plafond et lance le début de son match.

Jet d'urine bruyant dans les W.-C. Reniflement. Crachat. Bruit de chasse d'eau. Nazim émerge dans le salon d'une démarche empotée.

Jogging Lacoste. Maillot de l'Olympique de Marseille. C'est le modèle réduit de son frère aîné, version 1997. Une mauvaise année. Cheveux bruns, barbe fournie, gros nez busqué, regard sombre ; un visage autoritaire qui, contrairement à Arda, est moucheté de cicatrices d'acné.

Sans dire un mot, il se prépare un café, s'installe sur le canapé et commence à rouler son joint. Le premier d'une longue série. La flamme du briquet consume la résine de cannabis, confectionnée en barrette, propageant un parfum gras et âcre dans la pièce. Encore ensuqué, il allume son cône de drogue et recrache un épais nuage de fumée vers la table basse.

— Pourquoi t'as mis ce guignol en défense ?

Premières paroles de Nazim de la journée. Toujours très pertinentes. Redoutablement constructives.

La musique est assourdissante, Ousmane a du mal à entendre son jeune colocataire, bien qu'il doute de rater une conversation mémorable. Il élude. Nazim persiste :

— C'est une baltringue ce type.

Ousmane n'a pas la tête à débattre sur les tactiques de jeu. Pas avec un gamin à qui il faut refaire toute l'éducation footballistique. Aujourd'hui, il n'est pas d'humeur.

— Sérieux, tu peux me dire pourquoi tu mets la musique aussi fort dans ta piaule si c'est pour venir ici.

— Ben… Pour qu'on l'entende.

71

— Parce que tu crois que j'ai envie d'entendre cette daube, moi ?

Nazim recule la tête, outré.

— C'est Jul, frère.

Il mime des pistolets avec ses mains et les tape l'une contre l'autre.

— Rien à foutre de qui c'est. Baisse le son, j'entends même plus les commentateurs. Tu me soûles, Nazim. T'es à peine debout et tu me soûles déjà.

— C'est bon. Détends-toi, frère. Je vais baisser. Ça va.

Ousmane replonge dans son match. L'effronté revient une minute plus tard.

— Tu feras voir la manette quand t'auras fini ?

Ousmane le dévisage sans répondre.

— Pourquoi t'es pas au boulot ?

— Putain, t'es toujours aussi bavard au réveil ?

Nazim sourit en s'enfonçant sur le canapé.

— C'est le bédo, frère, ça fait causer.

Ousmane secoue la tête et se reconcentre sur ses joueurs.

— Et il est où Arda ?

— À un endroit qui ne te ferait pas de mal, ironise Ousmane.

— Où ça ?

— Au boulot.

Nazim tire goulûment sur son joint.

— Pas le temps, frère.

L'arbitre siffle la mi-temps. Ousmane pivote vers le petit frère, amusé.

— Toi, t'as pas le temps ? Tu me fais rire, tu branles rien de tes journées.

— Y a le business, mec. Ça occupe. C'est la *hess*, faut bien s'en sortir. C'est la merde dehors, t'as vu.

Ousmane devient hilare. Il n'aurait jamais cru cela possible, compte tenu du contexte angoissant. Contre toute attente, ce jeune imbécile a le mérite de lui changer les idées.

— La merde ? répète-t-il. Quelle merde ? Ta mère habite à cent mètres et elle te prépare tout ce que tu veux bouffer. Tu vis dans un appart où tu n'as jamais lâché un centime pour le loyer. Tu fumes à l'œil. Les types avec qui tu traînes n'appartiennent même pas à un gang, c'est juste des petits branleurs comme toi. Tu refiles dix grammes par jour, maximum, et tu te prends pour un caïd ? T'as cru que tu fréquentais le grand banditisme, *Scarface* ? T'as pensé qu'on vivait aux Izards, ou au Mirail ? Tu me fais marrer.

Le match reprend, sous les acclamations des supporters virtuels. Nazim écrase son joint dans une canette de Coca vide.

— T'es bizarre aujourd'hui, Ous, t'as quoi ?

Ousmane soupire. Peut-être a-t-il été trop dur. Il temporise :

— Rien. T'occupe. Je te file la manette après le match.

Sur l'écran, Cristiano Ronaldo contrôle du pied gauche, élimine deux défenseurs, décale le ballon sur son pied droit, arme sa frappe...

Un portable sonne.

Le Portugais voit son tir passer au-dessus des cages adverses.

Ousmane ne s'intéresse plus au jeu. Il est crispé, hypnotisé par l'écran tactile qui vient de s'éclairer sur la table basse. Son équipe du Real Madrid n'a plus personne pour les diriger.

Il fusille des yeux son téléphone. Nonchalamment, avec une lenteur exagérée, il confie la manette de PS4 à Nazim, grisé de pouvoir prendre la relève plus tôt que prévu.

Ousmane attrape son smartphone avec une certaine réticence. Sa respiration s'accélère. Une boule dans sa gorge l'empêche de déglutir.

Un nouveau message.

L'appréhension le submerge. Une partie de lui lutte pour ne pas jeter le téléphone par la fenêtre. L'éventualité de tout plaquer et quitter la ville sur son scooter lui effleure l'esprit. Il réfléchit quelques secondes puis, mû par la curiosité, il ouvre sa messagerie.

Numéro masqué.

Ousmane lit le SMS.

Je vous surveille.

9

Vendredi 1ᵉʳ décembre, 12 h 05

Claire jette les clés de sa Fiat 500 sur le guéridon de l'entrée.

La maison familiale – de feu ses parents – est située dans une rue calme, oubliée des grandes artères sclérosées de véhicules qui obstruent le trafic toulousain. Elle possède son propre garage, un carré de jardin envahi de mauvaises herbes, un figuier et une remise en piteux état où les outils de son père trônent toujours au-dessus de l'établi. Un petit bout de paradis en pleine agglomération, sans vis-à-vis. Un havre de paix.

Claire ôte son bonnet et ses mitaines, puis accroche son manteau dans le vestibule. Son sac à main échoue à terre, comme d'habitude. Elle approche ses mains en les frottant devant le radiateur mural.

La maison est vieille, mal isolée, la chaleur peine à se répartir de façon homogène dans toutes les pièces. L'entrée donne sur une cuisine, un salon, le cellier, et un couloir qui dessert les toilettes et l'escalier qui mène à l'étage.

Claire arpente le carrelage glacial en chaussettes,

s'emmitoufle dans un plaid et se laisse choir sur le canapé du séjour. Une télévision écran plat, une cheminée avec un panier en osier garni de bois près de l'âtre, une table basse en chêne, une malle d'antiquaire, des boomers : le rustique et la technologie s'harmonisent avec goût. Des tableaux en noir et blanc de scènes de films cultes ornent les murs. Elle n'a pas modifié la décoration de ses parents, elle y a juste ajouté une touche de modernité. Un buffet tapisse le mur de gauche, le droit est éclaboussé par le soleil matinal qui se déverse à travers la baie vitrée.

Vautrée, elle allume la télé sur une chaîne de clips, coupe aussitôt le son – révulsée par la musique –, puis appuie sur la télécommande du home cinéma, relié aux enceintes dispatchées dans tout le rez-de-chaussée. Elle sélectionne une lecture aléatoire de la discographie de Queens of the Stone Age ; les premières notes de guitare électrique emplissent le salon de décibels agressifs.

Jambes repliées, langées sous le plaid, Claire allume le MacBook qui repose sur la table basse. Ses fins sourcils sont froncés. Soucieuse, elle navigue sur les sites d'actualités. Elle épluche la presse locale. Fait chou blanc. Consulte ensuite les médias nationaux. Même BFM TV ne parle pas du meurtre de la sortie 16. Étrange… Très étrange…

Elle doute que la police soit parvenue à masquer un crime commis sur un carrefour aussi fréquenté. Les magouilles politiques la dépassent, elle ne comprend pas en quoi ce meurtre peut nuire à une ville qui comptabilise déjà quatorze victimes, perpétrées par le plus abominable tueur en série que Toulouse ait compté. Non, elle ne voit vraiment pas. Ce silence médiatique l'intrigue.

Le SMS reçu l'a alarmée, désarçonnée, mais elle reste pragmatique. Sans vergogne, elle a abandonné son téléphone, sachant que l'auteur du message pouvait la localiser. La retrouver. Claire n'en a cure, elle n'a pas tergiversé, ce n'est pas une maniaque de la téléphonie. Et, de toute façon, elle dispose d'un deuxième portable : celui dédié à sa seconde *clientèle*.

Elle s'enveloppe complètement dans le plaid. Submergée de laine jusqu'au menton. Seules ses mains sont découvertes, elles tiennent l'ordinateur sur ses genoux.

Un point rouge sur son compte Facebook l'informe qu'elle a une notification. Elle ouvre le réseau social, toujours avec la même réticence tenace quand elle consulte son profil. Sa liste d'amis est maigre, la vie transparente et insipide de ses contacts l'indiffère. Un message privé émane de Jessica, une connaissance avec laquelle elle a sympathisé durant ses cours de yoga. L'adepte de la discipline s'inquiète de savoir pourquoi elle ne suit plus les séances depuis l'été dernier et la bassine encore pour boire un verre en centre-ville. Claire se demande pourquoi Jessica insiste autant pour la faire sortir. Dire qu'elles sont amies est un bien grand mot : Jessica était la moins débile du groupe. Elle se démarquait des mamans blasées, des retraitées aigries, des adolescentes écervelées. Une fille sympa, moins stupide que la moyenne, mais qui ne mérite pas le qualificatif de « bonne copine ».

Ses doigts tapotent le clavier. Claire répond – encore une fois – qu'elle préfère suivre les cours chez elle, puis décline l'invitation en restant évasive : « Une prochaine fois, peut-être. »

Elle ouvre sa boîte mail. Aucune demande de transport n'a été faite. Claire est soulagée de ne pas travailler dans ce contexte anxiogène. Elle se voyait mal conduire avec l'esprit tourmenté, pollué d'élucubrations insidieuses, et elle se réjouit en songeant que l'ambulance économisera – *a priori* – sa réserve d'essence : le gouffre budgétaire de sa petite entreprise.

Elle tombe sur le mail de sa seconde *clientèle*. Le rendez-vous de quatorze heures.

Claire n'a pas la tête à ça. D'autres soucis plus urgents parasitent ses pensées. En rentrant chez elle, elle s'apprêtait à décliner l'invitation. Mais à cet instant, ses prunelles pétillent d'excitation.

Le nom du *client* lui saute aux yeux. Elle se remémore le bonhomme, elle a déjà eu affaire à lui.

Claire le visualise. Elle se souvient de lui.

Et elle se souvient surtout de son métier.

Elle pianote une réponse positive et envoie le mail. Finalement ce rendez-vous peut s'avérer instructif.

Les lignes de basse font vibrer la maison, la batterie est assourdissante, le solo de guitare psychédélique. Claire se précipite vers l'escalier et grimpe à l'étage.

Son dressing en ferait pâlir plus d'une, elle pénètre – entièrement – à l'intérieur. Des boîtes de vieux vêtements s'élèvent jusqu'au plafond. Les tenues s'alignent sur leurs cintres, les chaussures sont rangées en dessous. Escarpins, bottes, bottines, ballerines, Converse, Stan Smith multicolores : les modèles sont ordonnés dans des casiers en tissu, exposés comme derrière la vitrine d'un magasin.

Elle ouvre un vanity, fourre une tenue appropriée à

l'intérieur, la paire de chaussures adéquate. Puis elle se rue dans la salle de bains, à l'autre bout du couloir. Elle complète son sac de fortune avec une trousse de toilette – toujours prête en cas de besoin – et, après une brève inspection dans le miroir, retourne dans sa chambre en trottinant.

Les posters de sa jeunesse sont accrochés aux murs – *Le Seigneur des anneaux*, *Terminator*, *Mad Max* –, mélangés aux affiches de hard rock dont elle raffole depuis l'adolescence. Des coussins et des peluches ont investi le lit. Des romans fantastiques et de science-fiction accumulent la poussière dans la bibliothèque.

Dans le placard coulissant, encastré dans la cloison, Claire saisit la bretelle de son sac à dos.

Celui qui renferme son *matériel*.

Elle le hisse sur son épaule. Le sac est lourd, les objets bringuebalent à l'intérieur dans un raffut métallique.

Sa mâchoire se contracte. Une douleur irradie en bas de son dos. Dans la précipitation, elle ne s'est pas penchée correctement. La sanction est immédiate : elle souffre. Avec une grimace persistante, et l'impression qu'on lui a attaché une ceinture de plomb autour des lombaires, elle redescend avec toutes ses affaires. Après s'être chaudement emmaillotée dans ses habits d'hiver, elle active l'alarme et quitte la maison.

Oui, ce rendez-vous promet d'être intéressant, estime-t-elle en fermant la porte.

L'interrogatoire

— À l'intérieur ? Comment l'horreur pouvait-elle être à l'intérieur ? s'étonne *Jabba*.

Sandrine hoche tristement la tête. *Gollum* aboie :

— Cessez votre suspense, Poujol, expliquez-nous. Qu'a dit le légiste ?

La policière inspire profondément.

— Le corps ne présentait aucune autre marque, excepté l'entaille du filin autour de la gorge, les brûlures causées par le taser, les traces de liens, de défense et la piqûre de neuroleptique. En revanche, Fanny Daveau, comme toutes les autres victimes, avait le rectum perforé.

Bruits de malaise dans l'assistance. Gorges qui raclent. Déglutitions. Chaises qui grincent.

— Dans le cas de Fanny Daveau, seul le rectum était perforé. D'autres filles ont été sodomisées avec une telle violence, une telle rage, une telle profondeur, que les organes internes ont été endommagés ; certaines ont même eu le péritoine déchiré. C'était une véritable bouillie de viscères à l'intérieur.

Un silence morbide règne dans le bureau. Sandrine le brise :

— Pour toutes les victimes, les viols ont eu lieu *ante mortem*.
— Aucun rapport vaginal ? demande *Gollum*, encore heurté par les détails sordides.
— Aucun.
— Avec quoi ont-elles été violées ? s'enquiert *Voldemort* – la sueur perle sur son crâne chauve.
— L'assassin a eu recours à un sex-toy, type godemiché, un engin très long et hérissé de lames rétractiles. Un accessoire de son invention, nous supposons. Aucune trace d'ADN n'a été retrouvée dans les victimes. Pas de sperme. Pas de poils. Rien qui puisse nous aiguiller dans une direction. Vu le caractère du meurtre, sa sauvagerie, nous redoutions tous une nouvelle victime. Nos craintes ont été confirmées deux semaines plus tard.
— Parlez-nous des autres victimes, ordonne *Gollum* avec arrogance.

Sandrine rembobine l'enquête dans son esprit. Une affaire comme on n'en rencontre qu'une seule dans toute une carrière, dans toute une vie.

Avachie sur une chaise inconfortable, son mètre cinquante-neuf est tassé, boudiné dans son tailleur anthracite des grandes occasions. Des tristes occasions. De tête, elle expose les faits :

— Vendredi 18 août, Magalie Brun, vingt-deux ans, retrouvée sous le pont des Demoiselles. Nue. Violée. Décapée au gaz carbonique. Samedi 26 août, Aurore Garibou, vingt-huit ans, retrouvée le long du canal, à Saouzelong. Nue. Violée. Décapée au gaz carbonique. Mercredi 6 septembre, Lydia Ben Anami, trente et un ans, retrouvée dans le parc de la Grande-Plaine, à côté de la cité de l'Espace. Nue. Violée…

— Je crois qu'on a compris, Sandrine.

Gandalf s'exprime pour la première fois.

Sandrine, obéissante, acquiesce en fixant *Gollum*, espérant effacer ce rictus vindicatif qui l'horripile.

— Soit. C'était le vendredi 22 septembre, après la découverte du sixième corps – Justine Fort, vingt-neuf ans, retrouvée sur l'île du Ramier, près du Stadium –, que l'enquête a fait un bond en avant. Nous avons enfin pu faire le rapprochement entre toutes les victimes. Après une étude de leur profil, de leur mode de vie, des auditions de leurs proches et des enquêtes de voisinage, nous avons découvert que toutes ces jeunes femmes pratiquaient la course à pied. Elles étaient des férues de jogging. Certaines participaient même à des compétitions et avaient concouru pour le marathon de Toulouse. Elles avalaient les kilomètres matin et soir. Nous avons compris que le tueur les kidnappait durant leur séance quotidienne du soir.

Gollum montre les crocs :

— Il vous a fallu six morts pour avancer dans l'enquête ? Qu'est-ce que vous avez foutu, avant ça ?

Inébranlable, Sandrine répond du tac au tac :

— Notre boulot, très cher monsieur. Aucune des victimes ne figurait dans le FPR : le fichier des personnes recherchées. Pour la plupart, la disparition n'avait même pas été signalée. Entre l'enlèvement et le meurtre, dans certains cas, la fourchette de temps n'excédait pas les douze heures. Il nous était impossible d'anticiper. Hormis Fanny Daveau et Lydia Ben Anami, les quatre autres victimes étaient célibataires, personne dans leur entourage ne se doutait qu'il leur était arrivé quelque chose. Les corps ont été retrouvés avant que les absences ne soient repérées le lendemain matin. Ensuite nous avons eu des difficultés pour procéder aux identifications. Ces jeunes femmes étaient toutes dépouillées de leurs affaires, nous n'avions aucun papier d'identité, aucun téléphone portable, aucun bijou, aucun vêtement. De plus, elles avaient toutes un profil différent. Les statuts sociaux et maritaux différaient ; les couleurs de cheveux, les yeux, la morphologie, l'âge, la couleur de peau, rien n'était cohérent. Aucune logique ne s'inscrivait dans ces crimes. Comme si elles avaient été choisies au hasard. Comme si elles avaient été au mauvais moment, au mauvais endroit. Nous n'avions aucun témoin, aucune empreinte digitale ou génétique. Rien à nous mettre sous la dent. Nous étions dans une impasse. Dès le premier meurtre, nous savions que nous avions affaire à un tueur impitoyable d'un genre nouveau. Un pervers, un sadique de la pire espèce. Un être doté d'une détermination implacable. Personne n'avait jamais vu ça dans la région. Nous avons fait immédiatement une demande auprès du SALVAC, la base de données regroupant les crimes violents, mais, avec les paramètres que nous avons entrés dans le formulaire, rien n'est sorti. Aucune similitude. Rien de probant. Nous avons épluché les listings des sorties de prison, s'il y avait eu des évasions de patients jugés dangereux dans les hôpitaux psychiatriques de la région : là encore, rien d'intéressant. Nous étions démunis, nous n'avions rien pour avancer dans l'enquête. Comment attraper un tueur qui frappe n'importe qui ?

Gollum se ratatine dans son fauteuil, en position d'attaque. *Gandalf* ôte ses lunettes et se pince l'arête du nez entre le pouce et l'index.

— Quelle était donc cette découverte que vous avez faite, après ce sixième meurtre ? demande *Voldemort*, coupant l'herbe sous le pied de *Gollum*, prêt à asséner une nouvelle salve humiliante.

— C'était plus qu'une découverte, monsieur, nous savions comment il choisissait ses victimes, nous connaissions ses heures de *chasse*, son mode opératoire et, surtout, nous avions son portrait-robot.

10

Vendredi 1ᵉʳ décembre, 12 h 45

Les écrans diffusent une lumière pâle.

La pièce est immergée dans le noir, seule une silhouette se découpe dans l'obscurité, épinglée par la luminosité des cinq écrans juxtaposés sur le bureau, au fond de *l'antre*. Une silhouette assise en tailleur, coiffée d'une capuche noire rabattue sur la tête.

La moisissure suinte des murs en pierre. L'odeur de renfermé et d'humidité prend à la gorge. Les canalisations fuient, serpentant le long des briques et formant des petites flaques éparses sur le sol de terre battue.

Au centre de ce repaire putride, une épaisse table en bois, maculée de taches brunes.

Contre le mur crissant de bruits d'insectes, une série de planches repose sur des tréteaux. Un bac de désinfection de cinq litres est installé dessus ; son *instrument* infâme, tranchant, barbotte à l'intérieur. L'eau est teintée de pourpre. Le reste de ses *outils* s'étale sur l'atelier rudimentaire, sous dix mètres de filin métallique, enroulés sur un clou. Un coin infirmerie est aménagé à l'extrémité : des seringues, des trocarts, des compresses et des ampoules vides sont éparpillés sur un plateau en inox.

Immobile, silencieuse, la silhouette voûtée est absorbée par les écrans qui l'éclairent. Son visage est plongé dans l'ombre. Un rictus sardonique fend sa lèvre supérieure.

Sur le premier écran, le curseur clignote sur la page d'accueil du moteur de recherche Grams. La machine est configurée sur le réseau Tor, garantissant l'anonymat pour surfer sur le *darknet*. Grâce à un habile tour de magie informatique, l'adresse IP émet quelque part dans les Balkans. Loin de son terrain de chasse. Il n'y a aucune chance pour que les autorités remontent jusqu'à son *antre*. Si l'on consulte l'historique du navigateur, on peut découvrir des sites de vente en ligne avec des mots-clés comme Glock d'occasion, Balles de 9 mm, Kalachnikov, Serflex, Drogues anesthésiantes. Snuff Movies.

En 2017, pour se procurer une arme, il ne faut plus vagabonder dans les quartiers malfamés à des heures indues, il suffit d'attendre bien sagement qu'un coursier vous la livre directement chez vous…

Sur le deuxième écran, une fenêtre réduite indique un relevé bancaire de cryptomonnaie : le Bitcoin. Le solde plafonne à 312 BTC, soit plus de deux millions d'euros. Le taux de change de la monnaie virtuelle s'est envolé durant les derniers mois de l'année, et les spéculateurs pronostiquent encore une forte hausse dans les jours à venir.

Dans le coin droit de l'écran, une fenêtre de dialogue est ouverte sur un forum consacré à l'hyperviolence, aux viols filmés et aux amateurs de *Snuff Movies*. Les internautes déblatèrent sur leurs penchants obscènes, échangent des liens cryptés. Le défi : qui réussira à choquer une population déjà immunisée contre le sadisme ? Dans la bulle de *tchat*, les adeptes de barbaries gratuites s'effarouchent, mais tous semblent attendre le prochain commentaire imminent de celui qui se cache sous le pseudonyme : *BB-Yaga*.

Le fantôme de Toulouse ignore les mesquineries de ses *admirateurs*. Toute sa concentration est monopolisée par les trois autres écrans.

Sur chaque écran, un profil différent. Un visage. Un nom. Une fiche détaillée.

Sur chaque écran, une menace potentielle.

Un problème à éliminer.

La silhouette fait craquer ses cervicales, son dos, ses doigts. Elle prend une grande inspiration et, tel un maestro avant le final d'une symphonie, ses doigts se mettent à galoper frénétiquement sur le clavier de l'ordinateur.

11

Vendredi 1ᵉʳ décembre, 12 h 50

— Mate-moi ce p'tit cul.
— J'ai vraiment pas la tête à ça, Tristan.
— Arrête, vieux. T'es pas crédible. Non mais regarde-moi ça.

Ludovic plie, replie et re-replie la serviette en papier jaune du restaurant *L'Entrecôte*. Ses doigts tremblent. Face à lui, son associé lorgne le tablier noir d'une serveuse de la moitié de leur âge.

— T'as fait quoi hier soir ?
— J'ai bossé.
— Hey, ça va. Pas à moi. Tu peux me le dire, j'suis pas ta femme !
— J'ai bossé, je te dis !
— OK. Comme tu veux.

Tristan capitule, lève les mains en signe de reddition. L'associé est la caricature du quadra *branché*, toujours impeccable, sapé comme s'il travaillait à Wall Street. Il porte le Giorgio Armani comme une seconde peau. Rasé de frais, manucuré, plutôt bel homme, une libido disproportionnée et les narines pleines de cocaïne. Blond ; une peau bronzée – quel que soit le mois de l'année –, enduite d'une teinte orangée à force d'être exposée aux cabines à UV. Il transpire le fric, comme le prouve sa montre Rolex, sa gourmette gravée, la chaîne en or qui scintille entre les boutons de sa chemise blanche, sur son torse imberbe.

Ludovic observe son associé d'un air penaud. Une serveuse apporte les salades vertes.

Le restaurant étouffe sous le noir et le jaune : les tables, les nappes, les tenues du personnel, les enseignes. L'établissement est bondé, des clients patientent devant le buffet de l'entrée, la file d'attente s'étire à l'extérieur, au-delà du trottoir, jusqu'au feu tricolore du boulevard. Un brouhaha éreintant emplit les différentes salles.

C'est le même sketch tous les midis.

Ludovic repousse son bol de salade. Tristan s'inquiète :

— Bon, qu'est-ce qui se passe, vieux ? Ça fait dix minutes qu'on est là : tu ne parles pas, tu baisses la tête, tu ne touches pas à ta salade et tu reluques même pas le p'tit cul qui nous fait des clins de fesse depuis tout à l'heure. C'est quoi le problème ?

Ludovic repart dans son origami de serviette. Tristan se penche au-dessus de la table. Il balaye la salle d'un regard et chuchote comme un conspirateur.

— C'est à cause de l'EPIX ? C'est ça ? Certes la dernière évaluation n'était pas terrible, mais tu connais la Bourse : ça fluctue. Le prix des actions va grimper, j'en mettrais ma main à couper. La pharmaceutique, c'est l'avenir. Les investisseurs vont affluer, j'en suis persuadé.

Ludovic grommelle :

— En ce moment, crois-moi, je me contrefous des capitaux d'une société pharmaceutique véreuse comme l'EPIX ou de leurs actionnaires.

— Hé ! Un peu de respect. Ces véreux, comme tu dis, ont quand même payé ton SUV, ne l'oublie pas.

— Hum.

— Alors quoi ? C'est Roubiau ? Malika m'a dit que t'avais refusé ses appels ce matin.

— J'emmerde Roubiau.

— OK. OK. Lui, je peux comprendre. Alors qu'est-ce qu'il y a ? Il est où le problème ?

Ludovic élude en fuyant le regard inquisiteur de son associé.

— Oh ! Ludo, parle-moi. Je vois bien que ça ne va pas. Tu veux te *repoudrer* le nez dans les toilettes ?

— Non, ça ira.

— C'est Sabrina ? Ta femme t'a encore fait des misères ?

— Non, c'est pas ça...

— Largue-la, mon vieux.

— Je peux pas.

— Pourquoi ça ?

— À cause des jumelles.

— Pff, les gosses. Quel drôle de concept ! Excuse-moi, mais, là-dessus, je ne t'ai jamais compris.

— Comme tu dis, tu ne peux pas comprendre.

Tristan se penche davantage sur la table. Murmure :

— Alors quoi ? Dis-moi, merde !

Ludovic a réduit sa serviette à un petit carré de papier, il triture à présent la nappe avec autant d'acharnement.

— J'ai...

Il s'arrête. Peut-il dire la vérité ? A-t-il *l'autorisation* de raconter la scène dont il a été témoin ? Comment réagirait l'auteur du SMS si celui-ci apprenait que Ludovic a divulgué le meurtre de sang-froid de la sortie 16 ?

Il hésite.

— Alors quoi ? Accouche !

Tristan n'en démord pas. Ludovic sait que son associé est un coriace – redoutable en affaire –, et qu'il ne lâchera pas aussi facilement le morceau.

— Crache-le, insiste Tristan en persévérant.

Ludovic inspire profondément. Exténué, il flanche devant la ténacité de son collègue.

— J'ai assisté à un...

— Je peux vous débarrasser, messieurs, vous ne touchez pas à vos entrées ?

Tristan tape du poing sur la table.

— Putain ! C'est quoi cette manie d'interrompre les gens comme ça ? On discute, vous ne voyez pas ?

La serveuse d'une vingtaine d'années, outrée, bafouille devant tant d'agressivité.

— Tu repasseras quand on te sifflera, assène à nouveau Tristan à la jeune femme scandalisée.

— Tristan, c'est bon, temporise Ludovic.

— Non mais c'est tout de même un monde !

— Laisse tomber, ça va.

Ludovic adresse un sourire gêné à la serveuse au bord des larmes, qui déguerpit vers ses collègues. Tristan fulmine toujours :

— Petite traînée. *Fucking slut !* Je lui enfoncerais bien ma...

— Stop ! C'est bon, je te dis, on passe à autre chose.

Tristan se redresse, évente son col de chemise ; tous les clients des tables voisines le dévisagent.

— Alors, reprend-il une fois calmé, qu'est-ce que t'allais dire ?

Après quelques secondes de doute, Ludovic se jette à l'eau. Il narre son expérience de la veille au soir : la détonation ; la joggeuse qui s'effondre sur le bitume ; le cri d'enfant ; les véhicules en fuite ; la silhouette encapuchonnée derrière le volant de l'utilitaire. Mais aussi le SMS ; la sensation d'avoir été suivi ; la paranoïa qui le gagne…

Pour une des rares fois dans sa vie, Tristan se tait. Il écoute, attentif, le récit de son associé.

Un silence pesant stagne au-dessus de la table, englobé par le tumulte du restaurant.

Le bœuf saignant arrive sur son plateau d'argent, confectionné en lamelles, imbibées de la fameuse sauce secrète de l'établissement. Comme toujours, la cuisson est parfaite. Le plat repose sur un support en métal ; deux bougies, disposées dessous, propagent une chaleur idéale pour maintenir la viande à bonne température.

Une serveuse – différente et plus âgée – sert généreusement en frites maison les deux analystes financiers devenus subitement taciturnes.

Bouchée de bœuf. Frites. Gorgée de vin. Pain trempé dans la sauce. Tristan s'essuie la bouche avant de prendre la parole.

— Tu pourrais le reconnaître, ce type ?
— Celui qui a tiré ?
— Ouais.
— Non. Son visage était plongé dans l'ombre. Mais on s'en fout de ça. Le plus important, c'est que lui il m'a reconnu. Il a même chopé mon numéro de portable.

— Lequel ?
— Mon perso.
— Tu devrais allumer l'autre, au cas où j'aurais besoin de te joindre dans l'aprèm.
— Hum.

Tristan réfléchit. Sa voix devient fébrile.

— Et tu comptes faire quoi ?

Ludovic plonge son visage entre ses mains. Il n'a presque pas touché à son assiette.

— J'en sais rien…, soupire-t-il.
— Tu vas prévenir les…
— Me prends pas pour un con, Tristan, braille Ludovic en relevant la tête. Bien sûr que je n'irai pas voir les flics.
— Parce que…
— Je sais très bien pourquoi ! Putain, super les potes. J'admire ta compassion. Une espèce de psychopathe me harcèle, et toi, tu t'inquiètes de savoir si les poulets vont venir foutre leur nez dans le cabinet. Merci, mec, vraiment !

Tristan se gratte la gorge, mal à l'aise.

— C'est pas ce que je voulais dire, Ludo. Laisse-moi le temps de digérer tout ça, tu veux ? C'est quand même une histoire de dingue ce qu'il t'arrive.

Sa voix baisse d'une octave.

— T'en as parlé à qui ?

Ludovic arque un sourcil.

— À personne.

Tristan acquiesce.

— Prends ton aprèm, vieux. Je m'occuperai de Roubiau.
— J'avoue que ça m'arrangerait.

— En plus je sais y faire avec ces pédés de banquiers.

— Si tu récupères le dossier, ça veut dire que c'est toi qui iras à Londres. Ça ne t'embête pas ? La dernière fois c'était chaud.

— C'est ma deuxième ville, Londres. Enfin, la troisième après Paris. Et mon *english is so perfect, bitch* !

Pour la première fois depuis une éternité, un sourire s'esquisse sur le visage morose de Ludovic.

Tristan – qui avait une faim de loup – termine son assiette et son verre de vin.

— Bon. Tu comptes faire quoi, concrètement ?

Ludovic expire bruyamment.

— Je sais pas.

— Tu ne dois pas te laisser faire, tu m'entends ? Tu dois savoir ce que ce type te veut exactement. Je peux lire le message ?

Ludovic opine à contrecœur. Il pêche son smartphone et la carte SIM dans la poche de son caban, puis reconstruit le puzzle électronique avant de tendre l'appareil à son associé.

— Mot de passe ?

— Toujours le même.

En totale connivence, Tristan entre le mot de passe. Cette complicité perdure depuis de longues années, du temps où ils arpentaient les soirées huppées de la Défense – la cocaïne et le Jack Daniel's coulaient à flots ; une époque où ils avaient la vie devant eux et des projets juteux plein la tête. Ensemble ils ont vécu des moments inoubliables. D'autres, inavouables. Impardonnables…

— Voyons voir ça.

Ludovic observe les tables adjacentes. Un couple roucoule, amoureusement, en se caressant la main. Une réunion de famille s'éternise. Un déjeuner de boulot s'envenime – le ton monte. Des retraités dégustent la viande rouge en prenant leur temps, le mari demande un supplément de frites sous le regard courroucé de son épouse. Deux *working girls* en tailleur fanfaronnent sur les bienfaits du célibat. Des habitués discutent avec les serveuses. Un couple de touristes japonais peine à se faire comprendre sur la cuisson du bœuf.

Un brassage cosmopolite, socioculturel.

Ludovic jalouse ces hommes et ces femmes qui mènent une vie bien rangée, qui ont certainement leurs problèmes, mais qui, contrairement à lui, ne sont pas dans le collimateur d'un tueur sanguinaire.

Les trois notes du smartphone tintent. Une fois. Deux fois. Puis une troisième fois.

— T'as d'autres messages, annonce Tristan.

Il décale le téléphone de façon à ce que Ludovic puisse voir l'écran.

Trois nouveaux messages. Numéro masqué.

Tristan ouvre la messagerie.

Les SMS défilent.

Je sais ce que vous avez vu.

Je vous surveille.

Les messages suivants sont des images. Deux photos, reçues à douze heures vingt et un et douze heures cinquante-trois.

La première montre Ludovic, engoncé dans son caban, dans la file d'attente de *L'Entrecôte*.

Prise de loin, à environ une trentaine de mètres.

La seconde le capte en pleine discussion avec Tristan.
Prise à moins de deux mètres.
Dans l'enceinte même du restaurant.
Le cœur de Ludovic manque un battement.

12

Vendredi 1ᵉʳ décembre, 13 h 20

Ousmane végète dans sa chambre.
Son dos courbé ploie sous la tension qui pèse sur ses épaules menues. Assis près de la fenêtre, juché au sixième étage de sa tour de béton, il scrute la rue entre les interstices des volets à moitié fermés. L'halogène projette une lumière douce, tamisée, qui illumine les affiches de ses films préférés : *Fight Club*, *Usual Suspects*, *Scarface*. La couette forme une boule sur le lit. Des chaussettes sales jonchent le lino. Un épisode de *Breaking Bad* passe sur l'ordinateur portable, posé sur le matelas aux draps troués. Le son crépite des écouteurs branchés à la machine.

Ousmane se moque de la série américaine ou de la saleté qui s'accumule. La peur s'est instillée dans son organisme à un tel niveau qu'elle a phagocyté la facette maniaque de sa personnalité. Il se ronge les ongles, plié en deux près de la fenêtre, épiant les alentours. En mode *Fenêtre sur cour*, il ne lui manque que les jumelles et une jambe dans le plâtre.

La rue est animée. Des jeunes discutent au pied de l'immeuble d'en face, sous le hall. Une vieille dame tire son cabas sur le trottoir. Un homme promène son chien. Un gamin fait des allers-retours en roue arrière sur un scooter. Le moteur pétarade, le bruit des accélérations ricoche contre le bitume.

Ousmane observe tout. Analyse tout. Décortique tout. Une phrase résonne dans son esprit.

Je vous surveille...

Des effusions de rires émanent du séjour. Ousmane sursaute. Il les avait presque oubliés, ceux-là.

Une bande de *sans cerveau à capuche* – les amis de Nazim – a investi le salon aux aurores – vers treize heures du matin. Plutôt que de subir la déliquescence de la nouvelle génération, Ousmane s'est retranché dans son sanctuaire. Au calme.

Il se cramponne à son smartphone en le suppliant mentalement de ne plus sonner. S'il a occulté le problème jusqu'à maintenant, le dernier SMS lui a causé une véritable décharge électrique. La situation ne peut plus être ignorée. Un assassin est à ses trousses. C'est la dure réalité. Il doit faire front. Prendre les choses en main. Pour sauver sa peau. Il se demande comment réagirait Arda. Hésite à le prévenir. Son ami d'enfance a toujours été un fonceur, un meneur. Le leadeur du groupe : celui qui prenait les décisions pour deux. Celui aussi qui était sous les feux des projecteurs, qu'on reconnaissait, qu'on désignait du doigt dans la rue, qu'on respectait pour ses prouesses sur les rings de boxe française, avant la blessure au genou qui a mis un terme prématuré à sa carrière. Toutes ces années, Ousmane n'a fait que suivre son sillage, dans l'ombre, discrètement. Sans faire de bruit. Il n'était considéré que comme le « pote de ».

Ainsi claustré dans sa chambre, il parie que son

colocataire saurait garder la tête froide dans une telle situation.

Il abandonne son point d'observation, attrape son ordinateur, ferme Netflix et l'épisode de la série, puis ouvre le navigateur Internet. Le fil d'actualités parade sur le moteur de recherche.

Le premier article l'interpelle. Ousmane clique.

Terreur à Toulouse. Quand frappera à nouveau le *Baba-Yaga* ? Le web-rédacteur s'enflamme sur le tueur en série le plus *prolifique* de la région. Il rappelle le nom des quatorze victimes, le mode opératoire, le portrait-robot largement diffusé à travers la ville et, dernière nouveauté : le couvre-feu instauré par les autorités pour protéger les jeunes femmes adeptes de running.

Ousmane repasse encore – et encore – le film de la veille dans sa tête. Que faisait une joggeuse à une heure pareille ? Depuis un mois, nul n'est censé ignorer les recommandations de la police ; cette fille devait être complètement inconsciente pour courir aussi tard, qui plus est dans un endroit isolé.

Soudain, Ousmane se fige.

Le sang tambourine contre ses tempes.

Et si l'assassin de la sortie 16 était le *Baba-Yaga* ? Certes, le mode opératoire diffère, mais la victimologie, elle, correspondrait. Le tueur en série s'en est toujours pris à des joggeuses. Pour une raison inexpliquée, il aurait pu être contraint de chambouler ses plans et d'assassiner – sur-le-champ – la jeune femme.

Ousmane a un mauvais pressentiment : il a croisé la route du *Baba-Yaga* hier soir.

Et à présent le fantôme de Toulouse en a après lui…
Une clope, vite !

Ousmane palpe les poches de son jogging. Vides. Son paquet est resté dans le séjour. Resigné, il se prépare à interagir avec les *sans cerveau à capuche*.

Le salon est noyé dans une brume compacte de cannabis. On n'y voit pas à deux mètres. Quatre jeunes, affublés de survêtements criards, casquette ou bonnet sur la tête, capuche rabattue, lézardent sur le canapé, hypnotisés par la télévision et leurs téléphones portables. Tous gravitent autour de la vingtaine.

Il y a Brahim et Youssef – deux frères de dix-huit et dix-neuf ans qui habitent l'immeuble –, et Cyril, vingt et un ans, qui vit dans la tour d'en face.

Ousmane s'est pris de sympathie pour les deux frangins – un peu cons, mais pas méchants –, en revanche il émet une réserve sur Cyril. Le plus vieux de la bande peut être qualifié de dangereux. C'est le chef de meute, le mâle alpha, celui qui s'approvisionne auprès du distributeur et qui refourgue les barrettes de résine à Nazim et ses copains pour qu'ils les vendent ensuite aux clients de l'avenue de la Gloire.

Cyril a fait ses classes dans la plus grande école publique du crime : la prison. Après avoir écopé d'un an pour trafic de stupéfiants, il a accumulé les *bonnes* fréquentations et a appris toutes les ficelles du *métier*, enfermé dans une cellule délabrée et surpeuplée de neuf mètres carrés où, ironiquement, le cannabis est toléré.

— Salut Ous !
— Wesh Ous !
— Beau gosse !
— Salut les boulets…

Seul Cyril n'a pas bronché, il dévisage Ousmane

avec hostilité. Un éclair de rivalité brille dans ses pupilles dilatées, rougies par le THC.

— Une petite partie ? propose Nazim.

Ousmane fait un signe négatif de la tête, puis pioche une cigarette dans le premier paquet qu'il trouve.

— Il est à toi ce paquet ? le menace Cyril.

— Il est à toi cet appart ?

Le jeune freluquet – crâne rasé, sourcils froncés et entaillés – ferme son clapet et se replonge dans le jeu vidéo. Nazim et lui s'affrontent dans un match entre le PSG et Chelsea, les deux frères font défiler des photos de filles sur Tinder, commentant crûment les prétendantes de l'application de rencontre.

— Dites les puceaux, vous n'avez croisé personne de bizarre en venant ici ? demande Ousmane d'une voix qu'il aurait voulue moins chevrotante.

— Comme la mère de Nazim ? s'enquiert Brahim.

— Comme ta sœur ouais ! riposte le petit colocataire.

— Oh ! Les débiles, je suis sérieux. Personne de suspect dans les parages ?

— Pourquoi ? glisse Cyril entre deux répliques cinglantes. T'as les jetons, Ousmane ? T'es tout pâle.

— C'est parce qu'il a vu ta mère, Nazim ! lance Brahim.

— Ma parole t'arrête avec ma mère maintenant.

— Sinon quoi ?

— Je te jure que je te défonce.

— T'es un ouf, frère.

Ousmane perd patience :

— Oh ! Les simplets ! Arrêtez vos conneries. Alors, personne de *chelou* en bas ?

Le plus sage de la bande, Youssef, s'exprime d'une voix calme.

— On n'a pas fait gaffe, Ous. Pourquoi ? Y a un problème ?

Ousmane a déjà fumé la moitié de sa cigarette. Il tourne la tête dans toutes les directions, ostensiblement stressé.

— Non, pour rien.

Nazim met le jeu sur pause. Depuis ce matin – midi –, il sent bien que quelque chose cloche chez le meilleur ami de son grand frère.

— Vas-y, dis-nous, Ous. T'es en galère ?

Les joues d'Ousmane se creusent tellement il tire sur sa cigarette avec avidité. La cendre tombe sur le tapis. Il élude d'un geste de la main.

— Non, ça va. Mais dites-moi si vous voyez un type qui rôde dans le coin, genre suspicieux.

— Comme la mère de...

— Ferme ta gueule !

— C'est quoi suspi... truc ?

Ousmane lève les yeux au ciel. Il sature. Cette bande de demeurés l'épuise. Il estime qu'il mériterait d'être payé rien que pour les supporter. Redoublant d'efforts, il s'échine à leur apprendre un nouveau mot de vocabulaire.

— Suspicieux : c'est un type méfiant, soupçonneux, qui la joue *scred*, quoi.

— Une qui n'est pas très *scred*, c'est la mère de Nazim. La dernière fois j'ai dû changer de trottoir tellement elle est...

L'Interphone sonne.

Nazim jette la manette de PS4 et donne un violent coup de poing dans l'épaule de Brahim. Ce dernier devient hilare. Les jeunes chahutent, rigolent, leurs baskets renversent tous les objets de la table basse.

Désinvoltes, ils s'entremêlent sur le canapé dans une bagarre générale.

L'Interphone sonne encore.

Ousmane s'est immobilisé. En apnée. Indifférent au vacarme des *sans cerveau à capuche*. Son regard se déporte lentement vers le boîtier blanc du vestibule. Comme au ralenti. L'appareil est un des derniers rescapés de la tour, mais il ne sonne jamais. Jamais ! Le hall d'entrée de l'immeuble est constamment ouvert, personne ne l'utilise.

Sauf qu'à présent il sonne toujours.

À pas feutrés, Ousmane se dirige vers le combiné, obnubilé par l'Interphone qui claironne.

Un courant frais traverse son échine. Ses poils se hérissent.

Après une longue inspiration, il saisit fébrilement le combiné du bout des doigts. Approche le haut-parleur de son oreille.

Et il l'entend.

Pas un son, pas une voix.

Juste une respiration.

Profonde. Gutturale. Haletante.

Un souffle d'animal.

Une respiration de bête sauvage.

13

Vendredi 1ᵉʳ décembre, 14 heures

Claire franchit le sas de l'hôtel *Jupiter*.
L'établissement cinq étoiles est incrusté entre un cinéma et un théâtre, dans une rue adjacente à la place Wilson, dans le centre-ville de Toulouse.

Du velours grenat tapisse les murs, une moquette grise recouvre le vaste hall d'accueil épuré. Des clients en costume attendent sur des fauteuils en moleskine – valise à roulettes entre les cuisses ou ordinateur portable sur les genoux. L'ambiance est au travail. Un comptoir en acajou se dresse entre les ascenseurs. Derrière, un employé d'une trentaine d'années reçoit une quinquagénaire : tailleur beige, sac Louis Vuitton, valise Samsonite avec l'étiquette d'Orly encore enroulée à la poignée. Elle arbore une mine agacée sous sa permanente blonde.

Sac à dos sur l'épaule, vanity à bout de bras, Claire adresse un signe de tête complice à l'employé de l'accueil. Ce dernier lève le doigt pour faire comprendre à la *businesswoman* qu'il s'excuse un instant. La femme râle. À l'extrémité du comptoir, l'employé tend une clé magnétique et, dans un geste parfaitement synchronisé,

Claire la réceptionne en glissant un billet de vingt euros dans la main du jeune homme. Ni vu ni connu. Aucun client n'a remarqué le deal.

Le groom de l'ascenseur vire au rouge vermillon quand Claire s'approche de lui. Nonchalamment, elle lui indique l'étage ; le jeune *Spirou* s'exécute. Ils s'élèvent vers le quatrième.

Claire frappe trois coups secs, puis introduit sa clé dans la serrure magnétique. La chambre est la dernière de l'étage, recluse dans un renfoncement du couloir. La porte s'ouvre. Moquette et rideaux gris souris, lit deux places, draps ourlés de mauve, dorures pompeuses, écran incurvé panoramique, minibar généreusement garni : toute la pièce suinte le luxe.

Un homme est assis sur le lit. Torse nu. Il avoisine la cinquantaine, son ventre bedonnant forme une vague de graisse qui déferle sur sa ceinture. Il a le torse velu, des touffes de poils jaillissent sur ses épaules. Un bouc épouse les contours de sa bouche. Son visage se fend d'un large sourire lorsque Claire s'approche pour lui faire la bise.

— Salut, ma petite Claire.

— Je suis plus grande que toi, Quentin.

— Ça faisait longtemps. Je vois que tu n'as pas changé.

— Toi t'as pris du poids, on dirait.

L'homme rit.

— Et je constate que ta repartie n'a pas changé non plus.

Claire s'oblige à être aimable. Elle lui retourne un sourire.

Elle embrasse la salle d'un regard. Frotte son pouce et son index l'un contre l'autre.

— Comme ça on n'y pense plus, argue-t-elle avec autorité.

L'homme extrait cinq cents euros en coupures de cent de son portefeuille. Claire attrape la miniliasse d'un geste vif et les enfouit dans la poche intérieure de son manteau. Elle ouvre son sac à dos, tend une fine bâche en plastique à son *client*.

— Tiens, aide-moi. Étale ça sur le lit.

L'homme, impatient d'excitation, s'y attelle dans la seconde. Il aime qu'on lui donne des ordres. Claire allume la télévision, sélectionne une chaîne musicale – une de celles qui lui refilent la nausée. Elle augmente le volume. Des basses graves vrombissent sur une mélodie hip-hop. Idéal pour couvrir les sons. La séance, comme toujours, promet d'être bruyante.

— Parfait. Maintenant déshabille-toi, mon gros. J'arrive. Je file me préparer.

Dans la salle de bains, Claire recompte les billets. Sans contestation, sa seconde *clientèle* est plus riche que la première. Elle sort sa trousse de toilette et débute sa métamorphose, comme un papillon qui éclôt de sa chrysalide.

Aujourd'hui, pourtant, elle n'a pas la tête à ça. Telle une tortionnaire, elle ne va pas prodiguer ses *services* par plaisir, mais dans l'unique but de soutirer des informations. Elle sait délier les langues. Elle a même un don pour cela. Dans le feu de l'action, les mâles en rut sont tous prêts à dire ou faire n'importe quoi pour pouvoir profiter encore des plaisirs charnels dont seule Claire a le secret. Et ils en redemandent tous. Encore. Et encore.

Claire émerge de la salle de bains dix minutes plus tard.

Elle porte un corset en cuir, sans bretelles, avec un sulfureux décolleté qui rehausse sa poitrine généreuse, et un string noir à la ficelle invisible. Des bottes à talons aiguilles, avec cuissardes, dévorent ses jambes jusqu'à mi-cuisse. Des bouquets de minuscules grains de beauté pigmentent sa peau d'ivoire ; elle n'a aucune impureté, aucun poil qui dépasse, seul un petit tatouage orne l'intérieur de son poignet gauche. Un collier en cuir lui noue le cou. Ses cheveux courts et bruns sont relevés en épi derrière la tête, une mèche camoufle son front jusqu'à la naissance des sourcils. Ses yeux azur – presque phosphorescents – sont cerclés de noir. Un trait d'eye-liner prolonge son regard aguicheur, contrastant avec son teint de porcelaine.

Une veuve noire.

L'homme est allongé sur le lit, adossé contre le mur. Il salive déjà, l'écume aux lèvres.

— À nous deux, mon gros.

Claire s'approche d'une démarche sensuelle, féline, exagérant son déhanché. Le cuir épouse le galbe de sa silhouette. Elle déballe son matériel sur le plastique qui protège les draps, aux pieds de l'homme nu et excité.

D'une main experte, elle menotte ses poignets, ses chevilles ; le client s'apparente à une étoile de mer échouée sur le ventre. Elle enfonce un bâillon dans sa bouche, manquant l'étouffer, puis serre violemment les lanières alors que l'homme suffoque déjà de plaisir.

Claire s'installe à califourchon sur le dos du *dominé*. Elle s'empare d'une sorte de raquette cloutée, commence à asséner des coups secs sur les fesses flasques et poilues qui s'affaissent sous son nez. Au début doucement. Puis avec de plus en plus d'intensité. De plus en plus de rage. Le postérieur du client se colore de rouge, les premières gouttes de sang perlent sur l'épiderme.

Claire se lève comme une furie, saisit une cravache et frappe de toutes ses forces. Sur les jambes, les fesses, le dos, elle frappe, véhémente, enivrée, alors que l'homme gémit sourdement dans son bâillon. Le cuir marque la peau, écorchée vive par endroits. Les claquements sifflent dans la chambre, absorbés par le tapage musical de la télévision. Les *instruments* alternent : martinet, cordes à nœuds, fouet, pinces.

Animée par un feu de brutalité, Claire flagelle, fouette, lapide, lynche ; elle libère toutes ses frustrations en une déferlante de violence. L'homme s'égosille sous son bâillon. Les sangles déchirent ses bajoues, enfonçant plus profondément la boule dans sa gorge enflée.

Claire enfile ensuite un gant aux griffes métalliques affûtées. Le dos du *client* se transforme en une toile de peinture sanguinolente, zébrée d'écorchures. La *Black Panther* mutile avec davantage de férocité, imprégnant de sillons pourpres et suintants les téguments meurtris de ses serres acérées en aluminium.

D'un bond, elle grimpe debout sur l'homme au bord de l'extase. Écrase. Trépigne. Piétine le pauvre bougre avec ses talons comme un vulgaire insecte. Les aiguilles percent la peau, forent la chair. Claire ôte le bâillon.

— On continue, Monsieur le substitut du procureur ? susurre-t-elle d'une voix sirupeuse.

Essoufflé, l'homme opine vigoureusement.

Sans délicatesse aucune, Claire le tourne sur le dos. Elle juge son informateur bientôt *à point*, elle l'a suffisamment fait mijoter. Elle dispose de plusieurs cordes à son arc si ce gros tas de graisse s'obstine à refuser de parler : elle maîtrise toutes les techniques de bondages et autres pratiques SM. Il parlera, songe-t-elle. Ils parlent tous…

Le sexe du client est gorgé de désir, brûlant, tellement rigide qu'il en souffre. Claire enfile le deuxième gant et poursuit ses ratures rouges sur le ventre mou du magistrat.

— Dis-moi, Quentin, tu as entendu parler d'un crime commis hier soir ?

L'homme, euphorique, ne cesse de geindre. Les yeux rivés au plafond, les mains menottées au-dessus de la tête, sa bouche expulse les râles de la luxure.

Ce con va faire une crise cardiaque, pense Claire. Elle retire ses gants, presse les testicules fripés du client qui s'époumone.

— Alors, Quentin, hier soir ? Près de la sortie 16 ?

Le magistrat s'énerve brusquement :

— À quoi tu joues, là ? Tu sais très bien que je ne peux rien te…

Claire écrase les testicules.

— Alors ?

L'homme exulte.

— Quentin ?

Il éprouve toutes les peines du monde à recouvrer son souffle. Claire insiste :

— Un meurtre à la sortie 16 ? Hier soir ?

— Je ne peux rien…

En deux temps, trois mouvements, Claire extirpe le préservatif glissé sous son string, l'applique sur le gland et, après une grande inspiration, déroule intégralement la capote avec sa bouche jusqu'à la garde.

La verge assermentée de la justice française pénètre dans la gorge de la belle brune.

— Nom de Dieu ! jubile le magistrat.

Claire se retire, malaxe à nouveau les testicules en enfonçant ses ongles.

— Alors Quentin ? Tu veux que je recommence ?

L'homme frétille comme un têtard.

— OK ! OK ! Je suis au courant de rien !

— C'est vrai ce mensonge ?

Elle mord dans les parties charnues des cuisses en le masturbant.

— Je te le jure.

Une gifle.

— Tu jures quoi ? Grosse merde ! Que tu ne sais rien ou qu'il n'y a eu aucun meurtre ?

L'homme est pris de convulsions jouissives – aux portes de l'orgasme. Il jubile lorsqu'on lui parle sur ce ton. Claire le sait et accélère son va-et-vient.

— Réponds-moi, sac à merde !

— J'aurais été au courant s'il y avait eu un meurtre, balbutie-t-il en ahanant.

— T'es en train de me dire qu'aucun meurtre n'a été commis hier soir ?

Les yeux du magistrat se révulsent. Claire ralentit la cadence, retardant l'éruption imminente et inéluctable.

— Réponds-moi !

— Oui ! C'est ce que je dis ! Sinon on m'aurait mis obligatoirement au courant !

— Donc pas de meurtre à la sortie 16 ?

Couinements de plaisir. Soubresauts. Mais pas de réponse.

— Réponds, sale porc !

— Non ! Il n'y a eu aucun meurtre à la sortie 16 !

115

L'interrogatoire

— Vous aviez donc un témoin pour pouvoir établir un portrait-robot ? vocifère *Gollum*.

— Sur les lieux du sixième crime, en effet.

Sandrine se réinstalle dans son siège, son corps flasque est prisonnier des accoudoirs. Son visage rond, presque juvénile, constellé de taches de rousseur et encadré de mèches auburn, demeure placide face aux assauts répétés de *Gollum*.

— Quand nous sommes arrivés le vendredi 22 septembre sur l'île du Ramier, vers six heures trente, des badauds fouinaient déjà autour du périmètre de sécurité. Nous avons découvert Justine Fort, vingt-neuf ans, mariée, un enfant, vendeuse à la Fnac, dans un bois au sud du Stadium, près des terrains d'entraînement. Nue. Violée. Décapée au gaz carbonique. Un ballon noir attaché à son orteil. Comme les autres. Nous avons recueilli tous les témoignages des personnes présentes autour des cordons de démarcation. Et nous sommes tombés sur le *ticket gagnant*. Un témoin – une joggeuse – a affirmé avoir vu un homme sortir du bois en courant, vers cinq heures trente. Elle nous a dit être restée tapie à l'orée du bois, méfiante, et avoir réussi à discerner les traits de l'inconnu. Elle est passée plus tard dans la matinée au commissariat pour signer sa déposition et nous avons pu établir un portrait-robot.

— En pleine nuit ? Elle a vu son visage ? Trop beau pour être vrai, ironise *Gollum*.

— C'est ce que nous avons cru au début. Mais ce témoignage est venu corroborer nos découvertes lorsque nous avons identifié le véhicule du tueur.

— Quand était-ce ?

— Après le neuvième meurtre.

Gollum répand son venin :

— Vous vous entendez, commandant Poujol ? Neuf meurtres ! Il n'y a pas comme un signal d'alarme qui retentit dans votre caboche rousse ? Bordel ! Comment un individu peut-il massacrer neuf personnes en deux mois et en toute impunité ? Sans se faire remarquer. Sans que personne le voie. Même à Hollywood ils n'osent inventer un truc pareil ! N'aviez-vous pas quémandé de l'aide ? N'aviez-vous pas senti, à un moment donné, que vous étiez totalement dépassée par la situation ? Quand j'entends ça, je me demande si vous étiez réellement assez qualifiée pour enquêter sur cette affaire. Aviez-vous l'expérience requise pour diriger cette enquête ?

Gandalf gronde en arrière-plan. Il tire sur sa pipe, expire un nuage de fumée vers le plafond. Ses doigts lissent l'épaisse barbe blanche qui encadre son visage cireux.

Sandrine le gratifie d'un mouvement de tête. Tout en conservant un calme olympien, elle se justifie :

— Je n'aurais pas été nommée à ce poste si mon chef doutait de mes capacités. J'imagine que vous avez lu mes états de service, les notes annuelles de ma hiérarchie et la décision du juge après la période de flagrance. Je pense avoir fait mes preuves par le passé, vous conviendrez donc que le choix de m'attribuer cette affaire était légitime. Manquer de respect à cette décision, c'est directement manquer de respect à mon supérieur.

Gollum se renfrogne, touché au vif.

— Pour répondre à vos précédentes questions, cher monsieur, bien sûr que nous avons demandé de l'aide. Un groupe de Paris a été dépêché du 36 pour nous prêter main-forte. Nous avons collaboré avec les autres brigades de Toulouse et nous avons consulté des psychiatres, des profileurs. Au final, cette multiplication de coopérations s'est avérée néfaste pour l'enquête. Après le dixième meurtre, seule la brigade du 36 est restée pour nous épauler. Malgré tous leurs efforts, ils se sont retrouvés aussi désarmés que nous.

Voldemort use de son autorité :

— Allons. Ne nous dispersons pas. Commandant Poujol, racontez-nous la découverte de ce véhicule.

Sandrine approuve.

— Soit. La neuvième victime s'appelait Fatima Zayani, trente-trois ans, en couple, sans enfants ; elle a été retrouvée le 21 octobre sur la voie ferrée, vers le quartier Barrière de Paris. Ce sont nos collègues du Poste de Contrôle vidéo, à Saint-Cyprien, sur leurs trente mètres carrés d'écrans de contrôle, qui ont remarqué un véhicule suspect arriver sur la scène de crime vers quatre heures du matin. Après un visionnage méticuleux des bandes de vidéo-surveillance des différentes caméras de sécurité disséminées autour des précédentes scènes de crime, notamment aux carrefours, nous avons pu recouper les images. Sur cinq des neuf meurtres, nous avons formellement identifié le même véhicule dans le champ des caméras. Il pénétrait dans le périmètre de la découverte des corps. Et ensuite plus rien... Nous perdions sa trace...

— Comment est-ce possible ? s'étonne *Jabba*.

— Nous l'ignorons, monsieur. Le véhicule disparaissait... Il demeurait introuvable. Nous le voyions entrer dans le secteur, mais jamais en ressortir.

— Ne passait-il pas par une autre route ? C'est incroyable, tout de même.

— Nous avons épluché toutes les bandes-vidéo aux alentours des scènes de crime sans trouver d'explication rationnelle. Le véhicule apparaissait à l'aller, sur le champ des caméras. Mais aucune trace au retour. Comme s'il restait sur place, caché quelque part, ou qu'il s'était volatilisé. Littéralement. Comme...

— Comme un véhicule fantôme, raille *Gollum*.

— De quel type de véhicule parlons-nous ? s'enquiert *Voldemort*.

— Un utilitaire de la marque Volkswagen. Comme nous le supposions, le meurtrier transportait ses victimes dans un fourgon.

— Et ensuite ? siffle *Gollum*.

— Ensuite tout est allé très vite. Nous avons pu déchiffrer la plaque minéralogique et, après consultation du service des cartes grises, nous sommes tombés sur notre suspect : Baptiste Bagaievski, trente-trois ans. Il ressemblait trait pour trait au portrait-robot que notre témoin-joggeuse nous avait décrit. Jusqu'à présent, nous pouvions mettre un visage sur notre ennemi. Maintenant nous avions un nom.

Gollum enchaîne :

— Et après ça ?

— Après ça, la traque a débuté.

14

Vendredi 1ᵉʳ décembre, 14 h 10

— J'ai Ludovic et Tristan !

Les analystes financiers s'immiscent dans la foule du *Starbucks* de Jean-Jaurès. L'établissement bondé a des allures de ruche : les clients s'agglutinent en un essaim compact, bourdonnant, attendant tous comme des abeilles ouvrières auprès de leur reine-caféine.

Ludovic se contorsionne dans la masse pour atteindre le comptoir. Un jeune serveur en tablier vert lui donne les breuvages.

— Toujours le bordel, ici, peste Tristan une fois à l'extérieur.

Un vent glacial balaye les allées. Ludovic tire sur le col de son caban. Une vague de froid cinglante se déverse sur la ville, bouleversant les mœurs d'une population peu habituée à de telles températures. Les bonnets sont vissés sur les têtes, les écharpes lacées, les manteaux chauds arborés, les gants enfilés. On tousse, on se mouche, certains crachent par terre, tout le monde regarde son voisin comme s'il était atteint du virus Ebola. La psychose médiatique de la grippe contamine les esprits.

Depuis qu'ils ont quitté le restaurant dans la précipitation, Ludovic est abattu. Le tueur était à quelques mètres de lui, il aurait pu le toucher, l'agresser. Ou pire… Cette promiscuité l'a déstabilisé. Ébranlé. La présence de Tristan le rassure un peu ; mettre son associé dans la confidence lui a insufflé un regain de combativité : un sentiment de fraternité, l'impression qu'il n'erre plus dans un désert de solitude et d'angoisse. La légèreté dont a fait preuve Tristan le chamboule encore, mais il sait qu'il peut désormais compter sur son ami pour lutter contre son harceleur.

Malgré cela, il dérive, désorienté, dans les arcanes de la paranoïa.

Quand il observe les flots de riverains, il lui semble apercevoir – parfois – une silhouette encapuchonnée qui l'épie, immobile dans le flux de passants. Qui le surveille. Qui le fixe, lui. Et personne d'autre. Comme une image figée dans le temps. La seconde suivante, cette vision disparaît.

Il commence à perdre la boule.

Un café torréfié, aux arômes d'agrumes et d'épices, réchauffe les gants en cuir de Ludovic. La fumée qui s'en échappe se mêle aux nuages de vapeur qu'expulse sa cigarette électronique.

Les deux associés marchent vers le passage piéton, au cœur de la marée humaine. Le bonhomme passe au rouge.

Le boulevard et les façades sont sublimés par les décorations de Noël, qui projettent des halos blancs et rouges dans le ciel opalin.

Tristan parle d'une partie de jambes en l'air avec une fille qu'il a rencontrée, mais Ludovic ne l'écoute pas palabrer. Il boit une gorgée de son café succulent. Son attention est attirée par l'affiche géante de l'abribus.

À une époque, ces emplacements étaient réservés pour assurer la promotion des derniers blockbusters, ou d'un mannequin anorexique vantant les fragrances d'un parfum hors de prix. Aujourd'hui, ils diffusent des portraits-robots de tueurs en série.

Ludovic plonge son regard inquiet dans celui – implacable – du *Baba-Yaga*.

Une sensation de vertige le foudroie subitement.

Il tangue, se rattrape de justesse à une dame, sur sa droite, déclenchant l'indignation de cette dernière.

Ses oreilles bourdonnent. Il n'entend plus rien. Ne voit plus rien, comme si une grenade avait explosé à proximité.

Étourdi.

Il a fait le lien.

Le puzzle s'est imbriqué de lui-même dans sa mémoire : les revues de presse, les joggeuses, le fantôme de Toulouse.

La conclusion clignote dans son cerveau.

Le *Baba-Yaga* – en personne – le harcèle.

— Ludo ? Oh ! Ludo !

— Hein ?

— Ça va ?

Ludovic se reconnecte avec le monde réel. Les gens lui lancent des regards emplis de mépris – comme s'il était un fou, évadé d'un asile. Le bonhomme passe au vert. Le troupeau, méfiant, se hâte de traverser.

— Ouais. C'est rien. Écoute, je crois que je ne vais même pas repasser par le bureau. Je vais rentrer.

Tristan l'entraîne par le bras sur le passage piéton.

— Pas de souci, vieux. Barricade-toi chez toi et ressaisis-toi. Et surtout éloigne les petites.

Ludovic approuve :

— T'as raison. Je vais les envoyer chez leurs grands-parents.

— C'est plus prudent. Écoute, je torche l'histoire avec Roubiau et je te rejoins. Tiens bon. On est deux maintenant sur le coup. On ne va pas se laisser faire. J'ai ma petite idée…

Les associés se séparent au pied de l'immeuble qui héberge leur siège.

Ludovic fonce vers son SUV. Il marche vite, les mains dans les poches, et se retourne tous les trois mètres avec cette impression tenace et désagréable que quelqu'un le suit. Sa vision se brouille. Des flashs intempestifs s'impriment sur ses rétines – une silhouette encapuchonnée –, puis se volatilisent l'instant d'après.

Il hallucine. Sa santé mentale est sur le déclin.

Ludovic accélère. Trotte. Court. Disséquant les gens qu'il croise. Jaugeant les comportements. Évaluant la menace. Il va de plus en plus vite, descend les escaliers du parking souterrain au pas de course. Son cœur s'emballe.

Il atterrit au sous-sol. Sprinte vers son véhicule. Sa respiration est saccadée, des panaches de fumée s'expulsent de sa bouche béante à chaque expiration.

Les néons clignotent, occultant les anfractuosités du parking, plongeant des zones entières dans l'obscurité. Les voyants des sorties de secours, nimbés de vert, se perdent dans l'atmosphère glaciale du souterrain.

Ludovic redouble d'efforts, remuant la tête dans toutes les directions.

Soudain il s'arrête. Paralysé.

Le SUV est garé à la même place, dans l'ombre d'un pilier.

Rien n'a changé hormis un détail : trois ballons sont accrochés aux essuie-glaces.

Ils flottent, bercés par les courants d'air qui sifflent entre les blocs de béton sinistres.

Trois ballons noirs.

15

Vendredi 1er décembre, 14 h 30

Le scooter file dans la ville comme un météore. Dépassements par la droite, par la gauche, il slalome dans la circulation, esquivant les autres véhicules qui déboîtent, les bus, les vélos ou les piétons aventureux qui traversent n'importe où.

Le vent s'engouffre sous son écharpe brodée aux couleurs du Real Madrid, la vitesse fait gonfler sa parka. Téléphone coincé entre le casque et sa mâchoire imberbe, Ousmane hurle pour se faire entendre :

— Tu peux te libérer ? C'est bon ?

À l'autre bout de la ligne, Arda confirme qu'il peut s'octroyer une courte pause.

— Super ! J'arrive, gros. J'suis là dans cinq minutes.

Ousmane accélère.

Après l'épisode de l'Interphone, il est retourné se calfeutrer dans sa chambre, tremblant de peur. Pétrifié. La respiration qui a grésillé dans le combiné n'avait rien d'humain, il est prêt à le jurer. Il a repensé à la scène de la veille – comme toutes les cinq minutes ; à ce cri d'enfant, mais, surtout, à cette ombre qui s'est déployée sous le tunnel du périphérique, telle une tarentule géante, monstrueuse. *Surnaturelle*.

Morfondu dans le bazar de sa chambre, Ousmane a pris deux décisions : recouvrer sa confiance en soi, et partager ses péripéties avec Arda. Son fardeau devenait trop lourd à supporter tout seul. Il était catégoriquement hors de question de se confier aux *sans cerveau à capuche* – impossible à museler –, alors il a opté pour affronter le monde extérieur.

Sur ses gardes, redoublant de vigilance, il a enfourché son scooter sans se retourner. Il a pris la tangente à toute vitesse.

Le CHU de Rangueil se profile au sommet de la colline.

Un assemblage de bâtiments aux nuances orangées nacrées, enchevêtrés les uns dans les autres, culmine au-dessus de la ville. Il semble veiller sur les habitants.

En arrière-plan, le ciel laiteux voile les rayons du soleil. Le vent fait bruire les arbres, des branches jonchent la route en virage qui grimpe vers l'hôpital.

À fond les manettes, Ousmane traverse le rond-point du complexe et passe sous les barrières de sécurité. Une façade quadrillée d'armatures de métal le surplombe. Il dépasse plusieurs parkings, puis pénètre sous les piliers qui soutiennent le bâtiment H3. Il gare son Peugeot au plus près de l'accueil.

Portes battantes. Hall. Cafétéria. Terrasse extérieure.

Des amas de blouses blanches, sporadiques, discutent en fumant. Des infirmières mangent sur le pouce, malgré le froid. Un groupe de visiteurs sirotent un café en réconfortant un proche hospitalisé. Une famille de Roms a établi un petit campement autour des parterres de fleurs fanées.

Arda est assis, les pieds sur un banc, en pleine conversation avec un collègue. Il arbore sa tenue blanche de brancardier, un téléphone loge dans sa poche de poitrine.

Ousmane se précipite à sa rencontre :

— Ça va ?

— Ben ouais… Et toi ? Qu'est-ce qu'il y a de si urgent qui ne peut pas attendre ce soir ? Ça y est ? T'es passé à l'acte ? T'as tué mon frère ?

Ousmane ne relève même pas la plaisanterie.

— Je pourrais te parler en privé ?

Il adresse une moue gênée à l'autre brancardier. Arda exprime sa surprise :

— Euh… ouais. Si tu veux. Tu peux nous…

— Vous fatiguez pas, j'ai compris. Je dérange.

— Désolé Medhi, à plus.

Ousmane, reconnaissant :

— Ouais, merci Medhi. À la prochaine.

Les deux colocataires s'isolent dans un coin de la terrasse.

— Alors, qu'est-ce qui t'arrive ?

Ousmane inspire. Prend son élan. Puis déballe tout.

Pendant cinq minutes, il explique les circonstances qui l'ont conduit ici et l'état de panique qui le rend inapte à prendre la moindre décision.

Arda reste songeur un moment.

— C'est incroyable, ton histoire, finit-il par dire.

— C'est pourtant bien réel. Si t'avais entendu ce bruit dans l'Interphone. J'en ai encore des frissons.

Arda réfléchit à haute voix :

— Le gars a ton numéro, ton adresse. Si ça se trouve il a d'autres renseignements. Si j'étais toi, je bloquerais mon compte en banque, on ne sait jamais.

Ousmane n'y avait pas pensé. Cela ne lui a même pas effleuré l'esprit. Arda poursuit :

— Si c'est effectivement l'autre taré de *Baga* machin, t'es dans la merde, mon pote. Dans une grosse, grosse merde. À mon avis, t'as pas le choix.

— Qu'est-ce que tu ferais, toi ?

— Ce que n'importe qui d'autre ferait : j'irais voir les flics.

Arda réalise peu à peu la gravité de la situation à mesure qu'il expose ses idées.

— C'est du sérieux. Du putain de sérieux ! Vas-y tout de suite, mec. Qu'ils te protègent. Et dis-leur qu'il a sonné à la coloc. Qu'on est peut-être tous en danger ! Je vais dire à Nazim de partir chez maman. On n'est peut-être plus en sécurité à l'appart.

Ousmane opine, les yeux exorbités. Il boit les paroles de son ami.

— Combien il en a buté ? Treize, quatorze ?

— Quatorze, confirme Ousmane, qui est devenu incollable sur le fantôme de Toulouse.

— T'imagines ? Un mec comme ça fera tout ce qu'il peut pour...

Arda laisse sa phrase en suspens.

— Pour ne laisser aucun témoin, je sais, complète Ousmane, dépité, avec la même austérité qui vrille le timbre de sa voix.

L'attitude d'Arda change, et ce changement irrite Ousmane au plus haut point. Son ami évite de croiser son regard, sourit bêtement. Tragiquement. Il l'observe avec une forme de fatalité qui met Ousmane hors de lui.

« Il me regarde comme si quoi ? Bordel ! » fulmine-t-il dans sa tête. Comme s'il était un de ces patients cancéreux qui déambulent en phase terminale ? Comme si ses jours étaient comptés ?

Comme un condamné à mort.

Comme la proie d'un tueur en série.

Le téléphone d'Arda sonne dans sa poche.

— Hum. Hum. Au bloc viscéral. Chambre 702. OK. J'arrive.

La discussion s'écourte, les deux amis se séparent dans un climat tendu.

Toujours en pétard contre son colocataire, Ousmane sort de l'hôpital d'une démarche volontaire. Cependant il est conforté dans son choix. La meilleure décision était finalement la plus évidente : quémander l'aide de la police. Logique.

Les deux-roues sont alignés sous le bâtiment, entre les colonnes de béton. Des taxis et des ambulances stationnent le long du mur.

Ousmane se fige, éberlué.

Trois ballons noirs flottent au-dessus du guidon de son scooter.

16

Vendredi 1ᵉʳ décembre, 14 h 55

Claire boit un thé vert.
Elle est attablée dans un cybercafé, près de la place Saint-Aubin. L'espace est agréable, des banquettes et des poufs, agencés en petits salons individuels, confèrent une ambiance chaleureuse, studieuse. Des lignes de tables hautes sont disposées au centre de la pièce. Le silence règne.

Installée sur un tabouret, Claire trempe ses lèvres dans l'élixir brûlant. Posé à côté du clavier de l'ordinateur, un muffin chocolat-framboise attend son heure sur une serviette en papier.

Elle se force à remplir un minimum son estomac – même si elle n'a pas faim ; elle n'a rien avalé depuis vingt-quatre heures. Après s'être douchée dans la chambre d'hôtel, et s'être savonnée comme si elle avait été en contact avec un lépreux, elle est ressortie du *Jupiter* plus déstabilisée que jamais, en mastiquant trois chewing-gums à la menthe.

Non ! Il n'y a eu aucun meurtre à la sortie 16 !

Incroyable ! Elle sait que lorsqu'un crime est commis, un substitut du procureur est automatiquement prévenu – quelle que soit l'heure du jour ou de la nuit –, et qu'il est impensable, plus de quatorze heures plus tard, que toute l'administration ne soit pas au courant. Même si ce répugnant Quentin n'était pas d'astreinte la nuit dernière, il aurait forcément été informé ce matin.

Depuis cinq minutes, obstinément, elle épluche la presse locale, les blogs d'informations et les rubriques nécrologiques. Rien. Aucun mort par balle recensé la veille.

Des théories saugrenues s'échafaudent dans son esprit. Ses mitaines s'agitent sur le clavier. En pivotant sur son tabouret, Claire consulte des sites qui traitent d'hallucinations collectives, d'effets d'optiques, de phénomènes inexpliqués. Elle cherche, en vain, à trouver une explication rationnelle à ce qu'il s'est produit à la sortie 16.

— Excusez-moi, cette place est prise ?

Claire tressaille.

— Hein ? Quoi ? Non.

Un jeune homme d'une trentaine d'années, genre prof de fac sexy – lunettes fines, mal rasé, sacoche en cuir, jean délavé et jaquette cintrée –, lui sourit. Exactement le style de prétendant avec lequel Jessica – son *amie* de yoga – voudrait la caser. Claire se surprend à repenser une deuxième fois dans la même journée à celle qui s'efforce de renouer le contact. L'idée délirante d'aller boire un verre avec elle, quand cette histoire sera terminée, lui effleure l'esprit. Elle enlève son sac à main et le *beau gosse* se hisse sur le tabouret voisin.

Un peu distraite, elle retourne à ses extravagances. Les sites qui défilent sous ses yeux bleus traitent de perte de la mémoire, de troubles de la personnalité, mais aucun cas d'hallucination collective n'est recensé. Elle tombe sur des communautés farfelues qui soutiennent avoir aperçu des phénomènes étranges comme des soucoupes volantes, le yéti ou le monstre du loch Ness.

D'autres blogs, rédigés par des adeptes de la théorie du complot, affirment que l'armée expérimenterait des gaz toxiques, hallucinogènes, capables de modifier les perceptions sensorielles dans le but de rendre fou. *L'ennemi* verrait alors des choses horribles, irréelles, à en perdre la raison. Claire lit ces hypothèses de science-fiction ; elles feraient certes un bon bouquin, mais aucune ne lui semble plausible et ne s'apparente à la situation de la veille.

Est-il possible qu'elle ait imaginé cette scène ?

Le SMS tendrait à prouver le contraire.

Peu convaincue, Claire se décompose. Elle tourne toujours sur son tabouret, nerveuse, le thé fumant entre les mains.

— Vous faites des études de psychiatrie ?

Claire sursaute à nouveau.

— Pardon ?

— Excusez-moi, je ne voulais pas vous faire peur. Je m'appelle Thomas.

— Claire.

— Je n'ai pas pu m'empêcher de jeter un œil sur votre écran. J'ai vu l'article sur les psychoses hallucinatoires. Vous étudiez la psychiatrie ?

— Je… Non… Ce sont des recherches personnelles.

Le jeune homme opine.

— Je suis interne en chirurgie. Mes stages en psy

remontent un peu, mais, si vous avez besoin, je peux peut-être vous être utile ?

Aucun doute, il plairait à Jessica. Hermétique au charme du futur médecin, Claire devient méfiante. Pourquoi ce type – plutôt canon, certes – s'est-il assis justement à côté d'elle ? Elle redresse la tête, s'aperçoit que de nombreuses chaises sont libres dans la rangée. Elle se met aussitôt sur la défensive. « Qu'est-ce qu'il me veut ? se demande-t-elle. Est-ce pour mes beaux yeux, ou pour une autre raison ? »

Et si…

— Ne faites pas cette tête. Je ne voulais pas vous offenser. Excusez-moi, je vous laisse travailler en paix. Je ne vous dérangerai plus.

L'interne, déçu, se recentre sur un article qui détaille une technique de cœlioscopie révolutionnaire, rédigé en anglais. Claire le toise de biais. Suspicieuse. Elle ne croit pas aux coïncidences. Ce type n'est pas là par hasard.

Elle s'apprête à rassembler ses affaires le plus calmement possible, pour ne pas éveiller les soupçons, quand un message clignote sur sa boîte mail.

Mue par la curiosité, elle l'ouvre.

Ses épaules s'affaissent. Une douleur en étau lui comprime la cage thoracique.

E-mail reçu à 15 heures de baptiste.bagaievski@hotmail.com.

En décembre 2017, tous les Toulousains – toute la France – savent qui est Baptiste Bagaievski.

Les doigts tremblants, Claire tourne légèrement l'écran, pour éviter que joli cœur-interne-fouineur ne découvre l'identité de l'émetteur du message.

Elle desserre l'écharpe qui lui noue le cou et qui – soudainement – l'étouffe, puis inspire à fond en balayant la salle d'un regard circulaire.

Double-clic.

Let the game begin.

Rendez-vous à 18 heures au *Mea Culpa*, le bar près de la médiathèque.

Soyez ponctuel. Chaque minute de retard se traduira par un membre coupé de l'un de vos proches.

Ne me défiez pas…

Et résignez-vous :

Un seul d'entre vous survivra à la fin.

L'interrogatoire

— Commandant Poujol, ne vous êtes-vous jamais demandé, à un moment donné, si ces meurtres pouvaient être l'œuvre de plusieurs hommes ?

Sandrine contemple ses escarpins roses – ceux qu'elle porte une fois par an et avec lesquels elle besogne pour garder l'équilibre.

Gollum la dévisage avec cette indéfectible prétention mêlée de répugnance, se délectant de l'effet produit par sa dernière question piège. *Voldemort* et *Jabba* attendent la suite avec impatience. *Gandalf* cure sa pipe en marmonnant dans sa barbe.

— Eh bien, en effet. Mais cette hypothèse a été réfutée par les rapports des experts en comportement que nous avons sollicités.

— Vous regardez trop la télé, commandant Poujol, déplore *Gollum*.

— Peut-être. Mais tous les comptes rendus des spécialistes convergeaient sur un seul individu. Un seul tueur. Ils étaient unanimes. Selon eux, il était impossible qu'un homme aussi affecté par ses délires, ses fantasmes sadiques, puisse partager ses déviances destructrices avec autrui. De plus, les victimes présentaient toutes exactement les mêmes sévices, le mode opératoire était similaire. L'individu agissait seul, les experts étaient catégoriques. Le profil dressé par les psychiatres décrivait un homme solitaire, avec un passé psychiatrique, peut-être déjà hospitalisé dans un secteur fermé ou une UMD (unité pour malades difficiles). Entre vingt-cinq et trente-cinq ans : assez vieux pour que ses fantasmes soient arrivés à maturation, mais pas plus âgé, car dans le cas contraire nous aurions probablement déjà entendu parler de lui. Nos profileurs nous ont ensuite brossé le portrait d'un individu timide, intelligent, calme, organisé, méthodique et précis – rien à voir avec un psychotique ; un homme mal à l'aise en société, qui vit isolé – certainement à la campagne – et, de toute évidence, doté d'une bonne condition physique pour pouvoir maîtriser ainsi ses victimes.

— Un frustré du cul, quoi, raille *Gollum*. Encore un foutu impuissant !

L'auditoire grommelle.

— En quelque sorte, conclut Sandrine, écœurée par le lexique employé.

— Revenez sur votre suspect, commandant Poujol, exige *Voldemort*. Parlez-nous de ce Bagaievski.

— Soit. Baptiste Bagaievski correspondait au profil. Trente-trois ans, célibataire, sans enfants. Né à Paris, dans le 8e arrondissement, en 1984, d'après son acte de naissance. Un diplôme de BTS technico-commercial acquis en 2005, toujours à Paris. Employé dans une PME de transport poids lourd pendant dix ans. Chauffeur Uber depuis 2015, comme le stipulait son CV sur Indeed. Grand. Athlétique. Brun. Une barbe drue. Plutôt bel homme. Physiquement, il pouvait correspondre. Deux véhicules immatriculés à son nom : une Skoda Octavia – sa voiture de fonction –, et un utilitaire Transporter Volkswagen. Domicilié à Toulouse, à Esquirol. Nous nous sommes renseignés auprès du FICOBA, le fichier des comptes bancaires : l'homme possédait un compte courant avec deux mille euros et un plan épargne logement avec cinq mille euros dessus. Pas de retraits suspects. Aucune activité illégale de ce côté-là. Nous avons ensuite fouillé dans ses déclarations d'impôts, dans les archives de l'URSSAF : là encore, rien de particulier. Idem pour son numéro de Sécurité sociale. Nous avons récupéré les transactions de son employeur ; Bagaievski travaillait beaucoup, sa Skoda arpentait la route du matin au soir, et facturait ses clients par paiements numériques. À première vue, Baptiste Bagaievski semblait irréprochable. Nous avons donc voulu le rencontrer. Et c'est là que les choses se sont corsées.

Sandrine reprend sa respiration. Elle boit dans le verre d'eau mis à sa disposition, puis s'éclaircit la voix avant de poursuivre :

— Baptiste Bagaievski était introuvable.
— Comment ça ? expectore *Gollum*.
— Son adresse postale n'existait pas, le nom de la rue et le numéro avaient été inventés. Son fournisseur d'accès Internet nous a donné une adresse mail, mais n'a rien pu nous apprendre sur ses habitudes de navigation ni sur la localisation de son adresse IP. Nos amis de la cybercriminalité nous ont expliqué que Bagaievski utilisait sûrement un réseau privé virtuel pour encapsuler et crypter ses données. Nous avions affaire à un pirate informatique performant. Il ne laissait aucune trace numérique. Autre fait curieux,

aucune société de téléphonie ne recensait de carte SIM à son nom. Officiellement, il n'avait pas de téléphone. Apparemment l'individu ne communiquait pas – chose improbable de nos jours. Au niveau administratif, numériquement parlant, Bagaievski était quelqu'un de respectable, et ce à tout point de vue. Il cotisait, payait des impôts. Pas un P.-V. de toute sa vie. Un casier judiciaire blanc comme neige. Mais il demeurait introuvable dans la nature. Son véhicule, malgré le traceur GPS, ne figurait pas sur les lieux géolocalisés par Uber. Nous avions les preuves technologiques de ses déplacements, les transactions des clients, mais aucun élément matériel à nous mettre sous la dent. Nous n'y comprenions rien.

— Un fantôme, quoi, lâche *Gollum*, sarcastique.

— C'est vous qui le dites. Dans tous les cas, il s'était évaporé.

Voldemort passe une main livide sur son visage d'ivoire.

— Quand avez-vous retrouvé sa trace ?

Sandrine boit une gorgée d'eau.

— Un autre témoin l'a aperçu lors du douzième meurtre. Preuve que l'individu était bien réel... Et son utilitaire a été filmé à proximité de la plupart des autres scènes de crime. Mais, comme à chaque fois, nous avons perdu sa trace lors du trajet retour. Sa fourgonnette disparaissait...

— La ville mériterait plus de caméras de surveillance ! scande *Gollum* en se tournant vers *Voldemort*.

— Ou moins de tueurs en série, hasarde Sandrine.

Un sourire fugace creuse le visage ridé de *Gandalf*.

— Ce qui est paradoxal, continue Sandrine, c'est que Baptiste Bagaievski était quelqu'un de très actif sur les réseaux sociaux. Pour quelqu'un qui, vraisemblablement, n'allait pas sur Internet, selon son opérateur, c'était plutôt curieux. En vérité il était un des chauffeurs Uber les plus populaires de la région, le mieux noté. Des commentaires paraissaient chaque jour sur l'application de transport, vantant les mérites de sa conduite, de son sens de l'humour ou de son professionnalisme. Les internautes ne tarissaient pas d'éloges ; il était la mascotte d'Occitanie, celui que les clients s'arrachaient. Entre les meurtres, il apparaissait dans des selfies sur ses comptes Twitter et Instagram.

— Un narcissique, souligne *Jabba*, peu loquace. Il vous narguait.

— Un fantôme narcissique et populaire, se moque *Gollum*. On aura tout vu !

— Qui l'a affublé de ce surnom ridicule ? demande *Voldemort*.

— *Baba-Yaga* ?

Le seigneur des ténèbres approuve.

— Les médias, explique Sandrine. Vous connaissez leur goût pour la théâtralité, monsieur, ce n'est pas à vous que je vais l'apprendre. Quand le nom de Baptiste Bagaievski est sorti dans la presse, les journalistes l'ont aussitôt rebaptisé *Baba-Yaga*. Tout simplement. La consonance russe, la mythologie du croquemitaine, les histoires effrayantes : ce genre de choses. Ils s'en sont donné à cœur joie.

Gollum se penche vers la commandante. Sa langue jaillit entre ses lèvres pincées, il avale sa salive en fixant intensément la jeune femme.

— Et vous, Poujol, est-ce que vous croyez au croquemitaine ?

Sandrine pouffe.

— Si la question est est-ce que je crois à un personnage maléfique du folklore soviétique tiré d'un conte pour enfants : la réponse est non. En revanche je crois à un homme doté d'une volonté hors du commun. Un homme méticuleux, patient, capable de tuer quatorze victimes en quatre mois sans se faire attraper. Un homme qui viole des jeunes femmes pendant des heures en les regardant droit dans les yeux. Et non seulement je crois à cet homme-là, mais je sais qu'il existe.

17

Vendredi 1ᵉʳ décembre, 15 h 10

Le SUV tourne dans la rue résidentielle.

À cette heure-ci les enfants sont à l'école, les parents au travail, les retraités scotchés devant France 3. Le quartier est paisible, silencieux, les pavillons se succèdent sous le ciel bas et immaculé. Des platanes jalonnent le terre-plein central, les branches vierges de feuilles ploient sous les bourrasques.

La Volkswagen arrive vite. Trop vite. Il fait une embardée, les roues heurtent le trottoir. Le bitume raye les enjoliveurs dans un bruit de crissement effroyable. Il redresse, *in extremis*, se stabilise, accélère à nouveau. Les rapports tombent, le moteur rugit. Le SUV égrène les mètres puis, brusquement, il pile, dérape et se retrouve perpendiculaire à la route.

Sans cesser de guetter le rétroviseur intérieur, Ludovic martèle le bouton de la télécommande du portail.

Il a évité sciemment la sortie 16 pour rentrer chez lui. Un détour de plusieurs kilomètres qu'il a effectué le nez collé à ses rétroviseurs, persuadé d'être pris en chasse. Il a comptabilisé pas moins de dix véhicules suspects, mais, en fin de compte, aucun ne l'a suivi jusqu'à son domicile.

Le SUV roule sur l'allée de gravier et s'arrête à côté d'une Mini Cooper rouge et blanche. La voiture de *l'autre*. Ludovic s'énerve. La peur se mue en colère. Lui qui espérait méditer tout seul va être obligé d'interférer avec sa femme : la dernière personne sur Terre à qui il a envie de se confier.

Toujours hébété depuis la découverte des ballons noirs, Ludovic claque la portière de son Touareg. La sueur l'inonde de partout. Son front goutte, ses aisselles sont moites, il est trempé malgré le froid polaire qui l'assaille. Il entre.

Une musique jazz émane du salon. Les notes suaves du saxophone emplissent tout le rez-de-chaussée d'une berceuse sensuelle, presque érotique.

Cette fois-ci, Ludovic claque la porte d'entrée.

— Sabrina !

Bruits de pas à l'étage.

— Sabrina ! Qu'est-ce que j'ai dit sur cette musique ?

Un petit bout de femme déboule des escaliers. Elle a le visage harassé par la fatigue et les anxiolytiques. Elle a dû être belle, autrefois. Ses yeux bleus sont cernés, elle porte un jogging et un sweat gris, un foulard à pois blancs est attaché dans ses cheveux blonds coupés au carré. Elle empoigne un chiffon poussiéreux.

— Désolé, Ludo… Je ne pensais pas que tu rentrerais aussi tôt. Pourquoi tu n'es pas au travail ?

Ludovic trépigne :

— Je suis mon propre patron, je te rappelle. Je bosse quand je veux !

Il ferme les yeux, de plus en plus en colère.

— Baisse-moi cette putain de musique !

Sabrina se précipite sur la chaîne hifi.

— Qu'est-ce que tu fous là ? éructe Ludovic. T'as pas un de tes cours de poterie, de peinture, ou un de ces clubs de lecture débile qui te donnent l'illusion d'occuper tes journées ?

Il y a des années que Sabrina ne se vexe plus lorsque son mari lui parle sur ce ton. Elle s'y est habituée. Résignée. La plupart du temps, elle pense même qu'elle le mérite...

— On est vendredi, Ludo, bafouille-t-elle. Je n'ai rien le vendredi, tu le sais.

Ludovic lève les yeux au ciel.

— Si tu imagines que je retiens toutes les conneries que tu fais, ma pauvre femme.

Il marque une pause. Puis :

— Il faut que tu partes.

Sabrina en lâche son chiffon sale.

— Je ne peux pas t'expliquer, élude Ludovic en gesticulant, mais tu dois prendre les jumelles et partir chez tes parents. Au moins pour une nuit.

Sabrina est abasourdie.

— Mais... pourquoi ?

— Ne pose pas de questions ! Contente-toi d'obéir !

La petite blonde au foulard puise dans son courage, elle persiste :

— Mais... dis-moi au moins ce qu'il se passe.

Ludovic frappe de toutes ses forces contre la structure du flipper qui orne le salon. Instinctivement, Sabrina se réfugie derrière l'îlot central de la cuisine. Les couteaux en céramique trônent sur le plan de travail. À proximité. À portée de main. Au cas où ? Elle ne sait que trop bien comment la situation peut dégénérer. Elle en a déjà fait l'expérience, son corps porte toujours les stigmates indélébiles des dernières altercations. Ludovic brise un cadre illustrant les *années bonheurs* – s'il y en a eu –, il fulmine :

— Putain ! Fais ce que je te dis ! C'est difficile à comprendre, ça ?

— Tu… Tu…

— Tu… Tu… Quoi ? répète Ludovic en singeant la mine paniquée de sa femme. Arrête de réfléchir, ça ne t'a jamais réussi. Récupère les petites après l'école et file chez tes parents.

Il baisse d'une octave.

— Je t'appellerai demain matin.

Sabrina pleure, catatonique. Ludovic repart à la charge.

— Allez, bouge ton cul ! J'ai besoin de réfléchir. Je te tiens au courant. Promis.

Ludovic contourne le bar, s'empare d'une bouteille de Jack Daniel's. Les yeux globuleux, Sabrina garde ses distances, scrute son mari comme une bête enragée. Lorsqu'il fait un pas en avant, elle en fait un en arrière : une chorégraphie pérennisée depuis de longues années.

Ludovic échoue sur le canapé. Dans le vestibule, sa femme sanglote. Elle agrippe son sac à main, ses clés de voiture et, tout en lançant un dernier regard épouvanté à *l'homme de sa vie*, elle sort de la maison.

Ludovic s'apaise au moment où le moteur de la Mini devient inaudible. Ses muscles se relâchent. Il se masse les paupières, les tempes, puis boit directement au goulot.

Première. Deuxième. Troisième lampée de whisky.

Son estomac le brûle, son œsophage se réchauffe,

des picotements agréables parcourent sa mâchoire. Il se sent mieux.

Le silence et l'alcool ont des effets salvateurs.

Ludovic se laisse complètement avaler par le canapé. Affalé ainsi, il ressasse l'attitude de Tristan en tournant l'alliance qui scintille à son annulaire. Son collègue a fait preuve d'un self-control étonnant. Suspect, même, serait le terme approprié. Soit la cocaïne lui a définitivement cramé les neurones, soit il ne mesure pas la gravité de la situation. Ou alors il est de mèche.

Ludovic se redresse.

Et si toute cette histoire n'était qu'un canular, une mascarade orchestrée par la société EPIX ou leurs actionnaires ? La multinationale pharmaceutique aurait les moyens financiers pour organiser une telle mise en scène ; pour simuler un meurtre, pirater des données informatiques dans le but de le harceler moralement.

Implantée en Suisse, représentée dans dix-neuf pays, l'EPIX a un chiffre d'affaires qui dépasse les sept milliards de dollars. L'antenne française est basée à Toulouse, au plus près des laboratoires de recherches mais, surtout, loin des radars des brigades financières qui patrouillent à la Défense.

Rasade de whisky.

Et si Tristan était leur complice ? Et si son *ami* désirait prendre les rênes du cabinet en s'alliant aux crapules de l'EPIX ? Ludovic a posé son veto sur certains placements hasardeux – trop dangereux, selon lui. Tristan s'est-il associé au groupe pharmaceutique pour jouir d'une plus grande liberté de mouvement ?

Pour augmenter leurs capitaux et, ce faisant, s'en mettre plein les poches ?

Les doutes infectent les pensées de l'analyste, il regrette à présent d'avoir pactisé avec le *diable* du médicament.

Il attrape son téléphone portable réservé au business et appelle Tristan. Pas de réponse. De plus en plus méfiant, il opte pour le mail. Le vieil appareil à clapet n'offrant pas ce genre de service, Ludovic extrait l'ordinateur de sa besace et l'allume. Il refuse de remettre la carte SIM de son iPhone 8 et de l'utiliser : il ne souhaite pas que son harceleur sache qu'il est rentré chez lui.

Plus il y réfléchit, plus il doute que le *Baba-Yaga* se donne autant de peines avec des témoins gênants. Non, s'il a été effectivement le témoin du fantôme de Toulouse, Ludovic parierait qu'il serait déjà mort à l'heure qu'il est. Cependant la référence aux ballons noirs – mentionnée dans toute la presse – le laisse songeur. Peut-être pour brouiller les pistes ? Pour lui faire croire, justement, que le tueur en série est à ses trousses ?

Rasade de whisky.

L'hypothèse d'un scénario grandeur nature instauré par l'EPIX est plus crédible. Un plan machiavélique, destiné à le rendre fou. Ludovic en est persuadé. Il y a tellement d'argent en jeu, ces requins de la finance seraient prêts à tout pour le mettre sur la touche.

La machine ronfle, la boîte mail s'ouvre.

Plusieurs messages professionnels, de la pub, un autre…

E-mail reçu à 15 heures de baptiste.bagaievski@hotmail.com.

Ludovic laisse échapper la bouteille de Jack Daniel's. Le liquide ambré glouglonte en imbibant le tapis.

Toutes les théories dégringolent dans sa tête. Il écarquille les yeux.

Le *Baba-Yaga*.

Encore lui. Toujours lui. Et il lui a envoyé un mail avec deux pièces jointes.

Ludovic a le souffle saccadé. Le salon tourne autour de lui. Les murs se rapprochent, s'éloignent ; tous ses sens sont affectés, un sifflement continu lui bouche les oreilles.

Désemparé, il lit l'invitation au *Mea Culpa*, les menaces, la promesse qu'il restera un seul *participant* à la fin.

Il ouvre les pièces jointes.

Deux photos.

Une des jumelles dans la cour de récréation, sautillant sur une marelle.

Une de *l'autre*, poussant un caddie, sur le parking d'*Auchan*.

Ludovic chute dans les abysses.

La seconde suivante, un bruit de moteur vrombit devant le portail.

Ludovic se lève, alarmé. Se rue à la fenêtre. Caché derrière le rideau, il épie la rue.

Un SUV – genre service secret américain – est garé devant le trottoir. Le portail est grand ouvert ; Sabrina, en toute hâte, a dû oublier d'appuyer sur la télécommande pour le refermer.

Dissimulé derrière son rideau, Ludovic insulte sa femme de tous les noms d'oiseaux.

Un homme sort du véhicule.

Ludovic ne l'a jamais vu. Les acouphènes augmentent dans ses tympans, sa vision se trouble. Il ne respire plus.

L'individu pénètre dans la propriété et grimpe les marches du perron.

18

Vendredi 1ᵉʳ décembre, 15 h 15

Invisible sous sa capuche, le *Baba-Yaga* patiente sur le seuil de la résidence. Il guette, tapi dans l'alcôve qui abrite la porte cochère lambrissée derrière lui. La peinture verte s'écaille par endroits, déposant des échardes de boiserie sur son sweat noir. Appuyé contre la brique rose, au fond de l'anfractuosité, il scrute les environs, immobile, silencieux. Les mains dans les poches. Telle une ombre dans le décor. Concentrée sur le cybercafé d'en face.

La rue est calme. Un SDF mendie quelques centimes d'euro devant l'entrée d'une supérette, des clients sortent d'une boulangerie, la terrasse du café voisin s'anime brusquement à l'annonce des résultats du PMU.

Des feuilles mortes s'envolent en formant un tourbillon. Le vent glacial déblaye la place, les façades de l'église Saint-Aubin ; il s'engouffre entre les pierres, les interstices, les vitraux, jusque sous le cache-nez de la silhouette encapuchonnée. Malgré le froid, elle reste insensible aux bourrasques. Son regard demeure braqué sur la vitrine du cybercafé.

Le *Baba-Yaga* observe la jeune femme rassembler ses affaires. Des trois cibles, elle est celle qui lui donne le plus de fil à retordre. C'est la plus imprévisible, la plus lucide ; elle est – de loin – la plus intelligente. Enfin jusqu'à maintenant.

Même à cette distance, il peut lire le désarroi sur ses traits tirés, fatigués, dans son regard absent. La panique l'emporte, ostensiblement, à l'instar des gestes désordonnés qu'elle exécute gauchement, et de la démarche incertaine, presque titubante, avec laquelle elle sort de l'établissement. Il peut sentir son incompréhension, son incrédulité, et ce constat fait germer un sentiment de toute-puissance au fond de ses entrailles. La cruauté mentale est la plus belle des drogues qu'il connaît. Et qu'il consomme. Sans modération.

La jeune femme surgit sur le trottoir, décontenancée, pendant que le fantôme de Toulouse disparaît autour de l'église.

Enivrée par son stratagème macabre – qui fonctionne à la perfection –, l'ombre se déploie autour du parvis de l'église. Le monument massif de Saint-Aubin peut être qualifié d'ovni architectural : difficile de mettre un style sur cet assemblage de voûtes, sa nef inachevée, ses coupoles et son toit exempté de clocher : gothique, byzantin, nul ne saurait dire.

La place est vide. Une sonnerie retentit dans le collège adjacent. Bruits de chaises. Raffut des élèves. Mais toujours personne autour de l'église.

Le *Baba-Yaga* dépasse une série de grilles, quand un gémissement l'interpelle par-delà un renfoncement, escamoté par les escaliers et les piliers géants de l'édifice.

Il s'arrête.

Personne en vue. Le froid a contraint les riverains à rester chez eux. Les trottoirs sont déserts, seule une fourgonnette décharge un stock d'habits pour Emmaüs.

Nouveau geignement. Plus prononcé.

Le *Baba-Yaga* jette un regard à la dérobée vers le renfoncement obscur. Cette plainte lui est directement adressée. Du moins c'est ce qu'il suppose. Il balaye les alentours, s'attarde sur le type qui sort les sacs pleins de pulls en laine de son utilitaire pour les offrir aux plus démunis. Celui-ci ne semble pas l'avoir remarqué.

L'ombre se dirige vers le renfoncement.

Un homme d'un certain âge – ou est-ce seulement le résultat des années passées à survivre dans la rue ? – est allongé sur une couverture, emmitouflé dans des vêtements chauds. Imbibé d'alcool. Soûl. Sa barbe hirsute, grisonnante, permet facilement de retracer son emploi du temps des dernières vingt-quatre heures. Sur les poils drus emmêlés : des miettes de pain, les gouttes brunes de la piquette rouge qui repose dans une bouteille en plastique à côté de lui, de la poussière, des taches jaunâtres de nicotine. Il empeste les relents d'alcool et la saleté. Péniblement, il se redresse sur un bras et glapit de plus belle, dévoilant des dents jaunes, déchaussées, cariées.

— Hé ! Mon ami, une p'tite pièce pour manger ?

Il pointe un gobelet en métal en quémandant la charité.

Le *Baba-Yaga* s'approche. Baisse les yeux sur

le fond du récipient. Au fond, deux pièces de dix centimes se battent en duel.

Regard en arrière. Toujours personne.

Il se penche et récupère la monnaie.

L'homme, qui peine désormais à rester assis, écarquille les yeux.

— De… qu'est-ce…

Un Glock 9 mm lui coupe la parole. Le canon se pose sur son front parcheminé. Le sans-abri ouvre la bouche, mais demeure muet. Il se met à trembler, rampe à reculons contre le mur de l'escalier. La peur et l'adrénaline le font décuver instantanément. Une nouvelle puanteur émane de son entrejambe. Une flaque d'urine se répand sur son pantalon, embaumant l'atmosphère d'une déjection acide.

Autre regard en arrière. Pas un chat.

Le *Baba-Yaga* range les pièces de dix centimes dans la poche de son sweat, tout en maintenant fermement sa prise sur l'arme automatique. Il ne prononce pas un mot. En règle générale, il n'est pas une personne loquace, et plus particulièrement quand il a en face de lui un rebut de l'humanité. Un déchet humain. Un moins que rien. Il n'aspire qu'à éradiquer cette espèce en voie de développement qui pullule sur les trottoirs. Les beaux discours ne résolvent rien, seuls les actes importent. Ce SDF le répugne et il compte bien faire passer le message – son message –, surtout maintenant alors que les marionnettes de son plan s'enchevêtrent dans leurs propres fils et qu'il se sent invulnérable. Invincible. Au-dessus des Lois. Au-dessus des dieux.

Sa main vengeresse répandra le sang sur les âmes en peine.

Ou l'urine.

Le *Baba-Yaga* déboutonne son jean. Il écarte les jambes, se met en position et, tout en pointant le Glock contre l'*insecte* qui se prosterne à ses pieds, il pisse sur le sans-abri pétrifié.

19

Vendredi 1ᵉʳ décembre, 15 h 40

Ousmane mange son kebab.

Juché sur son scooter, à côté de la station de métro canal du Midi, il trie les tomates de son sandwich sur l'esplanade de l'hôtel de police. Les crampes d'estomac faisant frémir tout son organisme, il s'est forcé à avaler quelque chose. Mais l'appétit n'est pas au rendez-vous.

Tout en mâchant laborieusement, il rumine le comportement d'Arda : sa mine terrassée, ses regards emplis de pitié – le serment d'un sort funeste irrévocable. Comme si Ousmane avait un point rouge entre les deux yeux et que ses heures étaient comptées. Génial, le soutien ! fulmine-t-il en jetant une rondelle de tomate dans la poubelle.

Avec le recul, il doute que le *Baba-Yaga* soit l'instigateur de ces messages. Quel tueur prendrait le risque de laisser trois témoins dans la nature ? Non, en y réfléchissant bien, il pense que toute cette histoire a un caractère plus... personnel.

Ousmane a les deux pieds dans les sables mouvants de la paranoïa. Et il s'enfonce...

Il trouve la réaction d'Arda trop exagérée pour être naturelle. Trop mélodramatique. Son colocataire joue-t-il la comédie ? Est-il complice de cette supercherie ?

Le vent balaye l'esplanade, Ousmane rentre la tête dans sa parka façon tortue. Il spécule à présent sur les *sans cerveau à capuche*, et notamment un en particulier. Cyril. Le caïd de la bande est-il impliqué ? Ousmane n'a jamais pu blairer ce petit morveux. Est-ce une sorte de vengeance ? Un stratagème perpétré avec ses dealeurs pour… Pour quoi ?

Ousmane jette la fin de son kebab. Il déraille.

Il frotte ses mains pour enlever la graisse, allume une cigarette.

À droite, la façade de l'hôtel de police le domine. À gauche, les voitures stagnent sur le boulevard engorgé qui longe le canal, les klaxons révisent leurs gammes. Les passants paradent sur le trottoir, le nez enfoui dans leur écharpe, les yeux baissés sur leurs chaussures ou leur smartphone.

Ousmane se prépare à entrer dans le commissariat. Contrairement à la plupart des types de son quartier, il n'a aucune animosité envers les *bleus*. Il lui est bien arrivé de souhaiter leur mort quand ils l'ont arrêté – à de nombreuses reprises –, qu'ils lui ont retiré des points sur son permis pour excès de vitesse ou conduite dangereuse, mais, dans l'ensemble, il trouve qu'ils font un boulot difficile et n'aimerait pas être à leur place. Il éprouve même une forme de respect.

Prenant son courage à deux mains, il s'avance vers le sas d'entrée. Deux militaires du plan Vigipirate, postés comme des plantons, le toisent quand il franchit les portes en verre. À l'intérieur, des gens attendent pour déposer plainte, une nuée de bureaucrates discutent, des flics en uniforme déambulent.

Un sentiment d'oppression envahit subitement Ousmane. Sa poitrine s'étiole, l'air vient à manquer. Il craint – pour on ne sait quelle raison – que toutes les alarmes se déclenchent sur son passage. Le malaise est palpable. Il sue à grosses gouttes, convaincu d'avoir un écriteau « ennemi public numéro un » épinglé dans le dos.

D'une démarche fébrile, il se présente à l'accueil.

— Bonjour, ça serait pour signaler un homicide, bredouille-t-il.

Une jeune policière en tenue hausse les sourcils. Un chignon strict, religieusement exécuté, lui tire les cheveux en arrière. Elle n'a pas l'air commode.

— Pardon ? Vous voulez avouer quoi ?

Ousmane s'effarouche :

— Non. Non. Vous ne comprenez pas. J'ai été témoin… d'un meurtre.

La fin de la phrase se termine en murmure. Il essaye de conserver son calme malgré le stress qui pollue sa diction et sa gestuelle. La policière l'étudie sans masquer son étonnement.

— Vous avez vu un homicide ?
— C'est ça.
— Où ça ?
— À la sortie 16 du périphérique. Hier soir.

Ousmane sonde le hall du commissariat, de plus en plus mal à l'aise. La frayeur se lit dans ses prunelles sombres.

— Hier soir, résume la policière. Pourquoi avoir attendu aussi longtemps pour venir nous voir ?

Elle arque un sourcil, suspicieuse.

Ousmane bafouille. Il comprend que l'idée était ridicule. Avec sa dégaine, sa mine déconfite, patibulaire, ses yeux rougis de fatigue et les cernes qui lui hachurent le visage, il suppute qu'il doit ressembler au suspect idéal. Sans parler de sa couleur de peau.

Au paroxysme de la nervosité, il épie la salle, imagine que tous les regards convergent vers lui, qu'il est le sujet de toutes les conversations, qu'il est l'attraction pathétique du commissariat.

Contre toute attente, la policière l'extirpe de l'embarras.

— Asseyez-vous cinq minutes, monsieur. Je vais prévenir quelqu'un.

Soulagé, Ousmane sort des projecteurs de l'accueil et s'isole pour patienter.

— Lieutenant Silas. Bonjour. Veuillez me suivre, s'il vous plaît.

Ousmane emboîte le pas d'un homme d'une trentaine d'années : cheveux bruns en bataille, barbu, veste en jean sur un col roulé en laine. Ils gravissent les étages, arpentent les couloirs, puis s'installent dans une pièce où sont agencés plusieurs bureaux. Le lieutenant s'assied derrière l'un d'eux. Ousmane tire un siège et se positionne en face.

La salle est vide. Aucun autre flic à l'horizon. L'endroit est garni de notes, de portraits, de photocopies suspendues contre les murs. Un tableau blanc sur trépieds est saturé de gribouillages, de « mots-clés » entourés ou surlignés, reliés entre eux par des flèches dans une logique qui échappe à Ousmane.

— Bien, débute Silas. Racontez-moi tout depuis le début.

Ousmane canalise sa respiration. Cette pièce, ce type, le contexte, tout ici l'effraie.

— J'ai été témoin d'un meurtre, avoue-t-il après un court silence.

Silas se laisse aller contre le dossier du fauteuil. Il cale une jambe sur l'autre en se pinçant le menton entre le pouce et l'index – un signe ostentatoire de réflexion.

— Où ça ?

Ousmane déglutit péniblement.

— Sur le carrefour de la sortie 16. Devant le club de gym.

— Et quand était-ce ?

— Hier soir, aux alentours de minuit.

Silas reste stoïque, indéchiffrable. Ousmane fronce les sourcils.

— Vous n'êtes pas censé retranscrire tout ça sur votre bécane ? Me demander mon nom, ce genre de choses, quoi ! s'offusque-t-il en désignant l'ordinateur du lieutenant.

— Si vous voulez. Nom ?

Silas pose ses mains sur le clavier avec nonchalance. Ousmane secoue la tête, il croit devenir fou. La scène est surréaliste.

— Si je veux ? Non, mais vous rigolez ? Une femme est morte ! Ça ne vous intéresse pas ce que je dis ?

— Si. Mais, voyez-vous, il est – il consulte sa montre – seize heures dix-sept, et vous me parlez d'un homicide commis il y a près de seize heures et que vous êtes le seul, apparemment, à avoir vu.

— Personne n'a découvert la victime ? s'emporte Ousmane.

165

— Pour qu'il y ait victime, il faut qu'il y ait crime. Or...

— Attendez – Ousmane pâlit à vue d'œil –, il y avait d'autres témoins ! Ils pourraient peut-être...

— Vous pourriez les identifier ?

Ousmane triture son écharpe, penaud, tête baissée.

— Non... J'ai pris la fuite. Je n'ai vu aucun visage. Mais j'ai entendu un enfant crier !

— Un enfant ?

— Oui, un être humain plus jeune, quoi.

Ousmane s'impatiente, le type se paie sa tête et ne le prend pas au sérieux.

— À minuit ? Un gamin ? Sous le périphérique ? Écoutez, monsieur... bref, peu importe. Puis-je vous poser une question ? Qu'est-ce que vous faisiez, vous, à minuit, près de la sortie 16 ?

Retournement de situation.

Arrêt sur image.

Le monde s'arrête, la salle devient plus exiguë.

Qu'est-ce que ce flic insinue ?

Ousmane se décompose.

Il s'apprête à rétorquer quand il se rend compte qu'il n'a presque pas dormi, n'a pas fait un vrai repas depuis plus de vingt-quatre heures ; les pièces de puzzle se distordent dans son esprit. Il a le tournis, les néons du plafond sont aveuglants.

Est-ce une simple hypoglycémie ? Ou devient-il fou ? A-t-il vraiment halluciné hier soir ? Toute cette histoire n'est-elle que le fruit de son imagination ? Il ne comprend plus rien à rien.

— Monsieur ? Vous vous sentez bien ?

Ousmane recouvre un soupçon d'assurance.

— Suis-je libre de partir ?

Le lieutenant ricane :

— C'est vous qui êtes venu de votre plein gré. Personne ne vous retient. Vous êtes libre de partir quand vous voulez.

Ousmane acquiesce et sort promptement du bureau.

L'air frais est revigorant, le vent fouette son visage.

Assis sur la selle du scooter, les doigts tremblants, il allume une énième cigarette. Prévenir Arda ! Son colocataire – malgré son comportement étrange – saura quoi faire. Ousmane a besoin d'être rassuré, qu'on lui prouve qu'il est encore sain d'esprit. Il n'a pas d'autre choix que de faire confiance à son *ami*.

Il attrape son smartphone dans la poche de sa parka. Déverrouille l'écran d'une glissade du pouce.

Un point rouge apparaît sur l'icône des mails.

Décontenancé, il découvre le message du *Baba-Yaga*.

À cet instant, un phénomène curieux se produit. Un rire s'échappe d'entre les dents d'Ousmane qui claquent à cause du froid. Un rire jaune, nerveux. Démoniaque. Proche de celui du Joker de DC Comics. Un rire dénué de toute rationalité.

L'hilarité du déséquilibré mental.

Une photo joint le mail.

Ousmane l'ouvre.

Il distingue Arda, immortalisé dans sa blouse blanche, brancardant un lit dans un couloir de l'hôpital.

Incontrôlable, Ousmane rit de plus belle, au milieu des badauds craintifs qui s'empressent de s'écarter de son scooter.

Il rejoint son appartement en quinze minutes, à fond les ballons, serpentant dans la circulation à la limite de l'inconscience. Grillant les feux rouges. Tendant un majeur bien haut au Code de la route et à toute la justice française. Il abandonne son scooter en bas de la tour – tout le monde sait qu'il est à lui, personne n'y touchera.

L'ascenseur étant « en réparation » depuis des années, Ousmane escalade les six étages en courant. Il atterrit sur le palier, à bout de souffle. La fumée de cannabis empeste, salit les murs tagués et décrépis.

La coloc est vide. Aucune trace des *sans cerveau à capuche*.

Ousmane suppose qu'Arda a prévenu son frère, et que Nazim s'en est allé chez sa mère. À l'abri. Loin des délires d'un psychopathe manipulateur.

Il entre dans le salon. Comme après chaque venue des amis de Nazim, la pièce ressemble à un champ de ruines post-bombardement. Ousmane se dirige vers le réfrigérateur. Il fait un pas vers la cuisine avant de s'arrêter.

Stoppé net. Médusé.

Un objet est posé sur la table.

Un objet terrifiant qui n'a rien à faire ici.

20

Vendredi 1er décembre, 15 h 45

Un lambeau de peau se détache de son index. Une goutte de sang perle à la lisière de l'ongle. Brune. Bombée. Épaisse. Elle coule le long des phalanges, serpentant entre les articulations. Ludovic lèche son doigt d'un coup de langue furtif et s'arrache un autre morceau d'épiderme.

Le silence est à couper au couteau. On n'entend que le tintement des assiettes dans le lave-vaisselle et le tambour de la machine à laver, au loin, dans la buanderie. Une lumière blanchâtre filtre à travers la baie vitrée. À cette heure de la journée, le salon n'est plus exposé aux rayons du soleil, une pénombre glacée occulte le pavillon de banlieue.

Hissé sur un tabouret, Ludovic est accoudé au comptoir de la cuisine. Sa jambe droite convulse involontairement. Il fait défiler les articles de *La Tribune* sur son ordinateur portable, les doigts dans la bouche, les ongles rongés jusqu'au sang. Aucun sujet n'éveille sa curiosité : faire semblant de lire est la seule échappatoire qu'il a trouvée pour atténuer le stress de l'homme assis sur son canapé qui lui lance des regards torves.

Ce type lui fait penser à un modèle XXL d'Oddjob, l'homme de main de Goldfinger dans *James Bond*. Sans le chapeau, alléluia ! Comprimé dans son costume trois-pièces, l'individu est corpulent, bâti comme un champion de MMA, avoisinant le mètre quatre-vingt-dix, et s'avère aussi bavard que le personnage du film – il n'a pas ouvert la bouche depuis que Ludovic l'a *invité* à entrer. Une fine moustache épouse sa lèvre supérieure, ses yeux se résument à deux fentes ténébreuses ; ses traits laissent suggérer une origine slave, ou peut-être mongole, mais sans grande certitude.

Ludovic ne sait pas ce qui l'angoisse le plus. La taille du gars. Son mutisme. Son visage du supervilain. Ses poings larges comme des massues. Ou la crosse chromée de l'arme automatique, sanglée dans un holster de ceinture, qui dépasse de son veston.

Il paraît qu'il s'appelle Youri. C'est ce qu'a expliqué Tristan, au téléphone, quand Ludovic a enfin réussi à le joindre, cinq minutes après que le colosse est entré répandre sa bonne humeur dans le salon. Youri travaille pour l'EPIX. Il est chef de la sécurité. Ancien garde du corps de célébrités reconverti dans le milieu des affaires, il suit les P-DG de la firme pharmaceutique dans les déplacements à l'étranger, et assure la sécurité des actionnaires lors des visites des laboratoires sur les sites de Toulouse.

Les bâtons numériques de l'horloge murale changent de position avec une paresse infinie. Les minutes s'égrènent lentement. Le temps semble tourner au ralenti.

Ludovic attend depuis quinze minutes, pourtant il jurerait que ça fait plus d'une heure. Impatient, il prie pour que son associé se dépêche. Il n'a pas mentionné le rendez-vous au *Mea Culpa*, au téléphone, préférant en parler de vive voix. Cependant il a hâte de pouvoir partager ce poids étouffant sur sa poitrine, de formuler ses craintes, et de connaître le point de vue de son ami sur la situation – de plus en plus rocambolesque. Tristan lui a promis de passer chez lui, aussi vite que possible, après lui avoir fait un topo sur l'énergumène muet qui s'est incrusté dans le salon. Il a géré les soucis les plus urgents du cabinet – notamment Roubiau – et, après avoir donné le reste de la journée à Malika, la secrétaire, il a certifié qu'il le retrouverait à Balma pour l'épauler dans ses tourments.

— Tu fais déjà cavalier seul… salopard…, maugrée Ludovic à voix basse, en imaginant Tristan installé sur son siège baquet, devant son bureau.

Le *Hulk* des Balkans se retourne.

— Euh… Rien. Je parlais tout seul. Toujours pas de café ? Un thé, peut-être ? Ou quelque chose de plus fort ?

Ludovic bafouille dès que son regard croise celui du golem de muscles qui affaisse les coussins du canapé. Youri ne cille pas, ne moufte pas, et repart dans la méditation du mur du séjour et de la télévision éteinte.

Cette caricature de gangster observant les photos encadrées de ses filles terrorise Ludovic. Il n'a aucune idée de ce que ce type fait exactement chez lui ni même s'il parle français. Il se fie à son associé. Aveuglément. Naïvement ? Il ne peut s'empêcher de spéculer sur Tristan. Son comportement. Ses réactions. Même depuis l'invitation du *Baba-Yaga*, il émet des doutes sur les véritables motivations de Tristan.

Arc-bouté sur le comptoir, Ludovic s'interroge en mâchouillant ses doigts. Les pièces jointes du mail l'ont fait plonger dans les affres du désespoir. Il pense à ses princesses – Emma et Lola –, les imagine en sécurité chez les parents de *l'autre* et se jure qu'il fera tout ce qui est en son pouvoir pour les garder en vie. Il serait prêt à tout pour ça…

Ludovic a beau se racler la gorge, renifler ou tout simplement engager la conversation, Youri ne bronche pas. La clarté du jour décline, accentuant l'obscurité qui règne dans le salon. Le ciel est blanc, cotonneux. Mais toujours pas de neige.

Ce sont les minutes les plus longues de son existence.

Il n'arrive pas à se concentrer sur les articles boursiers, il espère – pour la première fois de sa vie – que le lave-vaisselle se termine pour pouvoir vaquer à des occupations. N'importe laquelle. Quelque chose qui le distrairait de cet invité qui ne boit rien – Ludovic n'ose reprendre un verre de whisky –, ne mange rien, ne dit rien, ne bouge pas, et qui fait vriller ses intestins lorsqu'il intercepte son regard de carnassier. Ludovic n'arrive pas à canaliser sa peur, cette frayeur insoutenable de perdre des êtres chers. Celles qu'il aime le plus au monde. Ses princesses. Alors il mord son majeur, à la frontière de l'affolement, et déchire une nouvelle squame de peau.

Soudain la délivrance. Coup de klaxon dans la rue. Bruit de moteur dans l'allée de gravier.

Ludovic court vers le vestibule.

— Tu m'expliques ? lance-t-il une fois sur le perron gelé.

Tristan claque la portière de sa Audi R8 coupée.
— Quoi ?
— Ça, précise Ludovic en désignant d'un geste vague le salon.
— Youri ?
— Ouais, Youri.

Tristan ôte son écharpe en cachemire en pénétrant dans la maison.

— Ben, c'est pour ta sécurité, vieux. Je pensais bien faire.

Ludovic referme la porte d'entrée en toute hâte. Il attire son associé dans le couloir, sous l'escalier, loin du séjour.

— T'as cafeté mes problèmes à l'EPIX ? Bordel, Tristan, qu'est-ce qui t'est passé par la tête ?

Il tend le cou pour s'assurer que Youri n'entende pas leur discussion.

— Hé ! Relax mec, apaise Tristan. Ils ne sont au courant de rien. Je leur ai juste dit que t'avais un type qui te faisait une mauvaise blague. Que tu cherchais quelqu'un d'intimidant. C'est tout. Plutôt réussi, non ?

Ludovic s'énerve.

— Mais de quel droit as-tu pris l'initiative de leur en parler ? T'as pensé aux répercussions sur le cabinet ? Et s'ils décidaient de rompre le contrat. Et s'ils me jugeaient instable et qu'ils me dénonçaient à…

— À qui ? Hein ? À qui ? Tu dérailles, vieux. Fais-moi confiance, on peut compter sur eux pour nous soutenir. Ils nous doivent bien ça.

Tristan note le teint diaphane de son associé, ses mains tremblantes, ses dents qui entaillent sa lèvre inférieure.

— Il t'a recontacté, devine-t-il, perspicace.

Ludovic approuve, l'air hagard. D'une voix chevrotante, il raconte les ballons noirs accrochés à son SUV, le sentiment immuable d'avoir été suivi, le mail de Baptiste Bagaievski : les menaces, le rendez-vous.

Un seul d'entre vous survivra à la fin...

Après un léger moment de flottement, Tristan déglutit.

— J'ai besoin d'un truc à boire.

Les deux associés regagnent le salon, grimpent sur les tabourets du comptoir. Youri adresse un signe de tête discret à Tristan. Ludovic ouvre une mappemonde en bois et s'empare d'une bouteille de Cardhu Single Malt, douze ans d'âge. Il sort trois verres en cristal, regarde Youri – qui ne manifeste aucune envie particulière –, range le dernier verre et verse le liquide ambré.

— Glaçon ?

— Y en a qui sont morts pour moins que ça.

Tristan se fige, conscient que sa plaisanterie est de mauvais goût dans un tel contexte.

— Il parle notre langue ? interroge Ludovic, amorphe, en pointant le menton vers son garde du corps.

— Pas un mot. Il vient d'Ouzbékistan, ou un autre pays de merde dans ce coin-là et qui finit en « stan ». Tu peux lui dire tout ce que tu veux, il ne pipe rien, le bougre.

Ludovic opine en silence. Le whisky tournoie dans son verre, diffusant ses arômes fruités et boisés. Il l'avale cul sec. Tristan l'imite en réfléchissant.

— Les petites sont chez leurs grands-parents ?

— Hum.

— Sabrina aussi ?

— Hum.

— Le *Mea Culpa*, c'est bien le bar à pédales à côté de la médiathèque ?

— Hum.

— Dix-huit heures, c'est ça ?

Ludovic confirme. Les ombres dévorent le salon, obscurcissant davantage le rez-de-chaussée ; dans quelques minutes il faudra allumer les ampoules pour y voir clair. Tristan contemple le fond de son verre, vide ; son index tourne sur le rebord en cristal. Une mélopée s'échappe. Un chant qui semble lointain, éphémère, chuinte autour des deux associés.

— Ce message doit être collectif, suppose Tristan. Le tueur veut s'assurer que vous ne le reconnaîtrez pas.

— Je t'ai déjà dit que je n'avais pas vu son visage.

— Oui, mais lui il l'ignore. Il connaît ta tronche. Et il veut être sûr que ce n'est pas réciproque. À mon avis, tous ceux qui étaient présents hier soir, à la sortie 16, sont convoqués ce soir.

— Super. Et ?

— Et tout ça pour dire que toi, tu ne seras pas tout seul, mon pote.

Tristan se redresse, désigne Youri d'un signe de tête. Ce dernier est debout, campé solidement sur ses jambes. Droit. Immobile. Imposant. Terrifiant. Ludovic et Tristan sursautent. Ni l'un ni l'autre ne l'ont entendu se lever du canapé.

— On dirait qu'il comprend plus de choses qu'il n'y paraît, remarque Ludovic en remplissant les verres.

— J'avoue, le con, il m'a fait peur. Mais maintenant on est tous dans le coup, visiblement.

Tristan hoche la tête en direction de Youri avant de reporter son regard fiévreux sur Ludovic.

— On va venir avec toi, vieux. Et on va assurer tes arrières.

21

Vendredi 1ᵉʳ décembre, 15 h 55

Les tenues sont jetées en vrac sur le lit. Des jupes, des tops, des chemisiers, des collants, les habits s'entassent en une montagne anarchique de vêtements.

La musique hard rock pulse du rez-de-chaussée, assourdissant le remue-ménage de Claire dans son dressing. Elle essaye de trouver la tenue idéale depuis plus de trente minutes. Une tenue qui lui garantirait discrétion et sobriété. En vain. Rien ne la satisfait.

Depuis qu'elle est sortie de l'hôtel *Jupiter*, elle serre souvent les dents, se masse les lombaires et s'étire la colonne dès qu'elle le peut. Avec le stress des dernières heures – et la séance SM musclée –, elle a négligé les recommandations standards pour préserver son dos et elle le ressent à présent. La douleur brûle dans ses vertèbres, irradie dans ses jambes le long des nerfs sciatiques. Ses orteils fourmillent, des élancements foudroient ses membres inférieurs électrisés. Aspirée dans cet engrenage d'événements indésirables, ahurissants et angoissants, elle a omis de prendre soin d'elle ; elle a même oublié d'avaler son cachet de Levothyrox, ce matin, le traitement pour sa glande thyroïde. C'est dans des instants comme celui-ci, lorsqu'elle est sujette aux doutes, timorée, qu'elle repense à sa grand-mère, isolée, seule, et qu'elle aimerait lui rendre visite.

Elle décide de repousser le problème vestimentaire insoluble et se dirige vers la salle de bains. Séquence maquillage. Elle se nettoie la figure avec une lingette, puis applique généreusement une crème autobronzante. Pinceau, fond de teint, fard à paupières : elle opte pour les palettes sombres, les nuances brunes, foncées, conférant à son visage de porcelaine une touche hâlée inédite, originale. Comme si elle sortait d'une cabine à UV. Et elle ne lésine pas sur la quantité. Ses yeux bleus contrastent sur sa peau cuivrée avec plus d'intensité, tels deux phares azur dans la nuit noire. Elle colore ensuite ses lèvres pulpeuses de rose pâle, le gloss scintille dans la glace embuée de la salle de bains quand elle fait la moue. Pince à épiler. Une teinture des sourcils. Et le tour est joué : une nouvelle Claire est née.

Musique à fond. La batterie fait presque bondir la maison. Les murs vibrent, le sol absorbe le son des lignes de basse qui se répercute dans ses plantes de pieds, créant un séisme dans tout son corps. Claire plaque ses cheveux courts vers l'arrière et se coiffe d'une perruque blonde platine. Si effectivement elle a été aperçue hier soir à la sortie 16, elle souhaite passer incognito lors du rendez-vous au *Mea Culpa*. Pour pouvoir voir sans être vue...

Dix minutes plus tard, elle adopte finalement un long cardigan gris avec un simple jean et des Stan Smith vertes. Sobre et décontractée. Pas trop déguisée. Pas trop tape à l'œil non plus. Une paire de lunettes de soleil lui masque la moitié du visage. Ses cheveux blonds synthétiques cascadent en ondulant sur ses épaules.

Elle descend dans le salon, baisse le volume de la musique. Fait chauffer la bouilloire, concocte un thé à la menthe en démarrant son MacBook. Le séjour s'est terni, la luminosité du jour décroît, si bien que Claire doit allumer l'halogène pour se repérer entre les bibelots.

Soudain un frisson lui caresse l'échine. Elle se raidit. Arque un sourcil. Les contractions déclenchent une douleur dans son dos. Elle se frotte les épaules, frileuse, mais étonnée d'avoir ressenti un courant d'air au milieu de la maison. Bizarre…

La bouilloire siffle depuis la cuisine. Claire verse l'eau chaude dans sa tasse et retourne dans le salon. Une fois encore, le même courant glacé lui hérisse les poils des bras. Pas une caresse, cette fois-ci : une agression. Une intrusion dans sa vie privée. L'inquiétude s'empare d'elle. Dubitative, elle fronce les sourcils en partant en expédition dans le couloir.

L'explication est devant elle. Déstabilisante. Dérangeante. Potentiellement dangereuse.

La porte qui donne sur le garage est béante. C'est l'origine du courant d'air. Les yeux de Claire se rétrécissent. Ce n'est pas dans ses habitudes de laisser une porte ouverte – surtout celle du garage –, et spécialement avec le froid qu'il fait dehors.

Grimace d'incompréhension.

Elle aurait pourtant juré l'avoir fermée correctement tout à l'heure. Une petite voix lui susurre que ce n'est pas normal. Méfiante, elle pousse la maudite porte du bout des doigts et la verrouille.

Après avoir effectué un tour du propriétaire, en toute hâte, fouillé chaque pièce et s'être assuré qu'aucun intrus ne guettait dans un coin, elle s'installe sur le canapé avec son plaid, son thé fumant et l'ordinateur portable posé sur les genoux. Le carrelage est glacé, elle se hâte d'enfouir ses chaussettes sous la couverture : en position amazone.

Le chanteur de Pantera s'égosille dans les enceintes. Claire, un peu perturbée, clique sur sa messagerie électronique en songeant à cette porte qui s'ouvre mystérieusement. Un nouveau message apparaît, annihilant sa paranoïa. Le mail émane d'un client, légal, cette fois-ci. Une demande de transport a été faite à l'hôpital Larrey, au sud de Toulouse. À seize heures trente. Claire ne consulte même pas la pendule du couloir, elle n'a ni le temps ni la clairvoyance pour assurer son boulot.

En ce moment, d'autres préoccupations accaparent ses pensées. Elle ne peut vadrouiller dans son ambulance où bon lui semble.

Son regard remonte vers le mail précédent. Baptiste Bagaievski.

Un rendez-vous lui a été imposé.

Un rendez-vous avec un individu qui se fait surnommer *Baba-Yaga*.

Vendredi 1er décembre, 17 h 10

Sac à main sur l'épaule, Claire verrouille la maison à double tour. La clé tremble entre ses mitaines. Sûrement le froid, présume-t-elle, en essayant de faire abstraction à une hypothétique violation de son domicile et du stress du rendez-vous imminent.

Le cylindre tourne dans la serrure, actionne le pêne : la porte est fermée. Une bourrasque cloue Claire sur le seuil, son écharpe se rabat devant ses yeux. Elle se colle au mur. Frigorifiée.

Elle longe la maison bordée d'arbres, étouffée dans la végétation. Un tapis de lierres recouvre les vieilles briques ocre. Elle emprunte le chemin en terre, garni de rhododendrons fanés, passe devant le cerisier puis entre dans le garage. Sa voiture l'attend au chaud, au milieu des étagères bancales.

Claire s'arrête dans l'embrasure.

Des ballons, des dizaines de ballons flottent sous le plafond du garage.

Des ballons noirs.

22

Vendredi 1ᵉʳ décembre, 17 h 25

Luka a tout vu.

Il sait exactement ce qu'il s'est passé, hier soir, à la sortie 16. Tous les détails sont ancrés dans sa mémoire. Sûrement pour l'éternité.

Le feu tricolore vire au rouge, le flux de véhicules s'endigue sous le pont du périphérique, les uns derrière les autres. Les fumées des gaz d'échappement s'élèvent sous le plafond de béton. Luka quitte sa tanière de cartons, érigée entre les piliers colossaux. Il est enveloppé dans une vieille couverture à l'hygiène douteuse. Des tongs *protègent* ses pieds noirs de saleté du froid mordant, une écharpe verte lui masque la moitié du visage.

Les courants d'air sifflent et tourbillonnent autour de lui. La rumeur de l'autoroute est assourdissante. La cacophonie du trafic, conjuguée aux travaux de l'avenue, lui casse les oreilles depuis l'aube. Il passe une main émaciée sur sa tignasse brune, hirsute et échevelée, s'extrait de son abri spartiate. Ses doigts sont gelés ; il souffle dessus pour les réchauffer.

Gobelet dans la main, il se dirige vers les premiers véhicules qui attendent le feu vert.

À dix ans, il fait preuve d'une perspicacité exceptionnelle pour son jeune âge. Il peut analyser les gens en un seul regard. En moins d'une seconde, il devine ceux qui l'ignoreront, ceux qui le mépriseront, ceux qui seront trop gênés pour donner et qui souriront gauchement et, surtout, ceux qui appartiennent au cercle restreint des généreux. Un donneur se repère au premier coup d'œil.

Luka est physionomiste. Il est doté d'une excellente mémoire photographique. Lui qui ne sait ni lire ni écrire peut reconnaître un visage aimable – ce qui est rare – des semaines après que l'âme charitable eut fait cliqueter son gobelet avec une pièce providentielle.

Emmitouflé dans sa couverture, il déambule le long des voitures, passant en revue les conducteurs en marquant un temps d'arrêt devant chaque vitre. Sa pancarte quémandant une aide financière pour manger s'étant envolée, il mise uniquement sur sa bouille avenante et son sourire espiègle pour récolter la monnaie.

Les automobilistes trouvent aussitôt un nouveau sujet de conversation, ou succombent au désir irrépressible de changer de station de radio dès que Luka arrive à leur portée. Bizarre. Ils se barricadent dans leur véhicule comme si la misère pouvait être contagieuse. En hiver, les vitres des voitures étant fermées à cause du froid, l'hameçonnage des donneurs est plus délicat qu'en été où on peut appuyer ses coudes dans les habitacles pour faire pression sur les conducteurs. À cette époque de l'année, les ruses du lavage de pare-brise sont désuètes, il faut jouer sur la corde sensible des usagers : implorer la pitié.

Luka est originaire de Hongrie. Il est né à Budapest. C'est ce que son oncle lui a expliqué, il y a longtemps, quand Luka s'inquiétait de ne pouvoir appeler personne maman ou papa. Il s'est contenté d'acquiescer – même s'il avait plein d'autres questions à poser –, pour ne pas déranger davantage son oncle.

Son oncle est le chef du campement. C'est lui qui passe avec sa Mercedes rutilante, au point de ralliement, à la fin de la journée, et qui ramène ceux qui ont suffisamment empoché jusqu'aux caravanes. Ceux qui ne récoltent pas assez restent dehors, c'est la règle. Il dépose aussi les cousins plus âgés dans les banlieues résidentielles. Une autre filiale de l'entreprise familiale : les cambriolages. Luka est encore trop jeune – même si son oncle n'est plus de cet avis –, mais, de toute façon, il n'a pas envie de dévaliser des gens qu'il ne connaît pas et qui ne lui ont rien fait.

Toute la journée, Luka s'occupe comme il peut, espérant amasser assez d'argent pour pouvoir dormir chez lui. Sous une couette. Au chaud. Contrairement à hier soir.

Depuis plusieurs jours, son oncle lui reproche de ne plus s'investir, de manquer d'ambition et d'énergie. Traduction : pas assez de fric dans ses poches. Il a promis à Luka qu'il passerait toutes les prochaines nuits dehors tant qu'il n'aurait pas recueilli plus de monnaie. Son oncle est méchant, parfois. Violent, souvent. En fait, Luka n'est même pas sûr que son oncle soit vraiment son oncle…

Frigorifié, Luka en a ras le bol de faire la manche. Lui, plus tard, quand il sera grand, il veut faire

Spiderman – bien qu'il doute qu'il existe un cursus scolaire enseignant ce genre de profession. Les affiches des superhéros le font saliver lorsqu'il passe devant le cinéma Gaumont de Labège pour rentrer chez lui. Il les connaît tous par cœur – même s'il est incapable de déchiffrer leur nom. Secrètement, à l'insu des autres membres du clan, il économise pour aller voir un film Marvel. C'est son rêve.

Un homme-araignée. C'est cette image qui s'est imprimée sur ses rétines, la veille, quand il a aperçu l'ombre glisser sous le pont du périphérique. Une ombre irréelle. *Inhumaine*. Une bête sauvage munie de pattes terrifiantes, avec des yeux phosphorescents. Elle faisait drôlement peur. Et beaucoup de bruit. Tapi dans ses cartons, invisible, il a assisté à toute la scène. Il a vu la joggeuse, la camionnette, les autres véhicules. Puis il a entendu le coup de feu, la jeune femme heurter le trottoir. Son cœur s'est arrêté de battre. La peur a figé son corps efflanqué et gelé, avant de prendre la fuite.

Il a tout raconté à son *oncle*. Celui-ci a paru étonnamment intrigué par cette histoire de meurtre. Il a demandé plein de détails à Luka. Un plan a germé dans sa tête.

Un plan qui rachèterait Luka aux yeux de son *oncle*. Un plan qui lui permettrait de réintégrer le clan, ses amis, sa caravane, son lit douillet.

Luka a coopéré. Prêt à tout plutôt que de faire la borne kilométrique aux abords des sorties du périf pour accoster des gens égoïstes qui le considèrent comme un vilain petit canard. Un paria de l'humanité. Un immigré indésirable. Grâce au plan, il tutoie l'espoir de quitter ce travail de mendiant indigne, de se dépêtrer de cette toile d'araignée gluante qui tisse sa vie.

Vert. Orange. Rouge. Sauf pour les daltoniens, ces couleurs changent selon un rythme immuable. Luka poursuit ses allers-retours sur le terre-plein central, emballé dans sa couverture aux allures de poncho. Seule une main dépasse avec le gobelet, invitant les gens à la générosité. Il claque des dents. Se maintenir en mouvement conserve la chaleur ; il s'efforce de rester actif.

Vert. La ligne de véhicules s'étire, se fond dans la circulation en direction de Toulouse. Les accélérations des voitures sur le périphérique, en hauteur, font vibrer le pont et se répercutent contre le béton comme dans une caisse de résonance.

Orange. Rouge. Une nouvelle ligne de véhicules s'immobilise. Luka arpente le bitume, transi de froid, un sourire juvénile et indéfectible peint sur le visage.

Soudain il l'aperçoit. À une dizaine de mètres. Son sourire disparaît. Ses traits se crispent. Une onde glacée court le long de son échine.

Elle est là.

La camionnette. La même qu'hier soir. Luka n'a aucun doute, il reconnaît la silhouette encapuchonnée derrière le volant.

C'est maintenant ou jamais.

Pantelant, il se dirige vers l'utilitaire pour mettre le plan à exécution.

23

Vendredi 1ᵉʳ décembre, 17 h 26

La fumée de sa cigarette alimente le nuage de tabac qui stagne dans l'appartement. Sa vision est voilée à cause du brouillard de nicotine, compact, irritant ; des volutes valsent entre ses pupilles noires et l'objet mortel posé devant lui.

Ousmane est assis à la table de la cuisine. Incapable de tenir en place – comme chaque fois qu'il est stressé –, il a entrepris de nettoyer le bazar qu'ont laissé les amis de Nazim dans leur sillage. Équipé d'un sac-poubelle, il a jeté tous les emballages des saloperies qui jonchaient l'appartement. Vidé les cendriers. Récuré la table basse, les coussins du canapé. Évacué la poussière hors du séjour. Mais le ménage n'a pas duré plus longtemps. Inévitablement, il s'est mis à ruminer la scène de la veille, et à la façon dont il a été tourné en ridicule dans le commissariat.

Même si l'invitation du *Baba-Yaga* corrobore le meurtre de la sortie 16, Ousmane doute de ses facultés intellectuelles. A-t-il vraiment entendu un enfant hurler, à minuit, sous le périphérique ? L'arrogance avec laquelle ce connard de flic l'a discrédité l'a poussé à réfléchir. A-t-il halluciné ? Comme cette ombre, *surnaturelle*, qui s'est faufilée sous le tunnel. Perd-il la raison ? Ces enfoirés de keufs se sont bien payé sa tête, jusqu'à insinuer une complicité ou un autre motif saugrenu qui expliquerait sa présence sur les lieux du crime. Ousmane doute de tout. De sa mémoire. De son acuité. De sa résilience. De l'utilité d'une police qui s'est clairement foutue de sa gueule. Déboussolé, il tire une taffe, enfouit son visage entre ses longs bras chétifs.

Que s'est-il réellement passé hier soir ?

Des hypothèses abracadabrantes s'échafaudent, ses méninges s'activent. Il s'imagine dans le rôle principal d'une télé-réalité d'un genre nouveau, conceptuelle, où il serait – à son insu – l'épicentre d'une gigantesque conspiration, un divertissement où le monde entier comploterait dans son dos, comme dans *The Truman Show*, pour le plus grand bonheur d'une élite de téléspectateurs morbides et privilégiés.

La colocation est immergée dans les ténèbres. Il fait presque nuit dehors, seules les veilleuses de l'électroménager de la cuisine et du salon diffusent des halos rouge vif étouffés par la fumée en suspension.

Ousmane enchaîne cigarette sur cigarette. Ayant siphonné une nouvelle fois la réserve de sa confiance en lui, il a rechuté dans les abysses : il s'est résigné à contacter Arda. Les ballons noirs, le rendez-vous, le *jeu* qui commence ; il lui a tout dit. Enfin… presque tout. Pour une raison qu'il ignore, il n'a pas parlé de la photo d'Arda en tenue de brancardier, prise dans les couloirs de l'hôpital. Est-ce par peur ? Par lâcheté ? Ousmane n'a pas compris pourquoi il n'a pas osé franchir ce pas.

Son ami a débauché à dix-sept heures et a promis de l'accompagner – en gardant ses distances – au bar du

Mea Culpa. Au téléphone, Ousmane s'est retenu pour ne pas dégoupiller : l'attitude de son colocataire l'a encore déçu. Après la mine fataliste et insupportable qu'il avait au CHU de Rangueil, Arda a adopté un air contrit, comme s'il s'en voulait de mémoriser déjà le discours qu'il pondra à ses funérailles. Comme s'il s'excusait de l'avoir imaginé en costume dans son cercueil. Ousmane a abrégé la conversation, de plus en plus agacé.

À présent il culpabilise, éprouve des remords pour ne pas avoir avoué la menace qui plane sur son meilleur ami, pour *jouer* avec sa vie. *Tu es un froussard égoïste,* murmure une voix scrupuleuse dans sa tête.

Abattu, il allume une autre cigarette avec la fin de la dernière. Il a prévenu son boulot qu'il ne se sentait pas bien, prétextant un syndrome grippal et que, par conséquent, les férus de mets nippons ne pourraient pas compter sur lui pour être rassasiés ce soir. Il a pris une voix agonisante, simulant quelques quintes de toux au moment opportun pour renforcer sa crédibilité. Sa première absence en deux ans.

Le plastique de la table, gras, poisseux, colle à ses avant-bras. Ousmane arbore un sweat noir et ample à capuche, un jogging bleu marine avec une paire de Reebok Classic indémodable. Bonnet, écharpe du Real Madrid, parka avec capuche brodée de fausse fourrure ; il s'apprête à sortir.

Son regard est toujours rivé sur l'objet posé devant lui. Il ne sait pas comment réagir, quoi faire.

Un mot manuscrit accompagne le mystérieux présent.

Tient Ous. Pour t'es problème. Garde la peche.

Trois *phrases*. Quatre fautes qui piquent les yeux. L'auteur ne fait aucun doute : il s'agit de Nazim.

Malgré les lacunes de conjugaison et d'orthographe – sans parler de la nature immorale de l'objet ! – il y a quelque chose de touchant dans la démarche du petit frère. Ousmane ne peut s'empêcher d'esquisser un sourire empli d'une certaine tendresse. Même si le geste de Nazim est complètement débile – comme la plupart de ses gestes, d'ailleurs –, et qu'il se demande bien où il a pu se procurer un tel engin, il est ému par l'acte en lui-même. C'est l'intention qui compte, et Ousmane y est sensible.

Il dresse une liste de « pour », de « contre », puis, brusquement, cesse de réfléchir. Peut-être que l'action de Nazim est stupide – certainement –, mais tous les événements qui se sont déroulés depuis hier ne sont-ils pas grotesques, incohérents ? Démentiels ?

Ousmane inspire profondément.

Rien à foutre.

Sans se poser davantage de questions, il se lève et empoigne le Sig-Sauer SP 2022 réglementaire de la police qui le nargue depuis qu'il est rentré chez lui.

Vendredi 1er décembre, 17 h 45

Ousmane palpe le pistolet automatique dissimulé dans sa parka. Ses mains sont moites. Ses doigts tremblent, caressent l'acier, effleurent le numéro de série limé sur le canon.

Qu'est-il en train de faire ? Est-il prêt à donner la mort si sa vie est en danger ? A-t-il assez de cran pour appuyer sur la détente ? Dans les films, on parle sans arrêt de légitime défense, mais, dans la réalité, quand sait-on que l'on est *véritablement* dans une telle situation ? Il a regardé un tuto sur Internet avant de partir, pour apprendre les rudiments sur la sécurité et la bonne méthode pour manipuler ce type d'arme à feu sans se coller une balle dans le pied. C'est la première fois qu'il en tient une entre les mains et, une fois devant le fait accompli, il ignore quelle pourra être sa réaction.

— Qu'est-ce que je suis en train de faire ?

Le scooter est garé sur le trottoir, à une dizaine de mètres du bar. Pas le moindre signe d'Arda. L'établissement se fond avec les vieilles façades des immeubles voisins, seuls les néons de l'entrée détonnent avec les murs ocre des bâtiments. Une terrasse aménagée avec quatre tables empiète sur le trottoir.

La ruelle à sens unique surplombe les voies ferrées. Crissement de frein sur les rails. Un TER entre en gare.

Ousmane souffle pour se donner du courage. Expulse d'une pichenette la cigarette consumée entre ses phalanges au milieu de la route. Le vent fouette son visage. Il s'élance.

La sueur perle sur son front ébène quand il franchit les portes du *Mea Culpa*.

Vendredi 1er décembre, 17 h 50

Ludovic éteint le contact de son Touareg.

Pas le temps ni la patience de trouver une place de stationnement autorisée ; il a choisi la plus proche et la plus facile d'accès : une place pour handicapé. Dans son rétroviseur, le SUV de Youri se gare à cheval sur le trottoir. Il distingue le garde du corps, derrière le volant, et Tristan, assis sur le siège passager. Comme ils l'ont élaboré plus tôt, Youri fera le guet à l'extérieur, son associé le rejoindra plus tard à l'intérieur. Après tout, *l'invitation* insistait sur la ponctualité, pas sur le fait de venir seul…

Bouffée de cigarette électronique. Tapotement des joues. Ajustement des gants en cuir.

Ludovic s'extrait de son bunker mobile et sort affronter le froid. Il a encore envie d'uriner – même s'il a vidé sa vessie quatre fois depuis la réception du mail. Ses dents s'entrechoquent. Une douleur poinçonne son estomac. L'angoisse se somatise de bien des façons, mais il se fait violence pour ne pas trop l'extérioriser. Cependant sa démarche fébrile le trahit à mesure qu'il se rapproche du bar.

La pénombre s'abat sur la ville, les réverbères illuminent la ruelle de nimbes jaunes, noyés dans la nuit épaisse.

Ludovic jette un ultime regard oblique vers le SUV avant de pénétrer dans le *Mea Culpa*.

Vendredi 1er décembre, 17 h 55

Claire trottine sur l'esplanade de la médiathèque. Accélère. Bifurque à gauche dans la ruelle. Elle arrange sa perruque blonde platine, remonte ses lunettes de soleil sur son nez avant de s'engager dans la voie à sens unique.

Le bruit des trains couvre le battement de ses Stan Smith sur le bitume. Elle a mis vingt minutes pour trouver une place de stationnement décente, à présent elle se hâte pour être à l'heure au rendez-vous. Les joues rougies, le souffle haletant, elle arrive sur la terrasse du bar.

Des jeunes discutent en fumant, un verre à la main,

malgré le froid. Ils grelottent, déterminés à assouvir leur besoin irrépressible de nicotine.

Les discussions cessent lorsque Claire pousse les portes du *Mea Culpa*.

Vendredi 1ᵉʳ décembre, 17 h 58

Appuyée contre la rambarde qui épouse la ruelle, en amont des voies ferrées, la silhouette encapuchonnée observe les alentours. Aux aguets. Précautionneuse. Concentrée. Une ombre parmi les ombres, au royaume des ombres.

Invisible.

Ses doigts pianotent nerveusement le long de sa jambe. Elle scanne l'ensemble de l'activité festive qui émane de la terrasse, mais aussi la rue, les passants, les véhicules, les rails des chemins de fer, les hordes de vélos Deliveroo qui font le tour de la médiathèque et qui grouillent dans la ville à cette heure-ci.

Elle scrute tout. Analyse tout. Dissèque tout.

Puis elle s'avance. Traverse la route. S'immisce dans la foule. Les jeunes s'écartent, ouvrant le passage jusqu'aux portes battantes.

Le *Baba-Yaga* s'introduit dans le *Mea Culpa*.

L'interrogatoire

— Allons messieurs, cessons de nous dissiper avec ces enfantillages de croquemitaine ou autres contes pour enfants, si vous le voulez bien. Recentrons-nous, je vous en prie. Nous sommes tous fatigués et il serait préférable que nous bouclions cette histoire dans les plus brefs délais.

Voldemort assène son regard noir sur l'auditoire. Il s'attarde sur *Gollum*, voûté sur son fauteuil, qui baisse les yeux comme un gamin pris la main dans le sac. *Jabba* approuve en faisant déferler ses mentons. *Gandalf* grommelle des mots incompréhensibles dans sa barbe – peut-être de *l'elfique*. Un nuage de fumée s'élève de son visage couturé.

— Bien. Commandant Poujol, vous nous relatiez les recherches infructueuses sur Baptiste Bagaievski, suite à la découverte du neuvième meurtre. N'est-ce pas ?

Oppressée dans ce maudit tailleur, Sandrine opine. Les escarpins roses broient ses orteils, son siège devient de plus en plus inconfortable. *Voldemort* enchaîne :

— Que s'est-il passé après cela ?

Sandrine s'extrait du fauteuil en appuyant ses bras

replets sur les accoudoirs. Elle boit une gorgée d'eau pour humidifier sa bouche aride.

— Après ça nous avons continué à amasser les cadavres, regrette-t-elle avec amertume. Cinq jours après la découverte de Fatima Zayani, la neuvième victime, des éboueurs ont retrouvé le corps d'Amélie Picheloup, le jeudi 26 octobre, vers six heures, au Port Saint-Sauveur. Nue. Violée. Décapée au gaz carbonique. Morte d'une hémorragie interne suite aux sections des carotides avec un filin d'un diamètre identique. Et toujours un ballon noir enroulé à son pied. C'est à cette période que nous avons mis un terme aux différentes collaborations interservices, après concertation avec nos hiérarchies. Seule la brigade du 36 est restée pour nous aider.

La langue de *Gollum* jaillit entre ses lèvres.

— Et rien sur Bagaievski ?

— Non, monsieur. Virtuellement, tout semblait normal. Les facturations de ses clients étaient débitées, sa Skoda Octavia arpentait l'asphalte du matin au soir. Il *postait* des photos ou des commentaires sur les réseaux sociaux. Les clients l'adulaient toujours sur l'application Uber. Son utilitaire a été filmé aux abords du canal du Midi ce jeudi 26 octobre, vers cinq heures trente, mais, comme d'habitude, nous avons perdu sa trace sur les bandes de vidéosurveillance.

— Bon. Et après ?

— Les carnages ont continué. Mercredi 1er novembre, Véronique Langlade, trente-deux ans, retrouvée vers la Daurade, le long de la Garonne. Jeudi 9 novembre, Agathe Vaucher, vingt-cinq ans, exposée au centre du Grand-Rond comme un trophée, à la vue de tous. Le tueur gagnait en assurance, c'était indéniable.

Il émiettait ses victimes à travers la ville dans des lieux plus fréquentés. C'est alors que les choses se sont accélérées…

— Nous en sommes donc à douze, récapitule *Voldemort*. Vous disiez tout à l'heure avoir eu un autre témoin après cette douzième victime.

— Absolument, monsieur. Une nouvelle requérante est venue étayer nos soupçons sur Bagaievski. Un témoin – une joggeuse – a affirmé avoir vu une silhouette masculine, encapuchonnée, fuir du Grand-Rond au volant d'un utilitaire Volkswagen.

Gollum ricane avec médisance.

— Vous avez vérifié que ce n'était pas la même personne qui était présente sur la sixième scène de crime ? Le même témoin sur deux scènes différentes, il y a de quoi se poser des questions, tout de même !

Il tourne la tête vers le reste de l'assistance en costume, croyant susciter un élan d'humour noir ou d'animosité à l'encontre de la commandante. Personne ne réagit.

Sandrine ne se donne même pas la peine de répliquer. Elle s'abstient de s'abaisser à rétorquer : « Évidemment, triple buse, qu'il ne s'agit pas de la même personne ! » Comme souvent face à *Gollum*, elle laisse couler. Si elle répond trop à ses questions, elle prendrait le risque de l'éduquer… Le verre d'eau à moitié plein – ou plutôt à moitié vide, en ce moment – tourne entre ses doigts boudinés. Elle ajoute un détail.

— Elle s'appelait Maria.

— Le témoin ? feule *Gollum*.

— Oui.

— S'appelait ? relève *Voldemort*, soucieux de comprendre la suite.

199

— Oui, monsieur. Et elle est également la treizième victime.

Gollum le sournois repart à l'assaut.

— Bagaievski s'est donc vengé ?

— On peut dire ça comme ça, en effet.

Gandalf déplie ses longues jambes, bourre sa pipe avec sa blague à tabac en se rehaussant dans son fauteuil. L'effet est immédiat. Tout le monde se tait.

— Ne va pas trop vite en besogne, Sandrine, parle-leur d'abord du coup de fil.

— Un coup de fil ? Quel coup de fil ? s'excite *Gollum* en tournant la tête comme une girouette.

Sandrine approuve en direction du *magicien*.

— Celui qui a fait progresser l'enquête, explique-t-elle.

— Vous disiez que les choses s'étaient accélérées, après la découverte de cette Agathe Vaucher, souligne *Voldemort*. Est-ce à cela que vous faites allusion ?

— Effectivement, monsieur. L'enquête a pris un virage... dirons-nous... inattendu.

Gollum sort de ses gonds.

— Votre suspense à deux balles commence à nous peser sur les nerfs, Poujol. Allez droit au but, nom de Dieu ! C'est quoi cette histoire de coup de fil ?

— Nous avons reçu un appel inopiné qui a fait basculer l'affaire dans une dimension... d'une autre envergure.

— D'une autre envergure, vous ne trouviez pas déjà que...

— Qui vous a contactés ? l'interrompt *Jabba*, impatient.

— Scotland Yard, monsieur.

24

Vendredi 1ᵉʳ décembre, 18 heures

Le *Mea Culpa*. Vendredi 1ᵉʳ décembre, dix-huit heures-vingt et une heures : *open bar*/soirée karaoké.

L'endroit est peu éclairé, des néons verts illuminent les dalles en échiquier d'une lumière tamisée, spectrale. Une boule à facettes tourbillonne au centre du plafond voûté, éclaboussant les murs de briques apparentes et le damier qui revêt le sol de faisceaux multicolores éclatants. Aveuglants. On se croirait dans une cave.

À droite : le bar. Trois jeunes serveuses en tenue légère – tablier noir et minijupe – s'escriment derrière le comptoir à abreuver les clients ; une dernière fourbit une pinte avec un chiffon. Des tonneaux encerclés de tabourets sont dispatchés un peu partout, renforçant l'impression d'être dans le souterrain d'un vignoble. A priori il n'y a pas l'ombre d'un œnologue, le bar fourmille surtout de jeunes qui fêtent le début du week-end. Des lycéens, des étudiants. Moyenne d'âge : vingt ans. Ils sont agglutinés autour des tonneaux, certains assis, d'autres debout, une pinte ou un verre à la main. Le cou des *girafes* à bière culmine au centre des tables circulaires en bois. L'ambiance est conviviale, bon enfant. Cependant il faut parler fort pour se faire entendre.

À gauche, une banquette verte en moleskine épouse le mur ; des tas de manteaux sont entreposés dessus. Au fond, une estrade : la scène pour les chanteurs du karaoké. Un rétroprojecteur diffuse les paroles en couleur sur un grand panneau blanc. Patrick, le maître de cérémonie – le sosie de Franck Dubosc –, vérifie son matériel électronique, les branchements, la playlist préenregistrée sur son ordinateur portable. Apparemment les participants devaient s'inscrire pour goûter à leurs cinq minutes de gloire. Il tapote le micro avant de débuter son show.

— OK, les amis, nous allons commencer ! J'appelle Stéphanie, de la part de Lucas. Elle va nous chanter « Moi aimer toi », de Vianney. On l'applaudit bien fort ! C'est à toi Stéphanie !

Tonnerre d'applaudissements et d'encouragements dans le *Mea Culpa*. Une jeune femme chaloupe en rougissant jusqu'à l'estrade.

Ludovic prend un sérieux coup de vieux en évaluant la moyenne d'âge. Son visage est camouflé par le col de son Ralph Lauren, sa mâchoire rugueuse râpe contre le caban quand il tourne la tête pour épier les quatre coins de l'établissement. Assis devant un tonneau, seul, au milieu de la cohue des étudiants, il se demande bien ce qu'il fout là. Ce bar est à des années-lumière des adresses qu'il fréquente habituellement.

Il mate, sans pudeur. Sans désir particulier. Essayant de se concentrer sur les jeans moulants et les décolletés pour chasser ses angoisses. Il déshabille des yeux cette Stéphanie qui maltraite les paroles de Vianney. Ces filles sont toutes *un peu* jeunes – pour certaines il pourrait être leur père –, c'est pourquoi il a instantanément repéré celle qui s'est installée tout au fond, près du bar, devant la porte des W.-C. Seule. Dans un renfoncement obscur. Elle semble plus vieille que la moyenne : une trentaine d'années, à vue de nez. Élégante, voluptueuse – avec ce qu'il faut là où il faut –, mais affublée de lunettes de soleil comme si elle était traquée par des paparazzis. Ainsi déguisée, elle lui fait penser à une Jennifer Lawrence maussade.

La curiosité succède à l'attirance. Ludovic se demande pourquoi elle porte un tel accoutrement, ce que diable elle fiche ici, si son connard de petit copain va la rejoindre. Une intuition lui dicte le contraire. Même à cette distance, une certaine froideur émane de sa longue silhouette. Cette jeune femme n'est pas à sa place. Elle n'attend personne. Sauf peut-être...

Ludovic crache le lambeau de peau qu'il a arraché avec ses dents et se penche discrètement pour mieux distinguer la blonde platine immergée dans la pénombre. Intrigante. Inquiétante. Nébuleuse. Était-elle présente hier soir ? Est-ce une des *participantes* ? Est-elle – elle aussi – la marionnette du *Baba-Yaga* ? Il se contorsionne sur son tabouret, réprime son envie d'aller aux toilettes. De plus en plus suspicieux, il espionne la *belle*, nimbée par le néon vert du comptoir, isolée à l'angle du *Mea Culpa*.

Ousmane ne peut s'empêcher de détailler ce type instable. Cheveux grisonnants, col blanc, caban hors de prix, écharpe en cachemire et souliers vernis. Tout ce qu'il déteste. Ce quadra est l'intrus du bar. Sans contestation. En plus son comportement est étrange. Il se ronge les ongles sans arrêt, épie la salle nerveusement ; il gesticule sur son tabouret comme s'il subissait une crise d'hémorroïdes.

Assis près du mur de l'entrée, sur la banquette, Ousmane dispose d'une vue panoramique. Rien ne lui échappe. Sa capuche rabattue lui confère la discrétion qu'il recherche. À l'opposé : la scène, la Stéphanie qui s'égosille comme dans une émission de divertissement à la télévision. Il porte la pinte d'Affligem à sa bouche, spéculant sur cet homme qui lui tourne le dos, qui ne tient pas en place et qui semble encore plus stressé que lui. Il songe au Sig-Sauer, dans sa parka, et se demande s'il pourrait faire feu sur un type comme celui qui est à quelques mètres devant lui. Au début il a cru qu'il pouvait s'agir du tueur, mais, plus il analyse ses gestes maladroits, saccadés, son air apeuré et sa mine déconfite, plus il est certain que lui aussi est un pion sur l'échiquier du *Baba-Yaga*.

Fardée sous sa perruque, Claire trempe ses lèvres pétillantes de gloss dans son verre de Guinness. Une mousse blanche se dépose sous son nez ; elle la happe d'un coup de langue. Elle tente de faire abstraction de la Stéphanie qui massacre la chanson de Vianney.

Cet endroit lui rappelle les sorties étudiantes de sa jeunesse, les beuveries du jeudi soir, les gueules de bois du vendredi matin. Les souvenirs resurgissent ; elle a l'impression que c'était dans une autre vie.

Depuis son poste d'observation – le dernier tonneau avant les toilettes –, elle balaye la salle comme un sonar, quadrillant chaque centimètre carré. Elle ne fixe personne en particulier, pour ne pas attirer l'attention, optant pour conserver un air vague, naturel. Innocent. Mais son cerveau fonctionne en surrégime, comme un ordinateur. Elle a noté qui était où, avec qui et, surtout, qui n'avait rien à faire ici.

D'abord il y a ce guignol, qui dégouline de sueur dans son Ralph Lauren et qui reluque le cul des *teens* comme un pervers. Elle a remarqué ses regards libidineux, presque graveleux, cette façon indécente de lorgner sa poitrine, moulée dans son cardigan, sa taille fine, guindée par la ceinture abdominale, et ses jambes interminables, écartées autour du tonneau. Bref, le stéréotype du connard.

Ensuite vient ce type, effrayé, maigre comme un clou, assez grand, noir comme la suie, qui tâte un objet volumineux dans la poche de sa parka. Claire l'a *grillé* à des kilomètres. La capuche de son sweat englobe sa tête, un bonnet avale son front jusqu'aux sourcils, mais, la terreur qu'il communique, elle, est bien palpable. Parfaitement déchiffrable. Il ne dupe personne. Lui non plus n'est pas ici par choix, augure Claire – ses yeux azur dépassent à peine du rebord de son verre. Non, il est ici par obligation. Il a été contraint de se farcir une soirée karaoké – car qui aime les soirées karaoké ?

Elle remarque également d'autres *adultes*, mais ils semblent plus détendus, plus sereins. Ils n'ont – vraisemblablement – pas un tueur en série collé aux basques, seulement l'appréhension de chanter en public.

Et il y a le dernier. Celui qui vient de s'accouder au bar. Claire fronce ses fins sourcils teintés en blond. Lui, il suinte la méchanceté gratuite. Il *chlingue* l'obscénité. Le vice. Son costume coûte aussi cher que sa Fiat 500, ses pompes à talonnettes pourraient rembourser l'hypothèque de sa maison.

Lui non plus n'a rien à faire ici. Mais lui, contrairement aux autres, il paraît dangereux.

Tristan se penche au-dessus du bar. La serveuse s'agace, hausse le ton pour se faire comprendre au milieu du vacarme et des « Si moi aimer toi blesser moi ».
— Mes yeux sont plus hauts !
— Je m'en fous de tes yeux, chérie.
— Hein ?
— Je disais qu'il y a foule, par ici.
— Ouais ! Bon, vous buvez quoi ?
— Bourbon.
— On ne sert que de la bière.
— Alors une bière.
— Quoi comme…
— Une bière, n'importe, je m'en fous, bébé.

La serveuse secoue la tête, rebutée, et tend une pression à l'analyste financier.

Juché sur son tabouret, Tristan observe les protagonistes du *Mea Culpa*. Un homme attire son attention. Plus vieux que la moyenne, il soutient un pilier près de l'entrée. Comme s'il s'apprêtait à sortir à toute vitesse au moindre événement indésirable. Il porte une doudoune blanche et un bonnet noir ; son attitude trahit une crainte ostentatoire. Il a le teint basané, les sourcils froncés, une barbe de terroriste ; Tristan estime qu'il doit venir de *bougnoulie* – un pays qui n'existe que de sa conception géopolitique du monde et qui s'étend du Maroc à la Chine. Lui, il va foutre la merde, conjecture-t-il, ce type n'est pas là par hasard.

Il boit une gorgée de la *pisse* blonde qui mousse dans son verre, plus méfiant que jamais.

Arda croise le regard froid, empli de calomnie, que lui assène le trou du cul adossé au comptoir, bras et jambes écartés comme s'il barbotait au bord d'une piscine. Les mains enfouies dans sa doudoune, le museau caché sous le col, il rompt le contact visuel. Pas envie d'attirer l'attention. Faire profil bas.

Il s'oblige à ne pas observer Ousmane, installé près des fenêtres, mais, par moments, c'est plus fort que lui. Son ami semble au bord d'un précipice. Arda aimerait le réconforter, mais personne ne doit savoir qu'ils sont complices. Furtivement, il lance un œil torve au *Loup de Wall Street* qui écluse sa bière en grimaçant avec désinvolture. Le type le mate toujours. Un frisson descend le long de son échine. Glace son sang. Il baisse aussitôt le regard. Cet homme dégage quelque chose de pernicieux. Arda prend peur. Et si…

Le supplice musical s'estompe. Déferlement d'applaudissements. Cris. MC Patrick récupère le micro.

— Bravo Stéphanie ! Tu décoiffes, ma belle. On peut encore l'applaudir s'il vous plaît. Merci !

Les jeunes s'exécutent dans un vacarme assourdissant.

— Maintenant j'appelle Manon, de la part de Samantha. Elle va nous interpréter « On était beau », de Louane. En piste Manon ! Applaudissez-la bien fort !

Déflagrations de mains qui se frappent. Une petite brune se fait prier par ses amies, puis se hisse timidement sur l'estrade. La chanson démarre.

Le *Baba-Yaga* savoure les prouesses de l'endoctrinement par la peur sur les esprits faibles – les esprits humains. Il contemple tout ce petit monde qui s'agite, se sonde, s'interroge. Accuse son voisin. Abandonne toute notion d'empathie. Déplace la frontière entre le bien et le mal. Lutte pour sa survie.

Les êtres humains sont tous les mêmes, en fin de compte. Effritez leur quotidien, assaisonnez avec une goutte d'anarchie et leur instinct bestial reprendra le dessus sur des siècles de conditionnement instauré par les doctrines de la *civilisation*. Ils sont tous pitoyables, pathétiques. Prévisibles. Des animaux.

Ludovic s'est liquéfié. Il se fait violence pour ne pas regarder Tristan, mais la tâche est ardue. Il rêve de tirer sur sa cigarette électronique – putain de loi ! –, d'une bouteille de Jack Daniel's, d'une ligne blanche sur le rebord du lavabo – à l'ancienne. Recouvrer ce sentiment de toute-puissance, d'invulnérabilité. D'infaillibilité. Être le roi du monde.

Son écharpe gratte son cou humide, sa peau est moite. Son pied écrase des insectes invisibles sur le sol en damier. Sur le tonneau, la bière est toujours pleine.

Où est-il ? Où est le *Baba-Yaga* ? Est-ce lui ? Lui ? Ou lui ? Pourquoi l'a-t-on convoqué ici ? La panique a pris le contrôle de son cerveau, le moindre mouvement est devenu compliqué. Il n'ose attraper son verre tellement il tremble. Rien n'est normal ici. Qui est cette fille, beaucoup trop belle et distinguée pour ce genre d'établissement ? Que fait-elle ici ? Qui est ce type que Tristan dévisage, avec une doudoune blanche et un bonnet noir, tapi à l'ombre du pilier, près de la sortie ? Et l'autre, aussi, derrière lui – qui croit qu'il ne l'a pas vu –, avec sa capuche et sa parka.

Que fait un gars comme lui dans un bar pour ados ? Tout ça ne colle pas.

Ludovic ne se sent pas bien. Sa tête tourne. Des bouffées de chaleur l'assiègent. Il hyperventile. Et toujours cette envie pressante d'aller aux toilettes. Il ne tient plus.

Il inspire le plus calmement possible, se lève en renversant le tabouret voisin.

Toute la pièce se fige. Les discussions s'interrompent. Les jeunes s'immobilisent. Même la petite Manon, esseulée sur scène, cesse d'articuler les paroles de Louane.

Le moment est irréel. Comme un arrêt sur image.

Ludovic se fend d'un sourire gêné – tout le monde le considère –, puis se rue vers la porte des W.-C.

Ousmane termine sa bière. Que vient-il de se passer ? Le type louche a fait tomber un tabouret et tout le bar a retenu sa respiration. Il se passe quelque chose… Rien n'est normal…

Il doute que le tueur agisse dans un lieu public – c'est d'ailleurs pour cette raison qu'il a convié Arda –, mais il se demande quelle est la finalité de ce rendez-vous. À part écouter des casseroles piailler et des pintades glousser, il n'a rien appris sur son harceleur. Il observe le type en caban s'éloigner gauchement vers les toilettes.

Claire se ratatine sur son tabouret. Ajuste les lunettes de soleil qui la font ressembler à une mouche. Le loser pété de thunes se dirige vers elle. Passe devant son tonneau. Échange un regard. Disparaît dans les W.-C.

Elle se détend. Et elle l'a reconnu. Ce type était dans le SUV qui a détalé sous le tunnel du périphérique hier soir. Aucun doute. C'est bien lui.

Ludovic se rassérène devant le miroir des toilettes. Il respire profondément, puis s'assène des claques pour se donner du courage. Il se motive. Se frappe le torse avec le poing. Une parodie médiocre de De Niro dans *Taxi Driver*. Le brouhaha du bar est atténué, cette petite pause, au calme, le soulage un peu de l'oppression de la salle surpeuplée, des regards belliqueux, des jugements colportés. « Tu peux le faire, se rassure-t-il, tu peux surmonter tout ça. » Il se passe le visage sous l'eau, glisse une main dans ses cheveux et, après une grande inspiration, retourne dans le bar.

Claire se cache le visage avec sa main droite, comme une star de cinéma prétentieuse qui ne veut pas interférer avec le monde *normal*. Le type ressort des toilettes, il a l'air en meilleure forme. Soudain elle surprend l'autre stéréotype du connard ambulant – celui du comptoir – qui adresse un signe de tête au conducteur du SUV.

Claire écarquille les yeux. L'hypothèse se confirme. Ces deux-là se connaissent.

Toute cette effervescence d'œstrogènes post-puberté lui a filé une érection. Une bosse fait gondoler son pantalon. Sa bière est dégueulasse – comme toutes les bières ; jamais il n'aurait cru atterrir un jour dans un bar pour pucelles comme celui-ci.

Tristan a repéré la blonde platine, dissimulée derrière ses lunettes de soleil, qui lui fait du rentre-dedans à distance. Il en est persuadé. Cette fille aguicheuse n'a rien à faire ici, estime-t-il. Son comportement démontre qu'elle joue la comédie. Soupçonneux, il se décale sournoisement le long du bar, de façon à avoir un meilleur champ de vision sur la *biatch* blonde.

Ousmane ne sait plus où donner de la tête. Le trouble grandit en lui. Tout ici sonne faux. Ce karaoké, les rires forcés, les conversations bateau et, surtout, ce moment de flottement – irréel – lorsque le tabouret s'est renversé. Tout est factice. Théâtralisé. Illusoire. Comme si tout le monde avait peur. Comme si tout le monde retenait son souffle. Comme si tout le monde savait ce qu'il va se passer…

Tonnerre d'applaudissements. Rires. DJ Patrick chauffe la salle.

— On peut encore applaudir Manon ! Merci pour elle ! Maintenant j'appelle Ludovic, de la part de Baptiste. Il va nous chanter « Live and Let Die », de Paul McCartney. À ton tour Ludo !

Live and Let Die. Traduction : vivre et laisser mourir.

Ludovic se décompose sur son tabouret.

— Allez, on l'encourage ! Avec moi ! Ludo ! Ludo ! Ludo !

Le *Mea Culpa* scande le prénom de l'analyste financier.

Ludovic nage en plein délire. Il hallucine. Il ne peut en être autrement. Un bar entier l'incite à chanter – alors qu'il a horreur de chanter –, et il ne connaît aucune des personnes qui crient son prénom. Que se passe-t-il ? Il échange un regard empli de désespoir avec Tristan. Ce dernier hausse les épaules puis hoche la tête.

Ludovic s'éclaircit la voix.

— Je… Je vais passer mon tour, miaule-t-il piteusement.

La salle le conspue. Indignation de Patrick. Il s'adresse à Ludovic comme s'ils étaient les meilleurs amis du monde.

— Ça ne prend pas avec moi, mon Ludo ! Tu dois chanter ! Allez, tous avec moi ! Ludo ! Ludo ! Ludo !

Le bar suit en chœur.

Ludovic, malgré lui, ôte son caban, se lève en implorant mentalement Tristan de faire quelque chose, puis grimpe sur l'estrade.

L'éclairage est aveuglant. Il attrape d'une main tremblante le micro que Patrick lui tend. À cet instant, il fantasme sur une armée de vers dévorant la carcasse fumante de ce salopard de Patrick. Les premières paroles sont affichées sur le panneau blanc amovible. Seuls les clients près des toilettes et lui peuvent les lire. Ludovic connaît bien cette chanson. Mais les phrases projetées sur la toile ne sont pas celles de Paul McCartney. Et pour cause, elles sont en français.

Tuer ou être tué. Vous choisirez.

Rendez-vous au laser-tag de Balma-Gramont à minuit.

Cette fois venez seul…
Un seul d'entre vous survivra à la fin.
Ne me défiez pas.

25

Vendredi 1ᵉʳ décembre, 18 h 14

Ludovic pivote vers MC Patrick. Alarmé. Désemparé.
L'organisateur du karaoké lui tourne le dos, concentré sur la playlist de son ordinateur. Ludovic s'apprête à hurler que ce ne sont pas les bonnes paroles, qu'un tueur en série a laissé ce message à son attention, mais personne ne semble avoir lu les lignes écrites sur le panneau blanc. Les jeunes baissent la tête. Tout le monde fuit son regard. Il gesticule dans le but de surprendre quelqu'un, n'importe qui : un témoin lambda qui aurait pu déchiffrer aussi la menace qui descend à présent sur le panneau.

La musique démarre.

Ludovic ne capte aucun regard, personne dans ce putain de bar n'a aperçu la nouvelle *invitation* du *Baba-Yaga*. Impossible. Incroyable. Il panique. Sent la folie le submerger. Sa gorge se contracte. Une lance invisible embroche sa poitrine. Haut-le-cœur. Crampe d'estomac.

Toute la salle évite son regard. Délibérément.

Sauf une personne. La blonde platine bandante qui

le surveille près des W.-C. Ludovic jurerait qu'elle a lu aussi le message.

La musique continue, les paroles défilent, mais Ludovic ne chante toujours pas. Patrick se réveille enfin.

— Allez, les amis ! On encourage Ludo ! Ludo ! Ludo !

Gros malaise dans l'assistance. Les jeunes ne semblent plus concernés par le karaoké. Seule la voix de Paul McCartney émane des enceintes comme un murmure lointain.

— Je vais l'aider ! lance une voix empreinte d'assurance et de virilité depuis le bar.

Tristan louvoie entre les tonneaux et les tabourets jusqu'à la scène. Des applaudissements sporadiques, forcés – presque réalisés sous la torture – l'accompagnent pendant qu'il se fraye un chemin. Des résidus de poudre blanche auréolent ses narines. Telle une *rock star* sur les planches de l'AccorHotels Arena, il s'empare du micro et entonne les paroles avec une fougue communicative.

Le *Mea Culpa* reprend des couleurs. La vie rebat son plein.

Ousmane a soudain pitié de ce Ludovic, qui semble fondre sous les projecteurs tellement il transpire. Son acolyte en costume, en revanche – celui qui exsude la cruauté –, se donne en spectacle à cœur joie et se met même à danser sur le refrain.

L'arme dans sa poche pèse une tonne, faisant pencher sa parka sur le côté.

Ousmane se demande ce qui a pu pétrifier à ce

point ce Ludovic, au début de la chanson, avant que la musique ne démarre. Il échange un regard circonspect avec Arda, qui fixe méchamment le type dévergondé en costume sur l'estrade.

La musique s'arrête. Applaudissements mitigés. Adulation pondérée. Encore moins naturels qu'auparavant.

Les deux quadras descendent de la scène. Celui qui renferme une forme de bestialité malsaine aide Ludovic, hébété, à s'extraire de la foule. Ils discutent à voix basse, complotent, quittent le *Mea Culpa*. Ousmane se contorsionne pour les espionner à travers la fenêtre, entre les rideaux verts. Les deux hommes s'éloignent dans la rue.

— Ousmane ?

Il sursaute. Tourne la tête dans toutes les directions.

— Je répète ! Ousmane, de la part de Baptiste ! Pour « Bang Bang », de Nancy Sinatra.

On reste dans le même registre d'humour noir quant à la sélection du choix musical. Ousmane préférerait rencontrer directement le *Baba-Yaga* plutôt que de chanter « My Baby Shot Me Down ».

Que faire ? Laisser la parka, avec l'arme à l'intérieur ? Hors de question. Il se lève, craintif, puise dans son courage et dans le regard bienveillant d'Arda qui le couve d'un air penaud. Patrick lui tend le micro. Ousmane se tourne face à la foule. Les jeunes n'osent lui sourire ni même le regarder. Comme par magie, toutes les tables ont trouvé un nouveau sujet de conversation en même temps.

Les premières paroles apparaissent sur le panneau

blanc. Ousmane connaît à peu près le refrain – il a vu *Kill Bill*, comme tout le monde –, mais il est prêt à parier que la chanson ne démarre pas en français ni qu'elle évoque un rendez-vous dans un laser-tag à minuit…

Claire en a assez vu.
Deuxième témoin. Deuxième message.
Postée près des toilettes, face au panneau blanc des paroles, elle n'a pas raté une miette de *l'invitation* au laser-tag de Balma-Gramont. Cet Ousmane devait être le pilote du scooter qui a rebroussé chemin sous le tunnel du périphérique. À présent elle reconnaît sa parka – qui penche drôlement d'un côté. Elle comprend soudain l'intérêt de toute cette mascarade. L'homme caché derrière le pseudonyme du *Baba-Yaga* a organisé ce karaoké bidon pour que les témoins de la sortie 16 s'identifient mutuellement. Formellement. Qu'ils puissent se reconnaître. Pour pouvoir se *neutraliser* au beau milieu de la nuit.
Un seul d'entre vous survivra à la fin…
Le verre de Guinness est vide. Ses doigts tambourinent sur le tonneau. Cet Ousmane ne se donne même pas la peine de chanter, il pâlit à vue d'œil en laissant tomber le micro et se rue en titubant vers la sortie.
Claire se doute de la suite. Elle va être – en toute logique – la prochaine à monter sur l'estrade. Cette idée la terrifie. Elle ne compte pas dévoiler son visage. Sous aucun prétexte. De plus elle bénéficie

d'un avantage : elle connaît les traits des autres protagonistes et le lieu du prochain rendez-vous sans avoir eu besoin de s'exhiber sur scène. Elle pourra profiter de l'effet de surprise. Sans attendre l'appel de DJ Patrick, elle enfonce ses lunettes de soleil et part du *Mea Culpa*.

Arda croise Ousmane comme s'il ne l'avait jamais vu. Son ami heurte les portes battantes et s'éclipse à l'extérieur, cigarette au bec. Enraciné près de l'entrée, les mains dans sa doudoune, Arda étudie les réactions de la salle. Les jeunes ne paraissent pas déconcertés par l'abandon de son colocataire. Au contraire, ils semblent soulagés. La vie reprend son cours autour des tonneaux.

Il s'écarte pour laisser passer une jolie blonde platine, se cogne contre un type assis derrière lui. Il s'excuse, se fige. Horrifié. L'homme assis – un trentenaire d'origine asiatique – ne s'en incommode pas. Il ignore la bousculade, poursuivant l'histoire trépidante qu'il raconte au groupe d'amis installé autour de son tonneau. Arda fait comme s'il n'avait rien vu.

Mais il l'a vue. La crosse d'une arme. Dépassant de son Bombers noir.

Arda s'éloigne à reculons, mortifié à l'idée d'avoir tamponné le tueur. Il frissonne. Une idée lui passe par la tête. À cause de la foule en mouvement qui investit le comptoir, il se déplace en crabe, effectue une série de pas chassés et alpague Patrick qui ramasse son micro.

— Hé ! Patrick, c'est ça ?

— Ouais. Mais je suis un peu occupé, là.

— Juste une question : qui vous a demandé de passer cette chanson pour mon pote Ousmane ?

Patrick tapote le micro.

— Un certain Baptiste. Son ami, j'imagine. J'ai reçu un mail avec les paroles en pièce jointe. Comme pour les autres demandes. Pourquoi ?

Arda acquiesce, paniqué.

— Et le gars, là-bas, vous l'avez déjà vu ?

Il pointe approximativement l'homme asiatique installé entre le bar et la sortie.

— Qui ça ? Je vois pas, il y a trop de monde.

— Le gars en blouson noir, près de la porte.

— J'y vois rien avec tout ce peuple. Désolé, j'ai pas que ça à faire.

— Le Chinois, bordel !

Patrick le joyeux se rembrunit.

— Ah, lui. Non. Jamais vu. Pourquoi tu veux savoir tout ça, toi ?

Sans répondre, Arda se précipite dehors pour rejoindre Ousmane.

La terrasse extérieure est bondée. Des mégots tapissent les planches de bois. Les jeunes chantent, s'amusent ; l'alcool coule à flots et fait monter le niveau sonore des discussions. Un duvet brillant recouvre le ciel, des cristaux de givre virevoltent dans la nuit sans étoiles. Il fait un froid de canard.

Appuyée contre la rambarde, au-dessus des voies ferrées, la silhouette encapuchonnée établit les liens d'affinités entre les *participants*. Le plan se déroule plus ou moins comme prévu. Cependant la dernière reste toujours aussi récalcitrante.

Mais plus pour longtemps.

Bientôt elle sera docile.

Le *Baba-Yaga* a hâte d'être à l'étape suivante.

26

Vendredi 1ᵉʳ décembre, 18 h 20

Ludovic grince des dents. Le vent plaque le col de son caban contre sa mâchoire contractée. Il tire comme un forcené sur sa cigarette électronique. Les vapeurs aromatisées voltigent dans la nuit. Tristan l'entraîne par le bras, sur le trottoir, en fredonnant toujours le refrain de « Live and Let Die ».

Ils arpentent la ruelle à sens unique, s'arrêtent à côté de la place handicapé où est garé le Touareg de Ludovic.

— Tin tin tin. Tin tin tin. Tin tin.

— Tu peux arrêter, s'il te plaît.

Tristan s'adosse à l'horodateur.

— Désolé, vieux.

Il fait un mouvement de tête à Youri, appuyé contre son SUV, à une dizaine de mètres plus loin. Ludovic épluche les peaux mortes autour de ses ongles avec plus de véhémence. Des crevasses saignent à chacune de ses extrémités. Ses jambes flageolent. Consterné, il se tourne vers son ami.

— Comment tu fais ? Explique-moi.

— Comment je fais quoi ?

— Pour ne rien prendre au sérieux. Pour toujours relativiser, tout prendre à la légère. Explique-moi. Parce que, tu vois, ça pourrait m'être utile dans l'immédiat.

Tristan balaye la remarque d'un signe de la main.

— Je suis comme ça, c'est dans ma nature.

Peu convaincu, Ludovic envisage une autre explication lorsqu'il aperçoit les traces de poudre blanche sur le col de sa chemise. La cocaïne lui a détruit le cerveau, spécule-t-il. À moins qu'il y ait une raison plus… terrifiante. Une raison qui expliquerait son comportement, cette insouciance vis-à-vis des drames qui s'accumulent, cette indifférence face au danger. Non, impensable. Il chasse les soupçons aberrants qui se portent sur son associé ; l'idée que Tristan soit impliqué d'une manière ou d'une autre dans ce *jeu de rôle* macabre relève de l'absurde.

— Bon, faut qu'on réfléchisse.

Ludovic se reconnecte avec la réalité. Expire un nuage de fumée en grelottant.

— Redis-moi ce que t'as lu.

— Le laser-tag de Balma-Gramont, à minuit.

— Et le début ?

— Tuer ou être tué. Vous choisirez.

— OK.

— Et cette fois il précise de venir seul.

— Hum…

Tristan médite, les yeux grands ouverts, les pupilles dilatées, perdues dans les caténaires des voies ferrées.

— OK, voilà ce que je pense.

Ludovic considère son associé avec une pointe de jalousie. Il aimerait conserver cette lucidité, cette capacité à garder la tête froide, quelles que soient les circonstances – même s'il sait aussi que son ami n'est pas visé directement.

— Vas-y, je t'écoute.

Le regard fourbe de Tristan papillonne dans la ruelle avant de se braquer sur Ludovic.

— Je pense que ce karaoké servait de prétexte pour que tous les témoins d'hier soir découvrent leur visage. Je pense que le tueur veut vous déléguer le sale boulot. Il vous forcera à vous entretuer dans ce laser-tag.

Ludovic opine, conforté, mais pas plus avancé ; lui-même était déjà arrivé à ces conclusions.

— On va devoir la jouer serré.

— Je dois y aller seul, cette fois-ci, ajoute Ludovic, un brin irrité. S'il a insisté sur ce point, c'est qu'il doit y avoir une raison.

— Hum.

— T'écoutes ce que je te dis, bordel ? C'est fini, Tristan. J'irai seul et je ferai ce qu'il me demande. Je te rappelle les photos qu'il m'a envoyées.

Ludovic tressaille en visualisant l'image en pièce jointe des jumelles dans la cour de récréation. Tristan persévère dans ses raisonnements.

— On devra être plus malins. N'oublie pas que nous avons Youri. Le P-DG de l'EPIX est à Saint-Tropez pour le week-end. Il peut rester avec nous jusqu'à son retour. Nous sommes trois contre un, vieux.

— Qui te dit qu'il agit seul ?

— Un tueur en série sévit toujours en solitaire. C'est bien connu.

Ludovic s'apprête à fulminer. Tristan ne comprend rien – ou ne veut rien entendre. Pour lui, tout paraît simple, évident. Le vent fouette la ruelle. Un groupe de jeunes approche.

— Rentrons dans la bagnole, ça caille trop.

Tristan fait un signe à Youri, posté en retrait. Ils grimpent dans le SUV.

— C'est quoi ton putain de problème ? hurle Ludovic une fois dans l'habitacle.

Tristan le regarde dans le blanc des yeux pour la première fois.

— Comment ça ?
— Ça t'amuse tout ça ?
— Je… Non…

— Un cinglé menace ma vie, ma famille, et toi tu fais comme si tout cela n'avait pas d'importance. Tu élabores tes plans foireux sans te soucier des conséquences. C'est facile pour toi. C'est pas toi qui as reçu tous ces messages, ce ne sont pas tes filles qui risquent d'être découpées en morceaux si je ne suis pas les consignes de ce psychopathe.

— Hé ! Calmos, mon pote. Je fais ça pour t'aider, OK ? Et j'y vois très clair, figure-toi. La situation est limpide. Soit tu tues ces autres témoins, soit tu crèves, c'est très simple.

— T'es devenu fou, Tristan. Tu réalises ce que tu dis ? On parle de tuer des gens !

— Et j'ai peut-être une piste, poursuit l'associé en ignorant la dernière réplique.

— C'est quoi encore cette histoire ?

Tristan se délecte de son petit effet.

— Qui, selon toi, n'avait rien à faire ici ce soir ?

Ludovic réfléchit. La conversation s'avère enfin constructive. Il énumère.

— D'abord le type qu'on a appelé au micro après moi, bien sûr, avec sa capuche et son bonnet.

— Logique.

— Je pense qu'il était le témoin sur le scooter.

— Bien, mon Ludo. Là je te reconnais. On progresse. Ensuite ?

— Cette blonde, dans le fond du bar, près des W.-C.

— La *bonnasse* ?

— Ouais.

— Bien d'accord, cette suceuse voulait trop rester discrète. C'est suspect. Après ?

— Euh… Je sais plus.

— T'oublies le métèque en doudoune que je surveillais.

— Ah oui, c'est vrai, il y avait lui aussi.

Tristan acquiesce comme un professeur devant un élève assidu.

— Je dirais même plus, mec : je pense que c'est lui le *Baba-Yaga*.

Ludovic s'éjecte de son siège.

— Ce type en doudoune ? Pourquoi tu dis ça ?

Tristan singe une attitude triomphale.

— Un mauvais feeling. Il est arrivé dans les derniers, il était plus vieux que la moyenne et il est resté près de la sortie. Au cas où il y aurait un pépin. Tu vois où je veux en venir. Et puis il avait l'air bizarre. Il surveillait tout.

Ludovic opine avec intérêt.

— C'est un peu léger, mais ça pourrait tenir la route.

— S'il procède de la même façon au laser-tag – j'entends par là qu'il arrive en dernier sur les lieux –, on pourra le neutraliser avec Youri.

— Mais putain ! T'as rien écouté de ce que j'ai dit sur...

— Attends, attends. Calmos Ramos. Écoute-moi. L'idée, c'est que tu serves d'appât, à l'intérieur, pendant que Youri et moi on chope cet enfoiré dès qu'il se pointe. Qu'en dis-tu ?

— J'en dis que ton plan de merde est beaucoup trop dangereux. Je préfère me contenter des directives qui m'ont été imposées. Il y a trop de risques de représailles pour ma famille.

— Alors tu proposes quoi d'autre ? tacle Tristan, vexé. Ne le prends pas mal, vieux, mais j'ai du mal à t'imaginer en train de zigouiller d'autres témoins pour sauver ta peau.

Ludovic se prend la tête à pleines mains. Décontenancé.

Tristan s'incline vers lui. Pour la première fois de la soirée, il arbore un air sérieux déstabilisant, presque effrayant.

— Et s'il bluffait ?

— Quoi ? Comment ça ?

— Et s'il avait prévu depuis le début de tous vous massacrer dans ce laser-tag. Et qu'aucun de vous ne survivrait à la fin.

Ludovic, dépité, sent les sanglots affluer. Lui qui n'a plus pleuré depuis des décennies commence à renifler, à déglutir, à se frotter les paupières. L'excuse de la poussière dans l'œil ne leurre pas Tristan, songeur, qui lui tapote l'épaule.

— Tu n'as pas le choix, mon vieux. Rentre chez toi. Repose-toi. On passera te chercher vers vingt-trois heures trente.

27

Vendredi 1ᵉʳ décembre, 18 h 28

— Qu'est-ce que tu foutais ?
— Un truc à vérifier.
— Quoi, comme truc ?
— Un truc chelou.

Ousmane réprime un fou rire hystérique.

— Un truc chelou, répète-t-il, sarcastique. Dis-moi plutôt ce qui n'était *pas* chelou pendant ce putain de karaoké.

Arda allume sa cigarette, éludant l'inflexion acariâtre de son colocataire. Il n'a jamais vu autant de détermination chez son meilleur ami. Pour la première fois depuis qu'ils se connaissent, il le trouve irascible. En face de lui, Ousmane s'agace ; tout le stress et la colère emmagasinés se sont cristallisés en une haine féroce. Il repense à l'épisode du tabouret qui tombe, à ce sentiment immuable que tous les *clients* du bar étaient des figurants dans une mise en scène savamment orchestrée.

Devant le *Mea Culpa*, les jeunes ont envahi la terrasse, les discussions s'étirent jusqu'au milieu de la route, contraignant les vélos à ralentir et à slalomer entre les fêtards. L'alcool confère l'illusion d'avoir chaud, certains sont en T-shirt, certaines en débardeur. Les effusions de rires grimpent dans les décibels, masquant en partie le raffut des trains de marchandises qui freinent à l'approche de la gare Matabiau.

Les volets des immeubles voisins sont fermés. La rue est déserte, exceptée à proximité du bar. Au loin, la Médiathèque scintille dans l'obscurité.

À une dizaine de mètres de l'agitation, à califourchon sur son scooter, Ousmane se calme les nerfs en tirant sur sa cigarette. Il s'en veut d'avoir été aussi désagréable avec Arda. Son ami ne lui souhaite que du bien – n'est-ce pas ? ; il décide de faire preuve de gentillesse.

— Merci d'être venu, mec.
— Pas de quoi.
— C'était quoi ce détail chelou ?

Blotti dans sa doudoune – qui lui donne des allures de *Bibendum* –, Arda baisse la tête en grattant sa barbe de trois semaines.

— Le type derrière moi portait une arme.

Ousmane se raidit.

— Quel type ?
— Un type genre asiatique. La trentaine.
— Merde. Tu penses à ce que je pense ?

Arda approuve. Explique son retard. Rapporte l'échange avec Patrick sur les mails et les paroles en pièces jointes.

— Si ça se trouve c'est lui, le malade qui te harcèle, conclut-il.

— C'était pas ça qui manquait, des types bizarres, dans cette espèce de cave à la con.

230

— Grave. T'as vu l'autre abruti dans son costume qui a chanté sur scène ?

— Complètement déjanté.

— Et flippant. Ce type cachait un truc pas net.

— Ouais. On ferait mieux de se barrer de là. Fissa !

Ousmane enfile son casque. Arda marque un temps d'arrêt. Puis décide d'entrer dans le vif du sujet.

— Tu me rencardes ou quoi, Ous ? Qu'est-ce que je fais ici ? T'as vu quoi sur le panneau ? Et pourquoi t'as détalé juste après ?

Ousmane relève sa visière. Tourmenté par les jeunes qui les épient depuis la terrasse. Inquiet de s'attarder ici – avec un criminel dans les parages. Il baragouine :

— C'est une sorte de jeu. Le prochain rendez-vous était écrit à la place des paroles.

— Merde. Où ça ?

— Au laser-tag de Balma-Gramont. Les témoins de la veille seront présents et on devra… tuer ou être tué… Il ne restera qu'un survivant à la fin…

Arda n'en croit pas ses oreilles. Ousmane revêt ses gants, insère la clé dans le contact.

— Putain, Ous, c'est hallucinant ton histoire. Retourne voir les flics. C'est trop énorme comme machin.

— J'emmerde les flics, Arda ! En vérité : les gamins ont raison. La police ne sert à rien ! Ces bâtards se sont tous foutus de ma gueule cet aprèm. Je ne peux compter sur personne.

— J'suis là, gros. Tu peux compter sur moi.

— Sauf que cette fois je dois venir seul.

Arda tique.

— Comment ça cette fois ? Il se passe quoi sinon ?

231

Ousmane comprend sa *boulette*. Trop tard. Arda s'entête :

— Il a un moyen de pression ?

Ousmane s'enlise, esquive le regard anxieux de son ami.

— Ous, réponds ! Ce taré est repassé à l'appart ? Il t'a menacé ?

— Il m'a envoyé une photo, balbutie Ousmane.

— Une photo ? Une photo de qui ?

— De toi…

Arda a le souffle coupé.

— Attends deux secondes, que je résume. Tu m'as fait venir ici alors que ce malade connaissait mon visage et qu'il menaçait de me tuer ? J'ai peur de comprendre, Ous, c'est bien ça ?

Terriblement honteux, Ousmane baisse les yeux. Il se sent abject, méprisable. Un lâche.

— Mais putain ! fustige Arda. T'as quoi dans le crâne, hein ? Ça t'éclate de mettre la vie des autres en danger ? Pff. Tu sais quoi : démerde-toi, sale égoïste.

— Non, Arda, attends…

— Non, c'est bon. Tu me dégoûtes. Débrouille-toi tout seul. Non, mais regarde-toi. T'as l'air de rien. Ta parka se casse la figure, tu… c'est quoi…

— Non !

— … ce truc dans ta poche…

— Non !

Arda recule – un éclair de fureur brille dans son regard.

— Putain, Ous, à quoi tu joues ? Ça vient d'où ce truc ?

De plus en plus confus, Ousmane n'arrive pas à justifier ses choix, ses prises de décisions. Il manque d'arguments et a du mal à mettre des paroles sur ce qu'il ressent au fond de lui. Dire la vérité nécessite plus de courage qu'il ne l'aurait cru. Comment avouer qu'il a peur ? Tout simplement. *J'ai peur.* Trois mots toxiques qu'il n'arrive pas à prononcer, même à son ami de toujours. Son *frère*. Déchu, il refuse de se rabaisser davantage en *balançant* Nazim sur la provenance de l'arme automatique. Face à son silence, Arda s'emporte encore plus.

— OK, j'ai compris. Fais ce que tu sais faire de mieux : te taire. Ne me mêle plus à tes histoires et, tu sais quoi : va te faire foutre !

Arda s'éclipse dans la nuit noire, le long des voies ferrées. Ousmane l'observe s'éloigner avec un pincement au cœur, puis rabat sa visière avant de faire démarrer son scooter.

28

Vendredi 1ᵉʳ décembre, 19 h 45

Claire a ajouté une bonne lichette de rhum dans son thé à la cannelle et au miel. La tasse fumante réchauffe ses mains. Les fragrances sucrées émoustillent ses narines. Drapée dans son plaid, sur le canapé, elle apprécie la chaleur d'un feu de cheminée. Ses parents l'ont fait ramoner il y a trois ans, avant leur décès, le foyer tire bien, les fumées et les cendres n'envahissent pas la maison. Les bûches brûlent dans l'âtre, crépitent ; les flammes qui dansent sous ses yeux azur offrent un spectacle hypnotique, apaisant. Majestueux. Mieux que la télé !

« Nothing Else Matters », de Metallica, berce le salon cosy d'accords harmonieux. Claire frémit quand les premières notes du solo la transportent dans un état second. En transe. Des picotements parcourent sa nuque, les poils de son duvet se hérissent. Ça, c'est de la musique, atteste-t-elle en se remémorant le supplice acoustique du karaoké. Elle se laisse envoûter par la mélodie. Gobée par la guitare électrique, elle ferme les yeux et s'octroie quelques minutes de répit. Relâcher la pression.

Une fois rentrée chez elle, elle a vérifié tous les recoins de sa maison pour s'assurer que personne ne guettait tapi dans l'ombre. Cette fois, elle en est sûre, la porte du garage est bien verrouillée. Aucun doute possible. Elle a ensuite grignoté la barquette de crudités qui traînait dans le frigo. Sans appétit particulier. Juste pour administrer des nutriments à la *machine*. Une barre vitaminée, une pomme, et à présent le grog maison qu'elle a concocté avec les moyens du bord. Depuis, elle fait une cure intensive de *vraie* musique, pour chasser la variété de merde néfaste qui pollue sa mémoire depuis le *Mea Culpa*.

La chanson s'arrête. Les frissons agréables aussi. Claire baisse le volume en s'asseyant en tailleur, le plaid sur les genoux. Sera-t-elle libérée de l'emprise de son tourmenteur si elle se rend au laser-tag ? Peut-elle s'en sortir indemne ? Elle estime avoir une carte à jouer. Aucun autre *candidat* ne connaît son visage, l'anonymat peut lui fournir un avantage non négligeable. Elle espère juste une chose : que l'homme qui se fait surnommer *Baba-Yaga* ignore également sa véritable apparence. Après réflexions, elle parie que oui. Et c'est pour cette raison qu'elle s'est défendue de monter sur la scène du karaoké.

Elle s'empare de son MacBook, consulte le site Internet du laser-tag de Balma-Gramont. L'établissement de divertissement ouvre ses portes de quatorze heures à une heure du matin. Bonne nouvelle : un lieu public, fréquenté, pendant les heures d'ouverture. Claire se sent rassurée. Elle qui gambergeait sur la probabilité de se retrouver avec d'autres types désabusés au fond d'un coupe-gorge, la présence de clients facilitera son immersion au sein du laser-tag. Parfait. Elle compte toujours rester discrète, observer de loin et aviser – si un créneau s'ouvre à elle – pour tirer son épingle du jeu. En somme, elle improvisera.

Les crépitements du feu s'atténuent, les flammes s'amenuisent, déployant malgré tout cette chaleur capiteuse, lénifiante.

Elle repense à ce Ludovic et à cet Ousmane. Les autres *participants*. Honnêtement, ils ne représentent pas un grand danger. Elle se méfie peut-être un peu plus du guignol en costume – qui semble moins équilibré ; qui sait comment il pourrait réagir une fois confiné, esseulé, tyrannisé par la volonté de sauver sa peau. Lui, Claire doit le garder dans son champ de vision.

Sans vraiment espérer de miracle, elle tape leurs prénoms sur les barres de recherches LinkedIn, Facebook et Twitter.

Un Ludovic, de Toulouse, surgit sur le réseau social professionnel. Ludovic Grimaud. Elle reconnaît sa photo. Apparemment, le guignol en costume dirige un cabinet d'analyste financier. Ses partenaires sont nombreux, le dernier en date est une société pharmaceutique appelée l'EPIX, basée en Suisse. Hum.

Claire navigue sur le site du cabinet, situé en haut des allées Jean-Jaurès. Découvre la photo de l'associé : Tristan Zimmermann. Elle fronce les sourcils – à nouveau bruns. Le complice du comptoir. Celui qui, inexplicablement, lui suscitait de la méfiance. Celui qui est salace, énigmatique. Dangereux.

Elle espionne leur compte Facebook : Ludovic, père de famille, mari aimant et attentionné ; Tristan, célibataire versatile, frivole et dévergondé. Pas de surprise. En revanche la liste des Ousmane de la région est nombreuse. Claire ne parvient pas à discerner les traits de l'autre témoin parmi le panel de photos qui défilent. Le pilote du scooter a pris soin de dissimuler son visage sous sa capuche, lors du karaoké, elle ne glane donc aucun élément nouveau à son sujet sur les réseaux sociaux.

Un point rouge orne le coin de son profil Facebook. Machinalement, elle ouvre sa session d'un clic distrait. Encore un message de Jessica. La pratiquante affable de yoga fait part de sa déception quant au report de la virée entre filles, elle semble inquiète de la solitude qui ceint son ancienne collègue de postures. Claire reste insensible à cette preuve de compassion, hésite quelques secondes puis, sans vraiment y croire, répond avec détachement « ce n'est que partie remise ».

Les braises incandescentes tapissent l'âtre, une bûche se fend en deux. Claire s'extrait de son cocon de laine et se lève pour attiser le feu. Elle place une autre bûche, qu'elle pousse au fond de la cheminée avec le tisonnier. L'air du soufflet ravive les flammes, distillant cette chaleur relaxante à travers le salon. Le groupe Korn rugit en sourdine des enceintes du home cinéma.

En chaussettes, Claire se réfugie sur la pointe des pieds dans sa tanière de laine et ouvre sa boîte mail. Nouveau message. Encore une demande de transport. Cette fois – contre toute attente – elle hésite. Met un doigt dans sa bouche en inclinant la tête vers la pendule du couloir. Elle estime que le temps va être long – très long – jusqu'à minuit. Malgré les douleurs au dos, elle sait qu'elle ne tiendra pas en place d'ici là, que le stress la fera tourner en rond pendant des heures. Pourquoi pas, se dit-elle, après tout ? La demande émane de Rangueil, la course demandée ne paraît pas longue. Ça lui prendra une heure maximum. Une heure de moins à ruminer le rendez-vous au laser-tag et ce *jeu de rôle* sordide qu'on s'obstine à lui faire subir. Elle pèse le pour et le contre puis, après un bref débat intérieur, décide d'accepter l'offre. C'est le meilleur moyen pour se changer les idées.

Elle se lève, grimpe les escaliers quatre à quatre, se déshabille à toute vitesse et enfile ses vêtements d'ambulancière. Elle ferme le clapet du conduit de la cheminée, circonscrit le feu en jetant des poignées de sable et étouffe les flammes avec un rouleau de papier essuie-tout imbibé d'eau. Ses parents l'ont assez sermonnée sur les dangers d'un incendie domestique.

Elle s'empare de son manteau, enfonce son bonnet sur ses cheveux courts – à nouveau bruns aussi –, puis vérifie que l'alarme est bien activée et la porte d'entrée verrouillée avant de faire le tour de la maison.

Elle ouvre le garage. Appuie sur la télécommande du portail.

Grimpe dans son ambulance.

29

Vendredi 1ᵉʳ décembre, 20 h 10

Ludovic siphonne la bouteille de Jack Daniel's.
Le pavillon de banlieue est silencieux. Trop silencieux. À cette heure-ci, normalement, les jumelles chahutent à l'approche du coucher, elles répètent un énième récital de danse interminable dans leurs tutus et leurs ballerines, riant aux éclats, trouvant toujours un prétexte pour refuser d'aller au lit. Ludovic rate souvent ces moments magiques, à cause de son boulot, et il juge que c'est un comble d'être chez lui, à une heure pareille, et de se languir, seul, comme un poivrot sur son canapé.

Entre ses doigts, la vidéo du FaceTime que Emma et Lola lui ont envoyée il y a une demi-heure. Sur le minifilm, deux bouilles blondes rayonnantes qui lui souhaitent « bonne nuit papounet chéri ». Ludovic a craqué, fondu en larmes devant cette preuve d'amour inconditionnel.

La maison est *trop* rangée, *trop* calme. Ainsi avachi, à se lamenter sur son sort, le bazar des poupées et des tablettes tactiles lui manque ; les jérémiades, les caprices, les pleurs lui manquent et, il n'aurait jamais cru cela possible un jour, mais, même la musique de *La Reine des neiges* lui manque…

Main droite : son ami Jack. Main gauche : la télécommande. Il comate devant la télévision – son coupé – sur une émission de télé-réalité, guignant les plastiques sculptées au bistouri des *sans cerveau en bikini*. Son iPhone 8 vibre sur la table basse. Certainement *l'autre*. Encore. Il s'en moque. Il a remis la carte SIM dans son smartphone – rien à foutre d'être géolocalisé –, de toute manière il se morfond seul chez lui. Ses princesses sont à l'abri. Si un tueur en série doit venir avant l'échéance du laser-tag, ben… qu'il vienne… Mais il doute que cela se produise. En rallumant le téléphone, il a découvert que *l'autre* a essayé de l'appeler une douzaine de fois, parfois en laissant un message. Ludovic a tout effacé sans rien écouter.

Il repense au meurtre de la sortie 16 – l'origine de ce jeu de piste funèbre –, à cette silhouette encapuchonnée qui l'a épié toute la journée, au calvaire du karaoké, aux déductions de Tristan. Comme son associé, il suspecte également cet homme en doudoune, mais avec moins de certitude. Le *Baba-Yaga* a tué quatorze jeunes femmes en quatre mois, on peut donc supposer en toute logique que c'est un individu prudent, méticuleux, pas le genre de type à se faire remarquer au premier coup d'œil dans un bar pour ados. Non, malgré l'attitude ambiguë de cet homme-doudoune, Ludovic doute que ce soit lui le *Baba-Yaga*, même si, obligatoirement, le tueur en série devait être présent pour surveiller le bon déroulement du karaoké truqué.

Le salon est plongé dans l'obscurité. Toutes les lumières sont éteintes, seul l'écran de la télévision éclaire la pièce épurée. Ludovic regarde l'heure toutes les trente secondes. La bouteille de whisky a atteint un seuil critique – surtout après avoir shampouiné le tapis. Bientôt, il basculera sur le Cardhu Single Malt qu'il a dégusté avec Tristan.

À chaque lampée, il se dit que ça sera la dernière. Sa vision commence à se troubler. Les distances entre les murs et la télévision fluctuent, les formes des bibelots changent, s'arrondissent. Les prémisses de l'ébriété se manifestent. L'ivresse point. Il s'efforce de ralentir la cadence pour ne pas arriver complètement bourré au laser-tag. Mais la bouteille est juste là, dans sa main – facile d'accès –, et ces sensations de brûlure intenses à chaque passage du liquide ambré sur ses muqueuses sont comme des chatouillis extatiques qui irradient dans sa mâchoire jusqu'au sommet de son crâne. C'est tellement simple, et ça fait tellement de bien. Pourquoi s'en priver ?

Soudain une voiture s'engage dans l'allée de gravier. Ludovic se fige en se maudissant pour ne pas avoir refermé ce putain de portail. Dans la cuisine, les bâtonnets numériques indiquent vingt heures vingt. Est-ce déjà Tristan ? Y a-t-il un imprévu dans le plan ? Il se lève, reste planté au milieu du salon, un peu désorienté par les effets de l'alcool, les bras ballants, l'oreille tendue. Le moteur lui est familier. Tous ses muscles se contractent. Une haine inexplicable l'assiège aussitôt. C'est la Mini Cooper de *l'autre*.

Sabrina fait irruption dans le vestibule. Elle porte toujours son jogging et son sweat gris, mais elle a retiré le bandeau de son carré plongeant. Elle a l'air harassée. Son teint est blafard, aucune trace de maquillage pour masquer les dégâts. De toute façon, elle a l'*interdiction formelle* de se pomponner – Ludovic ne le tolérerait pas. Ses yeux sont rouges, témoignant des pleurs répétés et du chagrin qui l'assaille. Ludovic l'attend près du comptoir de la cuisine. Il la toise d'un air menaçant, empli de mépris.

— Qu'est-ce que tu fous là ? aboie-t-il.

Sabrina comprend instantanément qu'il a bu. Elle garde ses distances.

— J'ai essayé de t'appeler tout l'après-midi, Ludo, et toute la soirée. Comme tu ne répondais pas, j'ai voulu voir si tout allait bien.

Ludovic tangue, se retient au bar. L'alcool déforme sa diction.

— Tu t'inquiétais ?

Sabrina fait un pas dans sa direction, une ébauche de sourire aux lèvres.

— Bien sûr que je m'inquiétais. Les petites aussi. Tu as vu leur vidéo ?

Ludovic hoquette avant de répondre, nostalgique.

— Ouais.

Un pas en avant de Sabrina.

— Qu'est-ce qui se passe, Ludo ?

— Elles vont bien ?

— Oui, oui, elles vont bien. Mon père leur lit une histoire.

Ludovic a le regard vague, perdu dans les ombres du salon.

— Quoi comme histoire ?

Autre pas en avant de Sabrina.

— Celle de la cigogne et de la marmotte.

Sourire triste de Ludovic.

— La cigogne et la marmotte...

— Oui, elles l'adorent celle-là.

Sabrina arrive à son niveau, guillerette. Pose une main sur son bras.

— Dis-moi ce qui se passe, Ludo. Parle-moi.

Le regard de Ludovic s'assombrit brusquement.

— Ma chère épouse qui s'inquiète, comme c'est mignon.

Sabrina cesse ses caresses affectueuses. Recule d'un pas. Sa gorge se noue. L'espoir que la situation ne dégénère pas s'est volatilisé.

— Est-ce que tu voudrais bien, pour une fois, te mêler de ce qui te regarde et arrêter de me casser les couilles ?

Ludovic a terminé sa phrase en hurlant. Sabrina sanglote, effarée.

— Qu'est-ce qui t'arrive, Ludo ? Je ne te reconnais plus. Qu'est-ce qui se passe ?

Ludovic frappe du poing contre le marbre du comptoir. Sabrina fait un pas en arrière, choquée.

— Qu'est-ce que tu n'as pas compris, cet après-midi, dans la phrase « fous le camp chez tes parents » ? Hein ?

— Mais... Explique-moi au moins ce qui se passe.

Deuxième coup sur le comptoir.

— Je te jure que c'est pas le moment, Sabrina. Fais ce que je te dis et ne pose plus de questions !

— Tu me fais peur, Ludo. Qu'est-ce qui se passe ? Je peux peut-être t'aider. Qu'est-ce que t'as fait ?

Regard noir. Yeux exorbités. Ludovic se fâche,

implose méchamment. Toutes les digues de sa haine se rompent en même temps. Il attrape sa femme par le bras.

— Pourquoi tu dis ça, hein ? Pourquoi j'aurais fait quelque chose ? Réponds-moi, traînée ! Pourquoi tu veux m'aider ?

Sabrina essaye de se dégager, mais *l'homme de sa vie* l'empoigne fermement par le biceps. Elle n'a plus d'issue, aucune échappatoire. Ses jambes vacillent. Elle panique.

— Arrête, Ludo, tu me fais mal !
— Tu crois que j'ai fait quelque chose, hein ? Et tu me crois faible, c'est ça ?

Le bras se déplie, suivant une trajectoire circulaire, la main vrille, se referme en un poing rageur, ferme et destructeur, puis vient heurter le visage de Sabrina. La pommette explose sous l'impact, projette un geyser de sang sur le parquet flottant.

— Fous-moi la paix ! vocifère Ludovic.

Les jambes de Sabrina se dérobent. Elle s'effondre en chien de fusil, le visage tuméfié. Les larmes se mélangent au sang.

— J'ai besoin de personne, t'entends !

La pointe de son mocassin frappe le ventre de Sabrina. Une fois. Deux fois. Trois fois. Une côte se fracture.

— Tu m'en crois incapable, c'est ça ? Je peux y arriver tout seul ! J'ai besoin de personne, moi ! Dégage ! Fous le camp d'ici !

Sabrina rampe sur le sol en suffoquant, trop choquée et étourdie pour comprendre à quoi son mari fait allusion. Le sang emplit sa bouche d'un goût salé, métallique. Elle crache, gémit, cherche à recouvrer son souffle. Ludovic termine la bouteille de whisky – cul sec –, la fracasse contre le marbre du comptoir et la jette vers sa femme, agonisante, qui gît sur le parquet. Il s'empare de son sac à main, le vide sur sa tête et ouvre grand la porte d'entrée. Hargneux, fiévreux, il la pousse du pied comme un opossum.

— J'ai peur de personne, moi ! Je les tuerai tous s'il le faut ! Tu comprends ? Tous !

Au paroxysme de la colère, il claque la porte, retourne dans le salon et saisit sa cigarette électronique. Il fulmine. Bout de l'intérieur. Le monde se ligue contre lui. Pourquoi *l'autre* croit-elle qu'il a besoin d'aide ? Parce qu'il est faible, c'est ça ? Elle pense que c'est une lopette ?

Un seul d'entre vous survivra à la fin...

Au milieu des débris de verre épars et des gouttes de sang et de whisky, Ludovic se jure qu'il va prouver au monde entier – et notamment à Tristan – qu'il est apte à trucider la Terre entière pour sauver ses jumelles.

30

Vendredi 1ᵉʳ décembre, 21 heures

Ousmane croupit au fond de son lit, adossé contre le mur. L'halogène asperge la chambre exiguë d'une lumière crue, qui se reflète sur l'écran de l'ordinateur portable. Les épisodes de *Breaking Bad* tournent en boucle sur la machine, mais Ousmane ne s'intéresse pas aux péripéties de Bryan Cranston. Cependant il rêve de s'insuffler la volonté et l'autorité du baron de la drogue de la série. Il s'imagine en supercaïd, que les gens changent de trottoir quand ils le croisent dans la rue, qu'ils le saluent avec respect, crainte et admiration ; qu'il admoneste d'un ton péremptoire au *Baba-Yaga* : « *Stay out my territory.* »

Sauf qu'Ousmane ne s'est jamais battu, qu'il tremble comme une feuille morte quand il stresse, manque exploser de rire dès qu'il ment et qu'il n'arrive pas à tenir tête à son meilleur ami ni à soutenir son regard… « Tu parles d'un caïd, déplore-t-il en son for intérieur. »

Sur le lit, son smartphone qui indique vingt et une heures huit – c'est tout ! –, la couette en boule, le Sig-Sauer SP 2022.

Qu'espérait-il en emportant cette arme, si ce n'est

s'attirer les foudres de son colocataire ? Croyait-il vraiment s'en servir ? Aurait-il osé appuyer sur la gâchette ? Arda a été déçu par son comportement, il n'a pas digéré – à juste titre – le mensonge par omission sur la photo prise à l'hôpital. Oui, Arda était en danger. Oui, il était dans le collimateur du tueur. Et Ousmane le savait. Il l'a convié au bar en toute connaissance de cause. Il mâche encore les paroles de son ami, les insultes, avec ce sentiment de honte omnipotent qui lui cisaille le ventre. Il se trouve indigne. C'est la première fois qu'ils s'injurient avec une telle violence depuis le collège – à cause d'une fille –, et la façon dont Arda l'a vilipendé l'a couvert d'ignominie. Et les mots blessent. Surtout quand ils sortent de la bouche du frère qu'il n'a jamais eu. Ousmane a une petite sœur de vingt-deux ans, qui vit avec sa mère à l'autre bout du quartier. Son père est retourné au Mali il y a plusieurs années. Alors oui, Arda est peut-être la personne qui compte le plus pour lui. Ousmane souffre de son attitude mesquine et égoïste.

Tuer ou être tué. Vous choisirez...

Si le *jeu* consiste à se tirer dessus avec des pistolets laser, il signe tout de suite. Mais, connaissant la réputation de son harceleur, il privilégie plutôt un scénario à la *Hunger Games*, où les *participants* s'entretueraient à balles réelles jusqu'à ce qu'il n'en reste plus qu'un. Une sorte de *Battle Royale*, made in Toulouse.

Il visualise ce Ludovic et son ami excentrique, sur la scène du *Mea Culpa*, et se demande si, sous la contrainte, il pourrait abattre des types comme eux. S'il imagine que ce sont des pédophiles récidivistes qui s'habillent en fourrure de bébés pandas, alors soit : pourquoi pas ? Mais en réalité il pense être incapable de tuer un homme. C'est au-delà de ses forces. Il cesse de se fourvoyer. Bien qu'une chose soit sûre, désormais : il ne laissera personne lui dicter sa conduite. Il a déjà atteint le déshonneur, et il ne compte pas se rabaisser plus bas que terre en se métamorphosant en assassin parce qu'un malade mental l'a obligé à le faire. Il luttera, conservera – coûte que coûte – le peu de dignité qui lui reste.

Ainsi vautré sur son lit, il s'interroge sur ce type, d'origine asiatique, qui portait une arme. Est-il possible que ce soit le *Baba-Yaga* ? Ousmane a du mal à imaginer un tueur capable de balader la police pendant quatre mois se faire repérer par deux amateurs comme Arda et lui. Pourtant… Et s'il avait un fait une erreur ? Une seule ! Et si c'était bien lui ?

Arrêter de s'apitoyer sur son sort. De spéculer. Reprendre confiance en soi. Et pour cela : rien de mieux que la musique. Il met son épisode sur pause, branche les petites enceintes à son ordinateur. Method Man rassemble tout le Wu-Tang Clan derrière lui, le *flow* grave et posé se calque en symbiose sur les basses. Ousmane hoche la tête comme un pigeon. La musique l'évade, lui donne l'illusion qu'il peut franchir tous les obstacles.

Il a consulté le site du laser-tag et a été soulagé de découvrir que l'établissement serait encore ouvert à minuit. Un autre lieu public. Pendant un instant, il a hésité à s'expatrier sur son scooter et à tirer un trait sur toute cette histoire, sur sa vie. Préférant fuir le problème plutôt que l'affronter. Mais tout abandonner demande un courage qu'il n'a pas, et l'idée d'être immergé dans la foule – comme au karaoké – le rassérène un peu. Il soupire, bouge ses mains en rythme avec la musique et attrape une cigarette.

Le son hip-hop atténue les commentaires et les acclamations virtuelles qui proviennent du salon. Ousmane suppose qu'Arda a lâché ses tables de poker pour FIFA 2018. Ils ne se sont plus adressé la parole depuis l'altercation sur le trottoir du *Mea Culpa* et, comme d'habitude, il n'a pas su s'imposer pour gagner le monopole de la console.

Des coups intempestifs cognent contre la porte de la colocation.

Ousmane arque un sourcil, baisse le volume de la musique. Il se lève, intrigué, colle son oreille contre la porte de sa chambre, anticipant aussitôt le pire des scénarios. De l'autre côté, il entend Arda rouspéter.

La porte de l'appartement s'ouvre. Ousmane écoute la discussion qui s'envenime depuis le salon. Il reconnaît le visiteur impromptu.

— Il est où ? crache Cyril – le *sans cerveau à capuche* vindicatif en conditionnelle.

— Chez ma mère, répond Arda.

— M'en fous de ton frère. Où est mon flingue ?

Ousmane devine l'incrédulité de son colocataire.

— C'est à toi cette merde ?

— Non. Des types me l'ont prêté. Et maintenant ils me le réclament. Nazim n'avait aucun droit de le laisser ici. Je veux le récupérer.

Arda s'agace.

— Mais putain, on est où là ? Depuis quand il y a des armes qui traînent dans mon appartement ? C'est du grand n'importe quoi ! Y a d'autres trucs que j'ignore ? Récupère-la, ta merde.

— Elle est où ?

— Vois ça avec l'abruti qui vit à côté.

Plaqué contre la porte de sa chambre, Ousmane se vexe. L'insulte lui va droit au cœur, l'humiliation lui retourne l'estomac. Mais comment en vouloir à Arda après ce qu'il lui a fait ? Il avale sa salive, renifle en ouvrant la porte.

— Alors comme ça il est à toi ce flingue.

Cyril et Arda sont debout au milieu du salon, sur la défensive. L'ambiance est froide, inamicale.

— Ouais, approuve Cyril. Rends-le-moi.

— Sinon quoi ? le provoque Ousmane.

Arda lève les yeux au ciel. Vocifère contre son colocataire.

— Bien. De mieux en mieux ! Garde-la ta saloperie. Et bute des innocents avec si ça t'amuse.

Cyril ne semble rien comprendre à la situation. Interloqué, il se tourne vers Ousmane.

— Tu vas buter qui ?

Arda repart à la charge.

— Des types qu'il ne connaît même pas. Admire la grandeur d'âme de notre ami Ousmane. Regarde bien à quoi ressemble un héros. Vous me faites tous chier, putain ! Entre l'autre qui planque une arme chez moi et ce faux frère égoïste qui veut descendre des témoins pour sauver sa peau. C'est génial, vraiment !

Ousmane ne trouve rien d'intelligible à dire. Il baisse la tête.

— Ouais, en attendant, moi, j'en ai besoin, signale Cyril. Sinon je vais avoir des problèmes.

— Tu les mérites tes problèmes, lance Arda en s'asseyant sur le canapé. Faites ce que vous voulez, je m'en fous, mais débarrassez-moi le plancher de cette merde.

— Je peux repasser plus tard pour la récupérer, propose Cyril, conciliant.

Arda s'insurge.

— Ben voyons ! Vas-y, incite-le, toi aussi. Il n'y en a pas un pour rattraper l'autre. Je me demande vraiment ce que je fous là.

Énervé, Cyril se tourne vers Arda.

— Hé ! T'arrêtes de me soûler toi.

Arda se redresse.

— Sinon quoi ? Redescends sur Terre, *atchoum*. T'impressionnes personne ici. Je les connais tous les types que tu fréquentes. Alors déconne pas avec moi.

Cyril recule, un peu déstabilisé. Comme tout le quartier, il connaît les prouesses d'Arda en boxe française, ses performances aux championnats de France et la blessure au genou qui a mis un terme à sa carrière prometteuse, cinq ans auparavant. Cependant il demeure fier, adopte une attitude de défi vis-à-vis du brancardier. Une étincelle perfide scintille dans son regard sombre.

— Je sais qui tu es, Arda, tout le monde sait qui tu es, ici. Mais tu ne connais pas tous les mecs avec qui je traîne, c'est pas vrai. Certains te mettraient la misère, frère. Alors arrête de me menacer sinon ça va mal finir pour toi. Tu vas te faire défoncer.

Arda ricane, approche vers Cyril avec hostilité.

— Tu me provoques sous mon toit ? J'ai bien entendu ?

— Joue pas au plus malin avec moi, Arda. Il me suffit d'un coup de fil pour que tu ramasses tes dents sur le trottoir.

Le jeune délinquant ne se laisse pas démonter. Au contraire. Arda s'apprête à rétorquer quand, pour la première fois depuis le début de la querelle, Ousmane intervient, interrompant la rixe imminente entre les deux gladiateurs en jogging.

— Tiens, reprends-le, dit-il en tendant le pistolet par le canon à Cyril.

Une lueur de surprise brille dans les prunelles d'Arda – peut-être une once de fierté. Cyril glisse l'arme automatique sous l'élastique de son jogging, tout en fusillant du regard son rival, puis tourne les talons vers la sortie.

Ousmane retourne dans sa chambre, penaud, sans prononcer un mot.

31

Vendredi 1ᵉʳ décembre, 21 h 45

La tarentule géante surgit dans le tunnel.

Ses six pattes velues galopent le long de la paroi, ses pédipalpes brassent l'air glacial et claquent devant ses huit yeux sombres, effrayants, qui scrutent la pénombre. Elle se déplace avec agilité – malgré sa taille monstrueuse ; elle bondit de pilier en pilier en tissant sa toile meurtrière.

Elle traque sa proie.

Qui osera défier cette créature démoniaque ? Qui sauvera le monde de cette abomination ? Toulouse a besoin d'un superhéros. Un être doté de superpouvoir pour annihiler le Mal.

Heureusement, Luka est là !

Il sort de sa cachette, retrousse la couverture de son avant-bras et projette un fil de toile en direction de l'araignée. Puis un autre. Et encore un autre. L'arachnide est surpris, il bat en retraite. Luka s'envole vers le plafond de béton, contourne un pilier, assène une salve de toiles destructrices sur la bestiole, puis atterrit dessus et lui administre un magistral coup de pied dans ses quatre paires d'yeux. L'araignée couine en prenant la fuite. Luka effectue un double salto arrière avant d'atteindre le bitume, un genou encastré dans le sol, les poings enfoncés, la tête rentrée dans les épaules – façon *Spiderman*. Le danger est écarté. Le monde est sauf.

Oui, à dix ans, Luka a beaucoup d'imagination. Il a *maté* cette araignée avec la même virulence que sa *copine* de la nuit dernière.

La circulation du périphérique est clairsemée. À cette heure-ci, plus personne ne donne, les gens bougonnent, se pressent de rentrer chez eux. L'heure de la pitié est écoulée.

La nuit s'annonce aussi froide que la veille. Des particules de givre virevoltent dans l'air, les trottoirs scintillent. Luka se faufile dans son duvet. Il a passé le reste de l'après-midi à la sortie 18 – il ne reste jamais au même endroit une journée entière. Son gobelet a récolté quelques pièces, mais pas suffisamment, selon les critères de son *oncle*. Il est prêt à le parier. Une nouvelle remontée de bretelles semble inévitable, il compte sur le plan pour s'en sortir sans égratignures. Sous le ciel neigeux, il a regagné son terrier de la sortie 16, longeant la cité de l'Espace et s'imaginant à bord des cinquante-trois mètres de la fusée Ariane 5 pour prêter main-forte aux *Gardiens de la Galaxie*.

Les cartons s'empilent au milieu des déchets et des monticules de plastiques. Dans son abri de fortune, Luka se blottit dans son duvet. Il a les extrémités gelées. Une petite figurine d'Iron Man lui tient compagnie. Il s'en empare, commence à jouer avec, fabulant une histoire où la survie du monde dépendrait de son personnage.

Un bruit de moteur déchire la nuit.

Luka tend l'oreille, pose Tony Stark à côté de sa balle de base-ball. Il reconnaîtrait ce bruit entre mille. Il se lève, enfile ses tongs dégueulasses, se tortille comme un ver. Le duvet tombe à ses pieds. Il avance vers la route.

Le même bruit de moteur – caractéristique – pétarade. La Mercedes rutilante de son *oncle* jaillit une seconde plus tard sous le pont. Une bourrasque s'engouffre et éparpille les détritus disséminés sur le trottoir.

Luka, frileux, referme la couverture sur son corps chétif. La même angoisse lui vrille le bidon lorsque son *oncle* doit s'adresser à lui. Il mordille son ongle, contient une envie subite de faire pipi. Pourvu qu'il ne soit pas trop en colère, espère-t-il en se contorsionnant dans son poncho rudimentaire. Il sait de quoi son *oncle* est capable. Il a déjà vu l'arsenal d'armes automatiques caché dans la caravane du chef de clan, les traces brunes sur la batte de base-ball accrochée au-dessus du clic-clac. Un soir, il l'a même surpris avec les avant-bras couverts de sang. Luka a eu drôlement peur. Il sait que si son *oncle* décide de passer à l'action, le plan aboutira à coup sûr. Quand son *oncle* désire quelque chose, il l'obtient.

La Mercedes s'arrête à sa hauteur. La vitre électrique se baisse. Luka se penche dans l'habitacle.

Une vague de chaleur lui agresse le visage. L'intérieur de la voiture ressemble à un sauna.

Son *oncle* est au volant. Il porte un costume gris, coupé un peu large, sur une chemise blanche au col déboutonné. La quarantaine, crâne rasé, taillé au burin, une barbe de trois jours et un regard noir empli de fourberie, de méchanceté. De violence. Il transpire la haine. Un tic nerveux fait sautiller ses paupières.

Quatre *cousins* sont assis à l'arrière, entassés ; leurs visages harassés observent Luka avec compassion, fraternité. Le siège passager, lui, est vide.

L'*oncle* fait un signe du doigt pour que Luka approche. Et il lui parle. En hongrois. Clignant des paupières, il s'exprime vite, preuve d'une nervosité ostentatoire.

Luka comprend les grandes lignes ; des mots lui échappent lorsque son *oncle* est dans cet état et qu'il déblatère à cette vitesse. Il n'enregistre pas tout, mais, innocemment, pour ne pas le contrarier, il hoche la tête comme si de rien n'était.

Une dernière menace de son *oncle*. La vitre se referme. La Mercedes disparaît.

Planté sur le trottoir, emmitouflé dans sa couverture, Luka a retenu deux choses : le plan se déroule sans accroc ; la phase finale est prévue pour cette nuit.

32

Vendredi 1ᵉʳ décembre, 23 h 20

Claire arbore un nouveau look.

Regard charbonneux, intensifié par le fard à paupières ténébreux. Fond de teint sombre. Rouge à lèvres noir. Perruque rouge, courte avec une frange. Lentille de contact vert émeraude. Elle est toujours affublée de ses vêtements d'ambulancière bleu marine. Le pantalon est ample, confortable, la veste est large, munie d'une panoplie de poches et conserve la chaleur. Souplesse, discrétion : la tenue semble appropriée, bien qu'elle ignore totalement ce qui l'attend…

L'escapade en ambulance lui a fait plus de bien qu'elle ne l'aurait cru. Une heure et trente minutes de gagnées – sans se triturer les méninges – avant le rendez-vous fatidique du laser-tag. Elle qui ne supporte plus les gens, elle a apprécié de croiser du monde et de faire une nouvelle connaissance. Sommaire, certes ; mais une connaissance quand même. Elle a pu se changer les idées en se forçant à entretenir la conversation pendant que le patient voyageait à l'arrière de l'ambulance.

Durant un bref instant, en rentrant chez elle, elle a

hésité à continuer sur le périphérique, à tout plaquer, sans un regard en arrière, à rouler sur l'autoroute jusqu'en Espagne, au Portugal, jusqu'à ce que la jauge d'essence lui indique que le réservoir est vide. Jusqu'à ce que toute cette histoire soit loin, très loin derrière elle. Puis elle s'est enorgueillie. S'est retroussé les manches. A relevé la tête. Elle a pris conscience de tout de ce qu'elle possédait, du train de vie qu'elle mène, et elle a réalisé combien ça lui coûterait, finalement, de tout perdre.

Mélancolique, elle a beaucoup repensé à ses parents, à cet accident de voiture qui les a décimés en une fraction de seconde en rentrant de chez sa grand-mère, sur cette route de campagne qu'ils connaissaient pourtant par cœur. Morts sur le coup. Ils roulaient normalement – ni trop vite ni trop lentement –, de nuit, sans une goutte d'alcool dans le sang ; il n'y a même pas eu de chauffard ivre surgi de nulle part au milieu de la chaussée. Il y a seulement eu un virage un peu serré et une seconde d'inattention. C'est dans les trajets que l'on connaît le mieux que l'on fait le moins attention. Les pompiers ont mis trois heures pour les désincarcérer. Fin de l'histoire.

Depuis des années, la solitude semble l'accompagner comme une ombre malfaisante. La vie ne lui a jamais fait de cadeaux, elle a toujours su se débrouiller toute seule. Maîtresse de son destin. Capitaine de son navire. Méprisant le jugement d'autrui. Elle n'a jamais eu besoin de personne. Sauf peut-être aujourd'hui… Dans ces rares moments où elle est en proie à la nostalgie, aux doutes et aux chagrins, Claire a constaté que oui, elle est isolée, oui, elle est solitaire ; mais elle l'assume. Enfin, en temps normal, elle l'assume.

Ce soir, pour la première fois depuis bien longtemps, elle a éprouvé le besoin de se socialiser, de parler, et – soyons fous – de contacter Jessica pour organiser cette fameuse virée entre filles.

Toujours en conduisant l'ambulance, Claire a recouvré la raison et a repensé à la seule famille qui lui reste, sa bouée de sauvetage – sa grand-mère paternelle –, et s'est fait la promesse solennelle qu'elle irait lui rendre visite dès que cette histoire serait terminée. Du moins elle l'espère.

Le sac à main est vidé sur la table basse du salon. Claire s'empare des objets indispensables – soit un pourcentage infinitésimal du contenu. Elle enfouit dans les poches de sa veste ses papiers d'identité, sa carte de crédit, son téléphone portable et ses clés. Point. Pas besoin de kleenex, de trousse à maquillage, d'un paquet de chewing-gums, d'un stick pour les lèvres, d'écouteurs, d'agenda, des reçus bancaires éparpillés ou du roman d'Olivier Norek. Le strict minimum suffira.

L'ambulance est garée dans l'allée, sur le chemin de terre, devant le garage. Le moteur est encore tiède. Une fine couche de givre recouvre le pare-brise. Toujours dans l'optique de rester discrète, Claire ne souhaite pas que l'auteur de ce *jeu de rôle* connaisse l'existence de sa Fiat 500. Elle compte se rendre au rendez-vous avec son véhicule professionnel. Dorénavant, l'anonymat l'emporte sur le budget essence.

Avant de se préparer, elle a étudié le laser-tag sur Google Maps. L'établissement se situe au cœur d'un complexe de trois bâtiments qui longe la rivière de L'Hers, accolé aux bretelles du périphérique – sortie 15 –, en partant vers Balma, en face du métro Balma-Gramont. Le premier bâtiment est un club de striptease, le deuxième abrite le laser-tag, le troisième semble à l'abandon d'après les images de Google Street View. Un parking mitoyen forme un croissant de bitume autour du complexe. Claire a mémorisé la disposition des lieux et les accès pour s'enfuir en cas de problème.

Le ciel est blême, triste. La lune est noyée dans le manteau neigeux qui stagne en apesanteur, suspendu – en hibernation –, qui attend le signal céleste pour déferler sur la ville.

Claire enfonce ses gants, son bonnet. Passe la première.

L'ambulance s'engouffre dans la nuit glaciale.

Vendredi 1er décembre, 23 h 30

— Bon… ben j'y vais.
— Hum.

Ousmane revêt sa parka. Superpose la capuche brodée de fourrure sur celle de son sweat noir. Sur le seuil de la colocation, il observe Arda, assis sur le canapé, clope au bec et manette entre les mains, concentré sur un éphémère Galatasaray-Juventus de Turin.

Son *meilleur ami* ne daigne tourner la tête. Il plisse les yeux pour éviter que la fumée n'irrite ses rétines.

Ousmane lui adresse un ultime regard – peut-être le tout dernier de son existence –, puis sort sur le palier, plus désenchanté que jamais.

Le scooter l'attend au pied de la tour. Des jeunes discutent dans le hall, une vidéo de rap grésille sur

YouTube. Ousmane traverse le petit rassemblement, tête enfouie dans ses épaules menues, perdu dans ses pensées. Submergé par la honte. Sourd aux ricanements sur son passage.

Il ôte l'antivol, range la chaîne et le cadenas dans le coffre du Peugeot Satelis. Enfourche son bolide. Disparaît vers son destin.

Vendredi 1er décembre, 23 h 40

Ludovic passe la seconde vitesse. Le Touareg rugit dans la rue résidentielle endormie. Le pot d'échappement éructe un panache de fumée noire. Pour lui, l'écologie est une rumeur propagée par des hippies altermondialistes visant à faire culpabiliser les honnêtes travailleurs qui, contrairement à eux, ont réussi dans la vie. Il se contrefout de la couleur de la vignette sur son pare-brise, tout ce qui l'intéresse, c'est de pouvoir emplafonner les autres s'il est en tort. On n'est jamais trop prudent, on ne lésine jamais assez sur la sécurité.

Dans le rétroviseur intérieur, l'Audi de Tristan, le SUV de Youri.

Ludovic accélère. Sa vitre est grande ouverte malgré la température hivernale. Mais il n'a pas froid. À vrai dire il ne ressent plus rien. Comme anesthésié émotionnellement. Il se sent invulnérable, immortel.

Tristan lui a fait la surprise de passer plus tôt que prévu, ils ont pu préparer le rendez-vous au lasertag comme deux chiens policiers dans un aéroport colombien.

Après le départ de *l'autre*, il s'est remis à picoler en nettoyant le parquet. L'ironie de l'intrusion de sa femme, c'est qu'il s'est coltiné lui-même le ménage. Le comble ! Inévitablement, il était soûl quand Tristan est arrivé chez lui. Deux lignes blanches plus tard, il était à nouveau en pleine forme, lucide, perspicace. Prêt à gravir le K2 en sandalettes. Alors il s'est remis à boire, à se gargariser au whisky. Sentant l'ivresse poindre, il a repris deux lignes et a recouvré toute son acuité. Alors il a tété la bouteille de Single Malt douze ans d'âge. Puis il a sniffé deux autres lignes. Et ainsi de suite. Perpétuant ce cercle vicieux autodestructeur. La cocaïne annihilant les effets de l'alcool, et inversement. Un cocktail qui peut lui garantir de tenir jusqu'au bout de la nuit.

Au volant de son SUV, Ludovic est empreint d'une détermination infaillible. Il se sent capable de tout... Il accélère encore.

Direction le laser-tag. Direction le *Baba-Yaga*.

Vendredi 1er décembre, 23 h 41

Tristan pianote sur le volant de son bolide R8. Devant lui, le SUV de Ludovic fait des embardées et dérape dans les virages. Il se demande quelle mouche a piqué son associé, et s'empresse de ne pas se laisser distancer. Il surveille Youri, dans le rétroviseur ; le garde du corps de l'EPIX semble dans son élément et conserve le même écart avec l'Audi.

Il doute du potentiel de son ami. S'il ne l'avait pas ramassé à la petite cuillère et ne lui avait pas bourré les narines de cocaïne, Ludovic serait trop soûl à l'heure qu'il est pour mettre un pied devant l'autre. Heureusement qu'il l'a pris sous son aile. Heureusement qu'il veille sur lui. Tristan ne mise pas un centime sur les capacités de son ami à sortir vivant du laser-tag.

Les pupilles dilatées, le regard fou, il cligne des yeux frénétiquement. Les phares des rares véhicules qu'il croise l'éblouissent. Des résidus de poudre blanche sont piégés dans ses poils de nez. Son index les collecte en appuyant ; il se brosse les dents. L'excitation papillonne dans son bas-ventre.

Tristan tombe la troisième, tourne vers l'autoroute. Il a hâte d'être au laser-tag.

Vendredi 1er décembre, 23 h 45

Arda se prend *branlée* sur *branlée*. Sa défense turque est une véritable passoire, les buts pleuvent dans ses filets. Il n'est pas concentré. Ousmane parasite ses pensées. Il se demande comment son ami a pu lui mentir aussi effrontément, après tout ce qu'ils ont vécu ensemble.

Cigarette. Briquet. Inspiration à pleins poumons.

Il se lève, tourne comme un fauve en cage en recrachant la fumée. La nicotine l'aide à cogiter. Il conçoit que son colocataire ait agi sous l'emprise de la peur, que ces réactions aient été biaisées par la frayeur d'être la cible du tueur en série. Mais merde, à la fin ! Pourquoi faut-il qu'Ousmane soit toujours aussi taciturne, replié sur lui-même ? Pourquoi ne lui a-t-il pas parlé hier soir, après le meurtre de la sortie 16 ? Pourquoi intérioriser ses émotions ? De quoi Ousmane avait-il honte ? Arda n'allait pas le juger ni le manger. Ils ont découvert la vie ensemble.

Ils n'ont plus de secret l'un pour l'autre depuis l'école primaire. Alors pourquoi se renfermer ainsi ?

Usé, Arda constate que son colocataire ne changera jamais. Il est comme il est. Trop sensible. Trop émotif. Trop introverti. Mais jamais il n'a fait preuve d'égoïsme. Jamais.

Soudain il s'arrête, se calme. Trouve la force de pardonner à son meilleur ami. Éprouve de l'empathie pour ce qu'il endure. Il se dit que lui-même ne sait pas comment il aurait réagi dans une situation identique.

— Tu fais chier, Ous.

Arda attrape sa doudoune et sort de la colocation avec ses clés de voiture.

33

Vendredi 1ᵉʳ décembre, 23 h 55

La silhouette encapuchonnée guette dans l'ombre. Invisible.

Elle est tapie derrière un arbre, à la lisière du bosquet qui borde la rivière. Une pellicule de givre recouvre les souches et les feuilles mortes qui tapissent le talus. Le vent fait bruire les branches, soulève la litière forestière et engourdit ses doigts qui martèlent l'écorce blanche d'un bouleau. Au loin, les voitures vrombissent en s'insérant sur l'autoroute.

Dans son objectif, le complexe, le parking, l'enseigne éteinte du laser-tag. Des nuages de vapeur éphémères s'échappent de sa bouche à chaque expiration. Ses chaussures craquellent les monticules de feuilles durcies par le froid.

En attendant le rendez-vous, le *Baba-Yaga* s'est mis à stresser. Comme un être humain lambda. Jamais il n'a vécu une expérience similaire et, logiquement, une partie de lui a redouté ce qui allait se produire dans le laser-tag. Pour passer ses nerfs, il n'a pas opté pour lire, regarder un bon film ou remplir une grille de Sudoku. Non, il a fait ce qu'il aime faire. Ce qui libère les endorphines dont il se drogue. Décharge les torrents d'adrénaline dans ses veines. *Naturellement*, il a séquestré une jeune femme.

Il opère à la pulsion. Il a envie, donc il fait. C'est aussi simple que ça. La vie lui offre, lui, il se contente de prendre. Il a récupéré une énième victime – quinze, ou seize ; il ne se souvient plus du nombre exact. Une joggeuse d'une vingtaine d'années, kidnappée dans le sud de Toulouse, qui bravait l'instauration du couvre-feu. Une de plus. Le *Baba-Yaga* bénit les êtres humains pour ne jamais faire ce qu'on leur dit. Il a donc prévu son *en-cas* post-laser-tag. Sa distraction. Sa muse. Pour se défouler si les choses tournent mal. Ou même si elles tournent bien, d'ailleurs.

Depuis des mois, son mode opératoire est rodé, réglé comme du papier à musique. Il a repéré sa cible sur son smartphone, l'a épiée, l'a suivie, l'a approchée à pas de loup, puis il lui a inoculé huit cent mille volts dans la moelle épinière. La jeune femme a frétillé comme un poisson hors de l'eau. Il l'a ensuite hissée dans sa fourgonnette et il lui a injecté trois ampoules d'Haldol en intramusculaire – une dose de cheval : un puissant antipsychotique à effet sédatif immédiat. À présent elle l'attend au fond de *l'antre*, inconsciente, ligotée sur l'épaisse table en bois. Nue. Vulnérable. À sa merci.

Le vent fouette son visage, s'engouffre dans sa capuche. Le Glock déforme la poche centrale de son sweat. Il plie un genou, libère la bretelle de son sac à dos et fouille précautionneusement à l'intérieur. Le dispositif est en place, armé. Paré à disséminer la mort.

Le *Baba-Yaga* reconnaît que ce plan est audacieux. Intéressant.

Un seul d'entre vous survivra à la fin...

Conférer l'espoir de s'en sortir est ingénieux : cela permet d'assujettir les témoins. De les rendre malléables. Coopérants. Dociles. Prêts à suivre les consignes à la lettre pour préserver leurs chances de survie – même si elles sont infimes – et tutoyer l'illusion qu'ils vont s'en tirer. Les êtres humains le font rire. Ils sont tellement naïfs que ça en devient affligeant. Comme s'ils croyaient s'en sortir vivants. Pathétique.

Le *Baba-Yaga* a un autre projet pour clôturer le spectacle. Un dessein qui viendra contrecarrer le plan et brisera le rêve des *candidats* d'échapper à leur destin funeste, inéluctable.

D'abord rassembler tous les œufs dans le même panier. Puis battre pour faire l'omelette.

Une omelette rouge aux grumeaux de membres.

Le *Baba-Yaga* n'utilise pas de spatule pour battre ses œufs. Mais trois barrettes de cinq cents grammes de TATP : un explosif artisanal, ravageur, instable, confectionné avec des ingrédients basiques, aux dégâts considérables, et actionné avec un simple téléphone portable.

Le feu d'artifice qui pulvérisera – *façon puzzle* – tous les protagonistes de la sortie 16.

Son bouquet final.

L'interrogatoire

— Vous pouvez répéter, Poujol ?

Sandrine reprend son souffle. Ses pieds meurtris la font souffrir. Saloperie d'escarpins ! L'auditoire austère a toute son attention, elle reformule sa dernière phrase.

— Scotland Yard nous a contactés le 10 novembre 2017.

Incrédulité, consternation dans l'assistance. Les regards se croisent, circonspects. Seul *Gandalf* expédie ses signaux de fumée vers le plafond. *Jabba* demeure coi. *Voldemort* plaque ses bras contre sa poitrine. *Gollum* la fusille des yeux, babines retroussées, écume aux lèvres.

Sandrine dégage la mèche de cheveux cuivrée qui lui barre le visage avant de détailler.

— Il est de notoriété publique que les rumeurs circulent vite dans l'administration française. Mais nous avons tous été étonnés d'apprendre que les infos fuitaient même outre-Manche. En l'occurrence, il se trouve que cela a été bénéfique pour l'enquête. Nos amis du SALVAC, à Nanterre, ont eu la langue bien pendue. Au moins un, *a fortiori*. On nous a occulté les circonstances exactes de cet échange d'information entre nos deux pays – ou si les choux gras des médias sur le *Baba-Yaga* ont joué un rôle –, mais, quoi qu'il en soit, les éléments que nous avons entrés dans le formulaire qui recense les crimes violents sont parvenus aux oreilles de nos voisins britanniques. Et ils ont trouvé une correspondance.

Silence studieux dans le bureau.

— Un des items enregistrés dans le SALVAC a retenu l'attention de nos confrères anglais. En octobre 2015, le corps sans vie d'une jeune femme a été retrouvé dans une chambre d'un hôtel de luxe de Westminster. Étranglée avec une ceinture. La victime, Felicia Corwel, vingt-quatre ans, hôtesse d'accueil, était allongée sur le ventre, nue, au milieu du lit. Contrairement à l'affaire qui nous concerne, aucune trace de sévices sexuels n'a été répertoriée. En revanche, et c'est le détail qui a interpellé Scotland Yard, l'assassin avait vidé l'extincteur du couloir sur la victime.

Un ange macabre passe. Les costumes-cravates sont suspendus aux lèvres de Sandrine.

— Cette similitude intrigante nous a poussés à approfondir nos recherches. En accord avec nos supérieurs, nous avons quémandé les services d'Europol. Durant ce laps de temps, l'équipe dépêchée du 36 a été réquisitionnée sur Paris et a pu intégrer leurs nouveaux locaux de la périphérie, le mythique quai des Orfèvres ayant déménagé après leur départ. Malheureusement, les criminels ne se concertant pas entre eux, une vague de meurtres sur l'Île-de-France a contraint les collègues parisiens à regagner la capitale, compte tenu du manque d'effectif, des problèmes de logistique dus au déménagement et de l'absence d'avancées dans notre affaire.

Gandalf effectue un moulinet avec sa pipe pour inciter la commandante à ne pas s'égarer dans son récit.

— Soit. Comme je disais précédemment, en attendant les réponses de l'agence européenne, nous nous sommes retrouvés seuls avec un nouveau cadavre sur les bras : notre témoin, Maria Carvajal, découverte le 18 novembre sur une voie ferrée, près de Montaudran. Puis il y a eu Fatou N'Diaye, le 24 novembre, derrière les Abattoirs, sur les berges de la Garonne. Pendant ce temps Bagaievski demeurait introuvable, fantomatique, alors que les commentaires élogieux sur sa conduite pleuvaient sur les réseaux sociaux. C'est ce même jour que nous avons reçu le mémo d'Europol. Il était sidérant. Il dépassait tout ce que nous pouvions imaginer.

Les prunelles viles de *Gollum* auscultent les rondeurs de Sandrine, emplies d'un dégoût ostentatoire. Une étincelle de fourberie scintille. Il s'impatiente.

— Que mentionnait ce mémo ?

La commandante ignore le regard désobligeant. Imperturbable, maîtresse de ses émotions, elle poursuit.

— Trois autres cas identiques ont été dénombrés à travers l'Europe. Toujours des jeunes femmes, étranglées, nues, décapées au gaz carbonique dans une chambre d'hôtel. Une à Barcelone, en février 2016. Une autre à Dublin, en août 2016. Une dernière – violée, celle-ci –, à Prague, en décembre 2016.

Murmures dans l'auditoire.

— Comment étiez-vous sûre qu'il s'agissait de l'œuvre de Bagaievski ? demande *Gollum*, sceptique.

— Premièrement toutes ces affaires n'ont jamais

été élucidées. Aucun témoin. Aucun suspect. Aucun échantillon d'ADN. Ensuite la victimologie correspondait. Et enfin cette méthode – unique – de brûler les traces avec un extincteur était novatrice. Nous pouvions même la qualifier d'efficace si nous avions l'esprit tordu. Aucune autre affaire analogue n'avait été inventoriée. Certes la cause de la mort différait – Bagaievski n'utilisait pas encore de filin métallique pour étouffer ses proies –, et les victimes n'avaient pas toutes été violées, mais le lien était flagrant. Nous n'avons pas hésité. C'était lui. Je le sentais.

Gollum pouffe, condescendant.

— Si vous le sentiez, alors…

— Bagaievski n'en était donc pas à son coup d'essai sur Toulouse, résume *Voldemort*. Avez-vous à nouveau épluché ses comptes bancaires ? Ses déplacements ?

— Effectivement, monsieur, j'allais y venir. Nous sommes remontés dans le temps et nous avons réétudié ses comptes sur ces dix dernières années. Malheureusement nous n'avons rien glané de probant. Aucun retrait important. Aucune réservation de vol d'avion ou d'hôtel. Nous pensions qu'il possédait un autre compte. Peut-être à l'étranger. Autre point négatif : en 2016, il a facturé des déplacements aux clients d'Uber toutes les semaines durant lesquelles les meurtres ont eu lieu. Mais nous ne nous sommes pas arrêtés sur ce détail, toute l'équipe, en corrélation avec la brigade financière, suspectait que ces paiements étaient frauduleux. Cependant nous n'avions pas encore d'explication rationnelle.

Gollum s'incruste dans la conversation.

— Donc, en fin de compte, vous n'aviez aucune preuve tangible de sa présence sur les territoires et dans les villes européennes où ces anciens meurtres ont été commis.

— Non, mais…

— Ah oui, c'est vrai, j'oubliais, vous le sentiez…

Gollum jubile. Sandrine se renfrogne.

— Les similitudes étaient évidentes. Je n'ai jamais douté que c'était lui.

— Vous m'en direz tant.

Gandalf marmonne un nouveau dialecte inconnu dans sa barbe. Sandrine jurerait qu'il a fait exprès d'orienter son nuage de fumée vers *Gollum*. Ce dernier toussote dans la manche de sa veste.

Voldemort, lui, demeure songeur.

— Cette géographie est curieuse, n'est-ce pas messieurs ? Pourquoi ces pays et ces villes en particulier ? Quel est le point commun entre Londres, Barcelone, Dublin et Prague ?

— C'est précisément la question qui nous a rongés nuit et jour pendant une semaine, monsieur. Et un beau matin, le lieutenant Hyun-Ki Park a trouvé la solution au problème.

34

Samedi 2 décembre, 00 heure

Déserts. Complètement déserts.
Le parking est à l'abandon, stérile. Pas le moindre véhicule stationné dans le secteur. Le complexe s'apparente à une ville fantôme. Les rideaux métalliques du club de striptease sont tirés, l'enseigne lumineuse de la danseuse en tenue suggestive, qui brandit un doigt aguicheur vers la route, demeure éteinte. Des cadenas condamnent les accès aux pieds des grilles verrouillées. À côté, le laser-tag semble dans le même état sinistre. Aucune lumière, aucun spot, aucun néon. Tout est fermé. Mais contrairement à la boîte de striptease, les stores métalliques ne bannissent pas l'entrée principale, immergée dans la pénombre. Le dernier bâtiment – le hangar délabré – se fond dans l'obscurité et clôture ce paysage lugubre, accentuant ce sentiment d'insécurité qui émane de cette parcelle inhabitée, oubliée de la civilisation. Comme une tache d'encre sur une copie. Une ombre dans le tableau.
Un coupe-gorge.
Le vent s'abat contre les façades du complexe, faisant vibrer les tôles, les enseignes, les cheminées

d'évacuation en inox. Les bourrasques frémissent dans les arbres, les haies ; des buissons roulent sur le parking comme dans un western spaghettis.

Les lampadaires sont tous éteints, même la lune est aux abonnés absents, privant la zone d'un soupçon de luminosité. Une nuit morne, pâle et cotonneuse, surplombe la ville rose.

Ludovic transpire sous sa veste de sport et son jean. Une tenue décontractée qu'il a choisie pour crapahuter dans le laser-tag. Pour être à son aise quand viendra le moment de faire ce qu'il doit faire pour survivre. Des tics nerveux l'assiègent, involontaires, incontrôlables. Il cligne des yeux, rehausse les pommettes, claque des dents comme un drogué souffrant d'un syndrome de manque. Victime d'un delirium tremens. Tous les muscles de son visage se contractent. Il fait peur à voir.

Tristan et lui ont vérifié les horaires du laser-tag et, à présent, il se demande pourquoi – bordel de merde ! – il n'y a pas un chat dans ce putain de parking. Son SUV est le seul véhicule garé dans le secteur.

Il resserre les pans de son caban, arrache le lambeau de peau récalcitrant qui s'accroche à la bordure de son ongle puis, après une grande inspiration, il sort braver le froid.

Le vent ébouriffe ses cheveux poivre et sel. Mains dans les poches, il avance vers la devanture du laser-tag. Les graviers crissent sous ses baskets de running – celles qu'il a mises une fois quand il s'autopersuadait encore que faire du sport pouvait être bénéfique pour sa santé.

L'intérieur de l'établissement est plongé dans le

noir complet. Le nez collé contre la vitre, une main en visière, Ludovic distingue les contours d'un comptoir, une buvette, les affiches de films d'action placardées contre les murs, des tables et des chaises agencées un peu partout, la porte des vestiaires. Soudain il se tétanise.

Bruit de moteur en approche.

Ousmane prend le risque de s'exposer. De toute façon il n'a plus rien à perdre. Il a trahi son meilleur ami ; la vie aura un drôle de goût sans Arda dans les parages, estime-t-il, toujours aussi chagriné. Il a encore du mal à digérer qu'il n'y ait personne dans le secteur. La surprise a été de taille quand il a découvert le laser-tag délaissé, glauque. Comme durant tout le trajet, il a hésité à faire demi-tour.

Il tourne la poignée de l'accélérateur, contourne la haie du club de striptease derrière laquelle il espionnait ce type affublé de vêtements sombres : certainement le Ludovic du *Mea Culpa*. Le scooter jaillit sur le parking abandonné. Freine. S'arrête à quelques mètres de l'autre *participant*.

Instinctivement, Ludovic recule. Il détaille ce gars emmitouflé dans ses habits d'hiver avec son casque opaque. Visière baissée. Intimidant. Il balaye les environs d'un regard paniqué, imagine Tristan et Youri quelque part dans le bosquet qui borde la rivière, derrière une haie ou un bâtiment, inspectant les lieux et préparant la capture de son tortionnaire. Il recule encore. Toise ce visage invisible sous le casque.

Il regrette d'avoir écouté Tristan et de ne pas avoir emporté un des couteaux en céramique qui orne le marbre de sa cuisine. Avec une telle arme, il aurait pu se débarrasser du premier témoin sur ce parking désert. Il parie que le *Baba-Yaga* aurait approuvé. Peut-être aurait-il apprécié. Peut-être aurait-il eu un élan de clémence. Peut-être lui aurait-il laissé la vie sauve…

Assis sur son scooter, Ousmane ôte son casque. Sourcils froncés. Il conserve une distance de sécurité avec Ludovic, qui le regarde comme s'il était un extraterrestre. Il hésite à se présenter – rien qu'un « salut » –, à arguer qu'ils sont dans le même pétrin et qu'ils pourraient s'allier contre le *Baba-Yaga*, mais la défiance que l'autre lui renvoie fait passer tous ses voyants au rouge. « Ce type veut me tuer, comprend-il aussitôt. » Il jette un œil à la dérobée autour du complexe : des arbres, des haies ; la lisière du parking est dévorée par les ombres. Il imagine le *Baba-Yaga*, quelque part, tapi dans la végétation, qui l'épie avec un rictus sardonique brossé sur le visage. Et il y a ce silence. Un silence pesant, angoissant, troublé par la rumeur du périphérique et les accélérations des férus de poulet qui quittent le *KFC*, au loin, de l'autre côté de la route.

Tout en fixant son rival, il ôte un gant, secoue son paquet de cigarettes et en attrape une d'un pincement de lèvres. S'il y a un instant dans sa vie où Ousmane peut jouer le rôle qu'il souhaite, c'est maintenant. Singeant la gestuelle d'un type qui n'aurait plus rien à perdre, il descend du scooter, crache par terre et allume sa cigarette en continuant ses simagrées, roulant des épaules et recrachant sa fumée comme un mafieux impitoyable dans un film de gangsters sur le point de passer quelqu'un à tabac. Les diatribes de *Tony Montana*, de *Vito Corleone* ou d'*Heisenberg* murmurent dans sa tête.

Ousmane et Ludovic se considèrent comme deux pistoleros lors d'un règlement de comptes en duel. Ni l'un ni l'autre n'ose parler.

Crépitement de micro. Bruit électrique. Voix *surnaturelle*.
— Participant numéro 1 : Ludovic, entrez.
La porte d'entrée se déverrouille. Ludovic et Ousmane font un pas en arrière, s'observent avec la même lueur d'incompréhension, de scepticisme. Et de peur. Leurs regards convergent en même temps vers le haut-parleur qui domine la façade. Cette voix leur donne encore des frissons. Une voix modifiée électroniquement, comme celle d'un demandeur de rançon dans les polars américains.
À côté du haut-parleur, une caméra de sécurité est orientée dans leur direction. L'objectif fixe les *participants* : on les observe. Alors que Ludovic se sent rassuré par la vidéo – qui pourra immortaliser et prouver leur présence sur les lieux –, Ousmane, lui, s'inquiète de ne distinguer aucun voyant lumineux qui tendrait à confirmer que l'appareil fonctionne. Contrarié, il aspire la fumée de nicotine, garde la distance avec son *adversaire*.

Ludovic recouvre cette voracité à sauver sa peau – quoi qu'il advienne –, et entre dans le laser-tag en adressant un dernier regard furibond à Ousmane.

Claire refuse de se montrer comme les deux imbéciles qui se jaugent avec hostilité devant la devanture. Elle, elle a garé son ambulance sur le parking du métro, à cinq cents mètres, a traversé la rue près du *KFC* et a coupé à travers bois pour rester la plus discrète possible. Elle a su prendre ses précautions.

À présent elle scrute la scène, cachée derrière un arbre, à l'orée du bosquet. Ses vêtements d'ambulancière la dissimulent dans le décor. Elle avoue que la voix gutturale du haut-parleur a fait son petit effet. Le jeu est rondement mené. Elle a encore la chair de poule.

Le premier *participant* pénètre dans le laser-tag. Claire fronce les sourcils.

Ludovic avance à petits pas. La vaste pièce est garnie de posters de films et d'images de joueurs sanglés de capteurs, figés dans une pose explicite : arme en joue, doigt sur la gâchette, œil dans le viseur – en pleine guérilla urbaine fictive. À droite, l'accueil, le guichet avec la caisse enregistreuse, sous le panneau où figurent les tarifs et les différents services proposés. À gauche, le bar, face aux tables jouxtées au mur des vestiaires.

La voix rauque, synthétisée, tonne à nouveau.

— Participant numéro 1 : Ludovic, entrez dans le vestiaire.

Ludovic sursaute. Essuie la sueur qui inonde son front et s'exécute.

Ousmane entend la voix *surnaturelle* résonner à l'intérieur, mais le vent l'empêche de comprendre le sens des paroles. Il grelotte de froid, bras croisés sur sa parka, bonnet sur la tête et mains enfouies dans ses gants. Le brasier de sa cigarette illumine son visage effrayé, camouflé sous sa capuche, à chaque bouffée salutaire. Maintenant qu'il n'y a plus personne à impressionner, il est mort de trouille. Une partie de lui marchande pour foutre le camp de là – encore –, et déguerpir sur son scooter le plus loin possible, mais l'idée que le *Baba-Yaga* se venge sur Arda le contraint à se plier aux règles. Il a déjà suffisamment déçu son ami comme ça. Il refuse d'avoir sa mort sur la conscience.

Tout à coup il s'immobilise. Ouvre grand les yeux. Une impression fugace le traverse. La conviction d'avoir vu un éclat scintiller au cœur du bois mystérieux. Un regard. Un regard déchirant la nuit. Braqué sur lui.

La silhouette encapuchonnée s'efface dans l'ombre. Les feuilles mortes remuent par endroits – sans l'aide du vent –, des bruits de pas bruissent par-delà le bosquet et le talus abrupt qui descend vers la rivière. Le *Baba-Yaga* n'est pas seul. Au moins un autre individu espionne le parking du laser-tag, embusqué quelque part sous le bois. Il en a la certitude. Yeux plissés, il sonde les ténèbres, sur le qui-vive.

L'explosif est dans le sac à dos, coincé au milieu d'une pléthore de papiers journaux et de rouleaux de PQ, pour qu'il tangue un minimum. Le message est préenregistré sur le téléphone portable ; il suffit d'une pression du pouce pour actionner la mise à feu. Tout est prêt pour l'explosion de confettis rouges.

À plat ventre sur le tapis de feuilles givrées, le *Baba-Yaga* attend le moment opportun pour passer à l'attaque.

Ludovic n'y voit rien. Il devine les bancs, les casiers, les tables rangées en équerre où sont entreposés les harnais et les armes factices à infrarouges. Une lumière noire éclaire faiblement le vestiaire. Au fond, l'accès au labyrinthe du laser-tag se profile dans la pénombre.

— Participant numéro 1 : Ludovic, rendez-vous directement au point de départ numéro 1.

Ludovic n'a plus une goutte de salive. Cette voix le terrifie. L'image de la vidéo des jumelles se greffe sur ses rétines et, après un grand bol d'air, il s'engouffre par la porte. Les ténèbres l'engloutissent. Il atterrit dans une sorte de coursive, entre le mur d'enceinte en tôle et les premières cloisons grises d'un mètre quatre-vingt du labyrinthe. Un balisage lumineux revêt le sol et lui indique le chemin. On se croirait dans une chambre noire. Ludovic se fie au repérage. Progresse dans le couloir, une main en appui contre les rugosités des parois. Ses pas résonnent, ricochent contre les murs. Il effectue ce qui lui semble être la largeur du bâtiment, puis s'arrête à un angle. Le point de départ s'ouvre sur les premiers compartiments du labyrinthe. Un grand « 1 » orne le sol d'une lueur bleu intense, tapageuse.

Au-dessus de ce « 1 », un guéridon.

Sur ce guéridon, une arme.

Pas un jouet laser avec un pointeur. Non. Un véritable instrument de mort.

Une arme automatique. Un Smith et Wesson calibre 9 mm.

— Participant numéro 2 : Ousmane, entrez.

Ousmane expulse sa cigarette – à moitié consumée – d'une pichenette hargneuse. La porte se déverrouille. Il est encore temps de renoncer à cette folie, de courir se réfugier chez lui ou d'alerter la police. Mais au lieu de cela, il baisse la tête, résigné, comme s'il avait déjà accepté son triste sort. Comme s'il le méritait après ce qu'il a fait subir à son meilleur ami. Dépité, il entre. Tourne vers le vestiaire. La voix caverneuse lui ordonne de se rendre directement au point de départ numéro 2. Ousmane obéit, fataliste. Longe le chemin illuminé de bandes bleues. Il se laisse guider jusqu'à une table, posée sur un grand « 2 » qui brille sur le sol.

Une arme automatique l'attend dessus. Son sang se glace.

Le parking est vide. Claire se frotte le buste pour se réchauffer. Les deux *participants* ont été avalés par le laser-tag ; elle suppose qu'elle est la prochaine à entrer en piste. C'est maintenant ou jamais pour se rétracter. Après il sera trop tard. Une fois à l'intérieur, les dés seront lancés. Une voix intime lui dicte le contraire : qu'elle peut peut-être changer la donne et, qui sait, remporter la mise. Elle décide de se fier à son instinct.

Une trentaine de mètres sépare sa cachette de l'entrée de l'établissement. Elle évalue la distance, se prépare à bondir comme une lapine hors de son terrier, jambes fléchies, les pieds dans les starting-blocks.

Craquement de branche.

Claire se redresse, aux aguets. Sa crainte se confirme. Quelqu'un d'autre espionne les lieux. Ce n'est pas le premier bruit curieux qu'elle entend, ainsi dissimulée par les feuillages. Elle pense pouvoir différencier un son humain d'un rongeur ; celui-ci était trop bref et trop *gros* pour l'imputer à une bestiole. Avec les sifflements du vent, elle n'était pas certaine qu'une présence rôdait autour d'elle. Maintenant elle en est convaincue. Elle n'est pas seule dans ce bosquet.

Elle masse ses lombaires douloureuses, ajuste sa ceinture abdominale et se rue vers l'entrée. Ironiquement, elle en vient à douter d'être plus en sécurité à l'intérieur qu'à l'extérieur.

Le *participant* numéro 3 est *convié* à entrer. Claire se faufile dans le hall d'accueil, suit scrupuleusement les indications de la voix sépulcrale jusqu'au point de départ numéro 3.

Avec circonspection, elle considère l'arme automatique mise à sa disposition, posée sur le guéridon illuminé de bleu.

Ludovic s'empare du Smith et Wesson, sans l'ombre d'un scrupule. Il s'enfonce dans le labyrinthe, empreint de détermination.

Ousmane observe l'instrument de mort entre ses mains d'un air désespéré. Sa décision est prise, irrévocable. Jamais il ne s'abaissera à tuer un être humain. Il pose le Smith et Wesson puis rebrousse chemin.

Claire, incrédule, examine le pistolet avant de fuir vers la sortie.

Sur le parking, le calme perdure. Il n'y a plus âme qui vive. Des feuilles mortes tourbillonnent sur le bitume, emportées par les bourrasques. Un sac-poubelle voltige dans les airs en un maelstrom curieux et fascinant. Des bruits d'animaux crissent dans le bosquet, des clapotements gargouillent dans la rivière de L'Hers. Sur le périphérique, les voitures éparses se raréfient, les échos des accélérations s'étalent avec parcimonie.
La voix gutturale brise le silence. Le micro crépite une dernière fois.
— Participant numéro 4 : *Baba-Yaga*, entrez.

L'interrogatoire

— L'Angleterre, l'Espagne, l'Irlande et la République tchèque. Londres, Barcelone, Dublin et Prague. Si ce n'est l'Union européenne, qu'est-ce qui relie ces villes les unes aux autres, commandant Poujol ?

Sandrine acquiesce en fixant l'air grave de *Voldemort*. Son auditoire est campé de l'autre côté du bureau, elle prend le risque d'extraire ses pieds mutilés des escarpins. Ni vu ni connu. Ses orteils remuent à l'air libre, à travers ses collants magenta effilochés. La délivrance est jubilatoire. Elle tire sur son tailleur qui rebique sur ses jambons, sous le regard dédaigneux de *Gollum* qui la dévisage comme une bête de foire. *Jabba* et *Voldemort* sont aux aguets, attendant la suite de l'histoire avec impatience. *Gandalf* fume sa pipe avec détachement.

— Nous avons retourné cette question dans tous les sens, monsieur, jusqu'à ce que le lieutenant Hyun-Ki Park éclaire notre lanterne. Le point commun entre Londres, en octobre 2015, Barcelone, en février 2016, Dublin, en août 2016, et Prague, en décembre 2016 : et bien… c'est le poker… Notre amateur de l'équipe a trouvé le chaînon manquant en jouant chez lui, une nuit, totalement par hasard. Toutes ces villes, à ces dates précises, figurent dans le calendrier des EPT (*European Poker Tour*), une série de tournois répartie chaque année sur toute l'Europe. Les meilleurs joueurs du monde sont réunis lors de ces événements.

— Bagaievski a participé à ces tournois ? s'enquiert *Gollum*.

— Nous n'en avons jamais eu la certitude, malheureusement. La plupart des joueurs étaient inscrits sous des pseudonymes, nous n'avons pas pu obtenir cette information. Nous avons fait circuler notre portrait-robot, *via* Europol, mais aucun employé de casino n'a pu reconnaître Bagaievski de façon formelle. De plus ces joueurs arboraient de véritables déguisements, certains portaient des lunettes de soleil, d'autres des capuches, des bonnets ou des casquettes avec des casques énormes sur les oreilles. Il était difficile d'identifier un visage en particulier, qui plus est des années plus tard. Certaines chaînes télévisées, câblées et YouTube retransmettaient ces parties en direct. Nous avons visionné les images des différentes émissions, mais, là encore, nous n'avons pas reconnu Bagaievski. Avec leurs accoutrements et leur pseudonyme, la plupart des participants étaient méconnaissables.

Jabba approuve, ses mentons frictionnent entre eux.

— Qu'avez-vous fait ensuite, commandant Poujol ? demande *Voldemort*.

— Nous sommes partis de l'hypothèse que notre suspect était un joueur de poker aguerri, disposant d'un capital confortable. Certains *buy-in*, les droits d'inscription à ces tournois européens, s'élevaient jusqu'à cinq ou dix mille euros.

Gollum se pavane, mesquin.

— Un croquemitaine plein aux as, de mieux en mieux.

Voldemort le *stupefixe* mentalement, las des mesquineries du petit être rabougri qui se terre dans le fond de son fauteuil et qui, sans doute, se trouve drôle. Sandrine, inflexible, poursuit son récit.

— Après ces découvertes inattendues, nous avons enquêté du côté du Casino Barrière de Toulouse. Avec l'aide des collègues de la Section des Jeux du SRPJ, nous y sommes restés plusieurs soirs, en infiltration. Nous avons pu interroger des croupiers, des caissières, des serveuses, des chefs de table. Rien. Personne n'a identifié Bagaievski. Nous avons listé les joueurs interdits de casino au cas où son nom y figurerait. Nous nous sommes immiscés au sein des joueurs réguliers pour décrire le tueur, nous avons récolté plusieurs cartes pour des cercles de jeu illégaux, mais, là encore, aucun client n'a reconnu un individu répondant aux critères de notre profil.

Gollum grince des dents.

— Venez-en au fait, Poujol.

— Soit. Un des clients s'est avéré particulièrement loquace. Il nous a dit que si nous cherchions un joueur de la trempe de Bagaievski, ce n'était certainement pas dans un établissement touristique et familial comme le casino du groupe Barrière qu'il fallait fouiner. Il a fait allusion à d'autres parties, illégales, dans un cercle très secret.

— Un malin, ce type, remarque *Gollum*, sarcastique.

— Comme vous dites. Il était surtout bien éméché et dépité d'avoir perdu son argent. Suite à ses aveux, nous avions un motif pour l'embarquer et pour en savoir un peu plus. Il nous a révélé l'existence d'une succursale, en périphérie de Toulouse, où étaient organisées des soirées de poker privées, dédiées à une clientèle particulière. Hommes politiques, trafiquants ; bref, tout le gratin d'Occitanie. Même nos collègues de la Section des Jeux ignoraient l'existence de cet endroit.

Voldemort resserre les bras sur sa poitrine. Fronce ses yeux sombres.

— Où est située cette succursale, commandant Poujol ?

— Elle se situe au cœur d'un complexe, derrière un laser-tag et une boîte de striptease. Sortie 15 du périphérique.

— Bien. Poursuivez.

— Après consultation des registres cadastraux, nous avons découvert que les trois établissements appartenaient à la même parcelle de terrain, et étaient la propriété d'un promoteur immobilier du nom de Sébastien Neveu. Nous avons décidé d'organiser une planque du lundi 27 novembre au mercredi 29 novembre. Une fois la nuit tombée, entre le laser-tag, le club de striptease et les parties de poker clandestines, la zone grouillait d'activités. Nous étions loin des clichés d'une arrière-salle de restaurant chinois dans une rue isolée. Cette forte affluence assurait une discrétion rassurante aux joueurs illégaux. Sans parler de la zone commerciale, du *KFC* et du métro, de l'autre côté de la route. Nous sommes donc restés en observation durant trois jours entiers.

— Qu'avez-vous découvert ? s'impatiente *Gollum*.

Sandrine soupire.

— Rien.

Regards perplexes dans le bureau. La commandante apprécie son petit effet et l'air ahuri de *Gollum* qui s'entortille sur son siège. *Gandalf* comprend aussitôt le jeu de Sandrine et sa volonté de semer la discorde dans l'esprit sournois de *Gollum*. Son visage fripé se mue en un masque sévère, frigide – genre ce n'est pas à un vieux singe que l'on apprend à faire des grimaces. Il crache sa fumée avec plus de virulence et de bruit qu'à l'accoutumée. Consciente d'avoir dépassé les bornes, Sandrine se reprend immédiatement.

— Nous n'avons vu aucun signe de Bagaievski durant notre planque. Mais nous étions optimistes, malgré tout, et nous attendions le recoupement des images de vidéosurveillance de nos amis du Poste de Contrôle de Saint-Cyprien. Le verdict est tombé le jeudi 30 novembre au matin.

Gollum s'apprête à ouvrir la bouche – sans doute pour accélérer les choses ; *Voldemort* le muselle d'un simple regard.

— Après quatre mois d'enquête, nous avons enfin pu définir une habitude dans l'emploi du temps de Bagaievski. La caméra du rond-point du complexe de loisirs a filmé un utilitaire Transporter Volkswagen tous les jeudis soir depuis le mois de juin. À une ou deux exceptions près. Nous ne sommes pas remontés plus loin. Sur les images, nous avons clairement vu le véhicule entrer et sortir de la zone, dans une fourchette de temps s'étalant de vingt-deux heures à trois heures du matin.

— Rien sur le conducteur ? hasarde *Voldemort*.

— Non, monsieur, seulement une capuche noire.

— Hum. Veuillez m'excuser. Poursuivez.

— Nous savions que Bagaievski se joignait tous les jeudis depuis des mois dans le club de poker clandestin. Nous pouvions donc, une fois par semaine, le localiser. Nous avons creusé davantage, et avons remonté sa trace grâce aux caméras de vidéosurveillance disséminées aux différentes sorties du périphérique. Et nous avons découvert par où il passait. Au même endroit. Chaque semaine. Chaque jeudi.

— Où ça ? implose *Gollum*.

— Au carrefour de la sortie 16, monsieur. Ensuite nous perdions sa trace dans les petites rues. Bagaievski passait tous les jeudis, entre vingt-trois heures et quatre heures du matin, par le carrefour de la sortie 16.

35

Samedi 2 décembre, 0 h 05

La nuit dense écrase la sortie 15 de sa masse nébuleuse, le gel scintille dans la Voie lactée. Le bosquet qui épouse le croissant de bitume du complexe ploie sous les bourrasques. Une activité mystérieuse fourmille sous la frondaison. Le bois tout entier semble se contracter et se relâcher comme un poumon végétal. Il abrite *quelque chose*. Il paraît respirer, non pas comme une multitude de créatures obscures disséminées entre les arbres, mais, au contraire, comme si une seule entité, énorme, féroce, exhalait sous les feuillages.

Tristan ne tient plus en place. Il s'agace, s'excite autour de la R8 stationnée sur le parking du *KFC*, à côté du SUV de Youri. Le vent plaque le col de son caban contre sa mâchoire carrée, rasée, contractée. Il grince des dents. Son écharpe en cachemire est pigmentée de traces blanches ; il ne compte plus les shoots de cocaïne qu'il inhale dans son petit récipient cylindrique. Il a les yeux rouges, exorbités, de nombreux vaisseaux ont éclaté. Sa narine droite saigne depuis deux minutes, mais cela ne l'empêche pas de s'administrer une nouvelle dose de poudre dans le nez. Dieu merci, il a deux narines. Il trépigne d'impatience en lorgnant l'arme fixée sur le flanc du géant ouzbek, qui attend avec un sang-froid olympien dans le SUV. Sa deuxième arme. Tristan a beau insister, Youri ne veut rien comprendre ; le garde du corps refuse de prêter son revolver.

Du parking, Tristan dispose d'une vue dégagée sur la route, le pont qui enjambe le périphérique et l'entrée du complexe de divertissement. Hormis le Touareg de Ludo et un scooter – vraisemblablement celui de cet Ousmane –, il n'a pas noté d'autre véhicule dans le secteur. Hyperactif, il scrute les environs à la recherche d'un intrus – un tueur en série, par exemple – ou l'homme-doudoune suspect du karaoké. Il a hâte que les choses s'animent.

Arda quitte le rond-point, met son clignotant et s'engage dans le parking du *KFC*. Il a répété « tu fais chier, Ous » durant tout le trajet, et ce nouveau slogan s'échappe encore de sa bouche lorsqu'il éteint le contact de sa Clio 2. Il a largement eu sa dose de contrariété pour la soirée : son petit frère planque une arme à la coloc et, à présent, il se retrouve embourbé dans un guêpier lugubre avec un tueur en série.

Tu fais chier, Ous...

Les employés du fast-food sortent les dernières poubelles dans la nuit noire. Le *drive* est presque vide. Arda suppose que les voitures stationnées sont celles du personnel, lorsqu'il aperçoit un cabriolet Audi et un

SUV qui pourraient appartenir au FBI. Pas vraiment le genre de bagnole que l'on s'achète avec un salaire de serveur, estime-t-il. Ses sourcils se plissent sous son bonnet. Que foutent des caisses comme ça ici ? Il souffle pour réchauffer ses mains, baisse le volume de la musique, plus soucieux que jamais.

Il tend le cou : deux ou trois cents mètres entre le complexe et sa Clio. Qu'est-ce qu'il ne ferait pas pour son meilleur ami ? Il frotte sa barbe, se hisse hors de la voiture et commence à trottiner vers le laser-tag.

Tu fais chier, Ous...

Tristan repère une ombre décamper de la Clio qui s'est garée quelques secondes auparavant. Il cesse de frapper le pneu avant du SUV. Lève la tête. Reconnaît la doudoune blanche de l'individu douteux du *Mea Culpa*. Il cogne contre la vitre.

— Il est là ! Grouille-toi, abruti, c'est lui !

Youri extrait sa carcasse colossale de l'habitacle. Il reste assis, les jambes dehors, sur le siège conducteur.

— Vite, rattrape-le ! Dégomme-le !

L'expression sur le visage de Youri se mue en incrédulité.

— Comment ?

Tristan recule, abasourdi.

— Mais, bordel, tu parles notre langue ?

— Oui.

— Magne-toi, putain, tue-le !

— Moi, pas être payé pour faire ça.

Tristan gesticule dans tous les sens.

— Toi être payé pour faire ce que je te dis ! OK ? Vite, il va se barrer !

Youri secoue la tête. Tristan hurle. Un hurlement empli d'aliénation. Il referme la portière sur le mollet du garde du corps, saisit l'arme dans son holster d'épaule – la sangle résiste ; il tire, frappe Youri au visage, tire encore, s'acharne sur le bouton-pression, tire toujours – la sangle finit par se rompre ; puis il donne un coup de pied à l'Oddjob ouzbek avant de réussir à emporter le revolver.

Éperdument, il se met à la poursuite de l'homme-doudoune. Il ignore les râles de douleur de Youri, qui boite derrière lui en se tenant la jambe.

Arme au poing, Tristan pourchasse Arda avec une soif de meurtre intarissable, bestiale.

36

Samedi 2 décembre, 0 h 10

— *Ladies and gentlemen*, à vous de jouer !
La voix électronique grésille.

Une musique électro rugit brusquement, secouant l'édifice, assourdissant les déplacements au sein du laser-tag. Le cœur de l'aire de jeux se fragmente en une multitude de cloisons amovibles, de miroirs, d'arches, d'alcôves ; le tout formant un labyrinthe noyé sous des néons bleu criard. Il y en a au plafond, au sol, sur les murs. Partout. Un épileptique ne tiendrait pas dix secondes. Des peintures représentant des ruines, des gravats, des blindés et des soldats en treillis, ornent les surfaces périphériques du laser-tag, conférant l'illusion d'évoluer dans une ville essuyée par des bombardements. Il est difficile d'apprécier la superficie générale, l'établissement héberge jusqu'à trente personnes les soirs de grande affluence.

Au milieu de cette profusion de coursives, d'anfractuosités, de passages, de coins et de recoins, d'ombres et de lumières bleues, Ludovic, Ousmane et Claire expérimentent leur chemin comme des rats de laboratoire.

Ludovic a abandonné son caban au point de départ numéro 1. Les coutures de son manteau gênaient l'amplitude de ses gestes. L'arme automatique est lourde, mais moins lourde qu'il ne l'aurait cru ; il la brandit à deux mains, droit devant lui, comme les policiers dans les séries télé. Le chargeur est plein, le cran de sécurité ôté.

La pénombre qui règne dans le labyrinthe est anxiogène, les ombres se découpent sous les éclairages bleus à chaque intersection, chaque recoin, pimentant encore ce sentiment d'épouvante omniprésent. La musique à fond l'empêche de distinguer les bruits des autres *participants*. Il progresse au cœur du laser-tag.

Ousmane se précipite vers le couloir, se jette sur la porte. Fermée ! Comment est-ce possible ? Il la martèle avec ses poings, hurle pour que quelqu'un le libère, révulsé à l'idée de se prêter au *jeu* macabre de son tortionnaire. Rien à faire. La porte demeure bloquée. La musique couvre ses cris. Il est condamné à errer dans ce dédale de boyaux inextricables.

Merde. Son arme.

Il fait demi-tour, mais s'aperçoit qu'un panneau a pivoté au milieu de la coursive, l'obligeant à bifurquer au cœur du labyrinthe. Le Smith et Wesson est resté sur le guéridon du point de départ numéro 2 ; Ousmane est désarmé, vulnérable. Sans défense. La peur chevillée au ventre, il avance dans les lueurs bleutées du laser-tag.

Claire se demande ce qu'elle a cru en venant ici. Ce qu'elle espérait en se pliant aux règles de son tourmenteur. La situation est beaucoup trop risquée pour qu'elle s'éternise dans les parages. En fin de compte elle avait raison, elle s'est fait entraîner au fond d'un coupe-gorge. Elle laisse l'arme automatique au milieu du guéridon, sur le logo numéro 3 phosphorescent qui luit sur le sol. Elle prend ses jambes à son cou. Se tirer d'ici. Vite.
Elle rase la coursive ; une cloison lui obstrue le passage. D'où sort cette putain de cloison ? Elle n'y était pas une minute plus tôt. Les parois de l'aire de jeux semblent contrôlées à distance ; quelqu'un s'en donne à cœur joie pour semer des embûches et la perturber, lui faire perdre ses repères. Sans céder à la panique, Claire contourne l'obstacle et s'immisce dans les profondeurs du labyrinthe.

La silhouette encapuchonnée sillonne les couloirs. Les flashs bleus des néons fouettent le bas de son visage, le haut étant dissimulé dans l'ombre. Elle avance, prudente, à pas feutrés, au milieu des cloisons grises mouvantes et de la cacophonie de la musique électro. Le Glock loge dans sa main, pointé droit devant elle. Armé. Cran de sûreté ôté. Prêt à cracher les flammes de l'enfer.
Soudain elle se plaque contre la paroi d'un miroir. Quelqu'un approche. Elle distingue une ombre se

déployer sur le sol, projetée par les néons bleus aveuglants.

Ludovic tourne à gauche, à droite, revient sur ses pas : il a perdu le sens de l'orientation. La musique tambourine contre ses tempes couvertes de sueur. Sa main tremble, le canon du Smith et Wesson oscille dans le prolongement de son bras tétanisé. Il détaille le reflet des miroirs, sur les panneaux amovibles, à l'approche des intersections, prêt à bondir à la moindre silhouette suspecte.

À mesure qu'il s'enfonce dans l'aire de jeux, le décor ressemble à celui d'un sous-marin. Les cloisons sont étroites, peintes en gris, les passages découpés dans les murs lui font penser à des écoutilles.

Il pivote encore, prend une coursive sur sa droite, passe sous une arche. Une opiniâtreté criminelle coule dans ses veines. Il veut être le héros de ses jumelles, celui qui a osé se salir les mains pour les protéger. Arme tendue, il bifurque, à l'affût, croit entendre un bruit sur sa gauche.

Ousmane sursaute dès qu'il croise son reflet dans les miroirs. Il se dit que ça serait vraiment trop con de finir ici, au milieu d'un laser-tag commandé par un malade mental, et qu'il aurait dû laisser sa fierté de côté en retournant voir les flics jusqu'à ce qu'ils croient à toute cette histoire incroyable. Il pense qu'il va crever entre ces murs et qu'il l'aura bien cherché.

Un réseau de câbles et de tuyaux apparents serpente au plafond. À l'angle d'un couloir, Ousmane repère une caméra de surveillance. Il se précipite dessous, agite les bras en s'égosillant dans le champ de l'objectif. En vain. Il continue son slalom.

Impossible de retrouver le point de départ numéro 2. Ousmane se rend à l'évidence : il est complètement paumé. Les coursives modelées par les cloisons et les miroirs sont toutes les mêmes ; il tournerait en rond depuis cinq minutes que cela ne l'étonnerait même pas.

La musique étouffe les sons, les pivotements des panneaux amovibles : il est sourd, muet, aveuglé par les kaléidoscopes bleutés qui arrosent le labyrinthe.

Plus il avance, plus le décor se métamorphose : dorénavant il arpente les corridors d'un *croiseur impérial*, les vaisseaux de l'Empire dans *Star Wars*. Le lieu est futuriste, des gadgets électroniques et des pupitres de contrôle sont peints sur les cloisons. À chaque virage, il s'attend à croiser un droïde ou un régiment de *Stormtroopers*.

Bruit de pas. Bruit de pas ? Ousmane s'accroupit, instinctif. Plaque son dos contre la paroi grise. Tend l'oreille vers l'angle, sur sa gauche. Quelqu'un s'enfuit.

Claire a écarté tous ses principes de discrétion. Elle court dans le labyrinthe qui a pris des allures de maison hantée de fête foraine. Si c'est ça, un laser-tag, ça a l'air vraiment pourri, juge-t-elle. Elle n'a jamais pratiqué cette activité et cette aventure ne l'incite pas à tenter l'expérience ; elle se demande qui peut avoir envie de dépenser son fric pour faire *mumuse* dans ce dédale de passages et de néons bleus, un jouet laser à la main. Inconcevable.

L'adrénaline anesthésie la douleur qui s'installe

dans sa fesse et dans le creux de son dos. Elle fuit à toutes jambes. Tourne à gauche, à droite. S'arrête. Une forme humanoïde, famélique, marche à quelques mètres devant elle, puis disparaît derrière une arche. Claire hésite. Doit-elle le rattraper ? Le prendre à revers ? Elle se plaque contre la paroi, reprend son souffle. La musique beugle, atténue les sons. Sa raison lui dicte de foutre le camp le plus vite possible. Elle tourne les talons.

La décoration lui rappelle un vaisseau spatial, elle sprinte comme si elle risquait de tomber nez à nez sur Alien. Elle franchit une embrasure, tête baissée, quand un interstice, entre deux cloisons, attire son attention. Un moyen de s'évader ? Elle expire tout l'air de ses poumons, rentre sa poitrine en se creusant, s'immisce entre les deux panneaux amovibles défectueux qui ne se sont pas refermés correctement. Elle atterrit dans le couloir qui l'a menée au point de départ numéro 3. Elle reconnaît les gravats dessinés sur le mur. Ses yeux verts artificiels, maquillés à outrance, s'écarquillent. La sortie de secours est à une poignée de mètres.

Le *Baba-Yaga* range son Glock dans la poche centrale de son sweat. Il n'a pas trouvé d'endroit *idéal* pour déposer les barrettes de TATP, il a abandonné son sac à dos sur le sol, sous une arche, avant de prendre la fuite. D'après la *notice*, l'explosion sera si violente que tout le complexe sera rayé de la carte, soufflé par la détonation qui retentira sur des kilomètres à la ronde. Hum. Il attend de voir.

Il repère une fente, entre deux panneaux gris.

L'espace semble assez large pour qu'il s'y introduise. Des boutons jonchent le sol. Un des *participants* a dû s'échapper par là – ou a dû essayer de s'échapper par là. Le *Baba-Yaga* s'enfuit du laser-tag, se volatilise dans le bosquet. Téléphone dans la main. Le pouce au-dessus de la touche « envoi » du clavier.

Il court une centaine de mètres – la distance recommandée – puis, après s'être suffisamment éloigné, il s'aplatit dans l'herbe humide, saupoudrée de givre. Sa capuche noire est trempée. Le tumulte des basses de la musique électro bourdonne autour du laser-tag. Un son tapageur emplit le complexe reclus, immergé dans l'ombre.

La bombe artisanale est activée, le mécanisme n'attend que le signal pour éparpiller sa pluie de membres.

Le *Baba-Yaga* ouvre le clapet de son téléphone.

Son pouce se déplace vers le bouton « envoi ».

37

Samedi 2 décembre, 0 h 15

Arda est accroupi dans le feuillage, à la lisière du bosquet. Il aurait juré avoir vu une ombre se détacher dans les arbres, de l'autre côté du parking. Il renifle, essuie son nez qui coule, plisse ses yeux sombres à la recherche d'un mouvement suspect. Rien. Il a dû rêver. Le stress doit lui faire perdre ses moyens. Comment pourrait-il en être autrement ? Il maudit encore Ousmane pour l'avoir entraîné dans une histoire aussi sordide, mais que refuserait-il de faire pour son abruti de meilleur pote ? Ils ne vont tout de même pas se quitter sur une dispute. La seule vraie dispute depuis qu'ils se connaissent. Impensable.

Tapi derrière un arbre, il juge qu'une dizaine de mètres le sépare de l'entrée du laser-tag. Doit-il entrer ? Est-il préférable qu'il attende Ousmane dehors ? Arda ne sait plus quoi faire, comment réagir. Il est parti de chez lui, plein de bonnes résolutions. À présent – au pied du mur – il est en panne d'idées. C'était de la folie de venir ici, se sermonne-t-il en secouant la tête.

Tu fais chier, Ous...

Soudain des bruissements de feuilles retentissent

derrière lui. Arda se retourne, alarmé. Un individu arpente la butte qui grimpe en pente douce depuis le rond-point. Il tient un objet volumineux dans la main.

Tristan court comme un dératé obtus, borné dans sa volonté de faire justice soi-même.

Il a pratiquement tout testé de ce que la vie peut offrir à un homme comme lui – de l'ingestion de toutes les drogues par ordre alphabétique au tourisme sexuel sur mineures en Thaïlande, en passant par les combats de chiens de Seine-Saint-Denis –, mais il y a une chose pour laquelle Tristan paierait cher pour pouvoir assouvir : un meurtre. Ôter la vie. On lui a bien parlé de ces séjours *touristiques* dans des villages d'Europe de l'Est – torturer quelqu'un pour dix mille euros –, mais il n'a jamais osé franchir le pas. C'est pourquoi ce soir il ne veut pas rater cette *chance*. Liquider un tueur en série – basané qui plus est ! – pour sauver la vie de son pote. La situation est inespérée. Presque acceptable, selon les critères moraux dont il n'a cure. Qui sait si son avocat pourrait le justifier devant un tribunal ? Quoi qu'il en soit, Tristan n'aura jamais une opportunité comme celle-ci.

Ses mocassins dérapent sur l'herbe gelée. Il avance à quatre pattes, ses genoux sont maculés de terre. Il s'en fout. Il continue, se redresse, l'arme au poing, animé par une furie meurtrière. Il pénètre dans le bosquet.

Sa cible n'est pas franchement discrète avec sa doudoune blanche. Il progresse sous la frondaison clairsemée, sans se soucier du bruit de ses souliers sur les branches mortes. L'homme se retourne. Paniqué. Désemparé.

Tristan le met en joue.

— Tiens ! Prends ça, espèce d'enfoiré.

Zéro question. Aucun préambule. Aucune sommation. Pas l'once d'une hésitation. Il appuie sur la détente. Une fois. Deux fois. Trois fois. Continue à tirer en avançant. Vide le barillet en expulsant un cri de rage.

La doudoune se teinte de rouge.

Arda se laisse glisser contre un bouleau. Une écume brune humecte ses lèvres. Un filet de sang ravine entre les poils de sa barbe, s'écoule sur la pointe de son menton, qui repose sur sa poitrine forée de balles. Un dernier hoquet crépitant. Un ultime soubresaut. Et il tire sa révérence, étouffé par ses propres fluides.

Tristan le dépasse, euphorique, contemple son *œuvre* une poignée de secondes, puis crache sur la dépouille avant de courir vers le laser-tag.

Le pouce appuie sur le bouton « envoi ».

Suspense… Rien.

Nouvel appui.

Toujours rien.

Le *Baba-Yaga* pianote sur toutes les touches de son téléphone portable. Toujours aucune explosion ! Merde !

Durant une fraction de seconde, il hésite à retourner dans le labyrinthe du laser-tag pour vider le chargeur de son Glock sur tout ce qui bouge.

Des détonations retentissent. Crissements des graviers. Bruits de pas effrénés.

Il tourne la tête, aperçoit des ombres jaillir des quatre coins du bosquet. Une armée de silhouettes encapuchonnées ensevelit le parking.

Survolté, il fuit vers son utilitaire à toutes jambes. Une tempête fait rage en son for intérieur, un vent de colère foudroie toutes les cellules de son organisme. Putain de camelote ! fulmine-t-il. Cela lui apprendra à faire affaire avec des réseaux tordus religieux. Si l'on ne peut même plus se fier à des extrémistes, où va le monde ?

Commandé sur le *darknet*, le TATP a été déposé dans une cave de la cité des Izards, au nord de Toulouse. Il l'a conservé dans son *antre* durant un mois, préférant partir en fumée plutôt que de tomber entre les mains des autorités si, par on ne sait quel miracle, ils étaient remontés jusqu'à lui. Finalement la bombe artisanale aura eu une autre utilité. Une utilité médiocre, pathétique. Un plan alternatif qui n'aura servi à rien, excepté à lui faire prendre un risque inconsidéré pour se débarrasser de tous ceux qui s'escriment à lui mettre des bâtons dans les roues. Le gars qui lui a remis l'explosif avait pourtant l'air compétent, ses explications étaient simples, concises. Il avait même paru réjoui par son initiative de faire sauter un lieu public. Sur le papier, tout semblait facile. Trop facile. Enfoiré de barbu !

Le *Baba-Yaga* grimpe dans son utilitaire, démarre tous feux éteints. Ses secondes ici sont comptées : tout est parti à vau-l'eau. L'urgence est de s'éclipser le plus vite possible. Le moteur mugit, la camionnette s'engage vers l'autoroute.

Ludovic est complètement halluciné. Sa tête tourne. Ses oreilles bourdonnent. La nausée lui essore l'estomac. Des brûlures acides emplissent sa bouche.

Il s'accroupit et vomit. Encore. Il se relève, titube, une main contre le miroir, l'autre empoignant l'arme automatique – l'outil qui le délivrera.

Il continue au cœur du labyrinthe, s'engage dans un couloir étroit d'un mètre de largeur. Le corridor débouche sur une intersection coiffée d'une voûte. Ludovic baisse la tête et s'y engouffre.

Entre deux booms de basse électro, il croit discerner un bruit dans son dos. Il pivote sur ses baskets instantanément. Sa vision est brouillée. Une forme humanoïde se tient à quelques mètres.

Les nerfs de Ludovic lâchent. Il appuie sur la gâchette, vise en direction de son assaillant. Trois douilles s'éjectent et retombent à ses pieds.

Des débris de verre explosent, dessinant une mosaïque opaque sur la paroi vitrée. Ludovic baisse son arme, passe une main tremblante sur son visage dégoulinant de transpiration. Ses yeux s'habituent à l'obscurité du couloir : il vient de tirer sur son propre reflet.

De plus en plus apeuré par les pièges que recèle ce labyrinthe, il poursuit son chemin vers une autre coursive.

Ousmane se croirait dans une boîte de nuit tellement la musique est forte. Il est pris d'une sensation de vertige. Le sol illuminé tangue sous ses Reebok Classic nimbées de bleu. Il n'y a aucune issue. Il a laissé quelques plumes en essayant d'escalader les cloisons, avant de renoncer et de continuer à tourner en rond au milieu de ce putain de labyrinthe interminable. Il pense à Arda, à sa mère, à sa sœur, à tous ceux qui ont un jour compté pour lui. Triste fin, conclut-il son épiphanie.

Il dépasse une intersection, emprunte un nouveau

couloir. Une ombre se dessine sur le sol bleuté. Pris de panique, il sprinte dans la direction inverse. Vire à droite, à gauche, passe sous une arche, trébuche, se relève, court vers un autre boyau auréolé de bleu. Il suffoque, le souffle court. Les parois se ressemblent toutes – imitation vaisseau spatial ; Ousmane a perdu tous ses repères. Plié en deux, il bifurque encore et se dirige vers un espace plus dégagé : le centre du laser-tag.

Les cloisons s'espacent, plus clairsemées. Traduction : moins de cachettes potentielles. Sur ses gardes, Ludovic avance quand il remarque un homme sur sa droite qui approche dans le reflet d'un miroir. Il ressert sa prise et s'accroupit, à couvert, derrière le mur qui s'ouvre sur le point névralgique du laser-tag : le cœur de l'aire de jeux.

La sueur ruisselle sur ses tempes. Le canon du Smith et Wesson vacille comme une feuille morte.

L'individu ne l'a pas vu. Il avance, courbé, vers le milieu du labyrinthe.

Ludovic se recroqueville derrière sa paroi. Genoux pliés, il ajuste sa ligne de mire.

La silhouette entre dans son champ de vision.

Ousmane commence à souffrir de claustrophobie. Il se sent confiné, l'air lui manque. Les néons et la musique lui font mal à la tête.

Il longe un énième couloir, tourne, retourne, émerge dans l'espace dégagé. Le sentiment d'oppression se dissipe un peu.

Flash bleu dans les ombres du labyrinthe.
Ousmane se protège le visage avec sa main.
Un mouvement sur sa gauche l'incite à pivoter.
Il se retrouve nez à nez avec le canon d'un Smith et Wesson.

Ludovic a surgi avec une rapidité qu'il ne se soupçonnait pas.
Jambes arquées. Bras semi-tendu. La main qui pointe l'arme tremble ; celle qui la soutient encore plus. La sueur dégouline de son front, roule aux creux de ses orbites, pique ses yeux rougis, globuleux, gorgés de larmes.
Ousmane se statufie. Gelé sur place. Ses neurones disjonctent. Ses membres refusent de bouger. Contrairement aux idées reçues, il ne voit pas sa vie défiler. Il ne pense à rien. Ne dit rien. Ne visualise plus rien. Sauf l'œil noir du canon à un mètre de son visage.
Ludovic pleure. Il se persuade du bien-fondé de ce qu'il s'apprête à faire. Que son acte est légitime, excusable. Pour sauver sa peau. Pour épargner ses jumelles. Il renifle bruyamment, essuie la morve qui lui pend au nez d'un coup de manche. Il n'a pas à tergiverser. Il doit le faire.
Ousmane lit l'ambivalence dans le regard de son bourreau. Ses lèvres sèches et gercées se décollent lentement. Peut-il le raisonner ? Le convaincre que tout cela n'est que pure folie ? Qu'ils sont tous dans le même bateau, victimes d'un déséquilibré ? Il articule. Sa bouche forme un mot.
Les néons bleus éclaboussent les cloisons du sol

au plafond et hachurent les visages harassés des protagonistes. Le volume de la musique électro est ahurissant, abrutissant.

Ludovic voit les lèvres d'Ousmane se décoller. Une décharge de stress électrise son organisme déjà sous tension. Il panique. Il ne veut pas l'entendre. Il ne *doit* pas l'entendre, sous peine de se laisser amadouer par son plaidoyer.

Il bloque sa respiration. Appuie sur la gâchette.

Ousmane ne prononcera jamais la dernière opinion qu'il a sur le cœur.

La flamme jaillit du canon. La déflagration explose ses tympans. Il s'effondre.

38

Samedi 2 décembre, 0 h 20

Le bourdonnement de la musique électro s'estompe brusquement. Le vent siffle sur le parking.

Tristan s'acharne sur la porte verrouillée de l'accueil. Elle reste bien ancrée dans ses gonds, vacille seulement sur quelques centimètres à cause du jeu. Il saisit les poignées blanches à pleines mains, tire, pousse, secoue : rien à faire, l'entrée du laser-tag demeure close. Impossible de pénétrer à l'intérieur. Des gémissements déments s'échappent de sa bouche, déformée par une bouffée de folie incommensurable. Le revolver repose au fond de la poche de son caban. Le barillet est vide, les six balles ont perforé le corps d'Arda encore chaud qui gît à l'orée du taillis, au milieu des buissons. Il n'a plus de munitions.

Tristan tourne la tête, aperçoit des silhouettes encapuchonnées envahir le parking.

Une armée de silhouettes.

Il recule, effaré, commence à courir vers le talus qui mène à la route. Qu'est-ce que c'est que ce putain de cirque ? D'où sortent tous ces types ? Que se passe-t-il ici exactement, bordel de merde ? Cette bande d'individus vient démentir un fait qu'il pensait avéré depuis des lustres ; une nouvelle interrogation parasite son esprit désaxé : est-il possible, finalement, qu'il y ait plusieurs *Baba-Yaga* ?

Tristan dévale le talus, s'empare de son cylindre de cocaïne. Tout en dégringolant le dénivelé, il inhale le contenu en renversant la moitié de la poudre blanche sur son écharpe. Il expulse un cri de rage en ouvrant démesurément grand la mâchoire puis, tel Popeye après avoir ingurgité une boîte d'épinards, il cavale comme un forcené vers la route qui enjambe le périphérique.

Claire court sans se retourner. La mort aux trousses. Des types ont débarqué de nulle part et ont investi le parking ; elle se demande combien de personnes participent à cette gigantesque mascarade. Ils sont trop nombreux. Beaucoup trop nombreux.

Une lance invisible poignarde sa fesse ; la douleur et l'adrénaline affluent, se conjuguent, luttant pour le monopole de sa nociception.

Elle claudique en serrant les dents, contourne la boîte de striptease. Elle remarque un utilitaire tapi dans l'ombre d'une haie, puis descend le talus et traverse la route vers le parking du métro Balma-Gramont. Des cris résonnent au loin.

Elle a cru reconnaître l'acolyte de Ludovic – celui qui a chanté au karaoké –, pourchassé par des ombres encapuchonnées. Combien sont-ils ? Elle l'ignore. Mais la menace est trop grande pour flâner dans les environs.

Redoublant d'efforts, Claire fuit vers son ambulance en boitant.

Ludovic se cogne contre les cloisons. Il cherche le chemin de la sortie, désespérément, se heurtant aux innombrables obstacles qui fractionnent le labyrinthe.

Soudain la musique s'arrête. Ses oreilles se débouchent. On n'entend que les battements de son propre cœur et sa respiration saccadée. Un silence angoissant règne dans le laser-tag ; seuls les cris et le remue-ménage turbulent subsistent à l'extérieur.

Affolé, Ludovic bifurque, tourne, galope dans les coursives. Il ne prête aucune importance au sac à dos abandonné sous une des arcades…

Il a lâché le Smith et Wesson après avoir appuyé sur la détente, horrifié par son geste – qui le hantera certainement jusqu'à la fin de ses jours –, par l'expression naïve sur le visage de cet Ousmane et par cette facilité avec laquelle un être humain peut subtiliser la vie à un autre être humain. D'une simple pression du doigt. Et boum : tout s'arrête. Effrayant.

L'absence de musique le tyrannise encore plus. Ses pas résonnent, son cœur bat la chamade, le renvoyant à sa solitude. Le laser-tag paraît désert. Qu'est-il advenu des autres ? Et que se passe-t-il dehors ? Pourquoi tout ce vacarme ? Avant le début des hostilités meurtrières – le top départ –, il a cru entendre un quatrième appel grésiller à l'extérieur. Il a mis ça sur le compte du stress, mais, à présent, il doute. Quatre *participants* ? Impossible ! Cela n'a aucun sens.

Les flashs bleus l'agressent à chaque virage, les panneaux amovibles ne semblent plus contrôlés à distance, ils restent orientés dans la même position depuis l'extinction de la musique électro. Ludovic poursuit son slalom, le souffle court. Un point de côté l'oblige à se plier en deux. Après s'être cassé le nez sur plusieurs impasses et autres culs-de-sac, il parvient à rejoindre la coursive latérale, celle qui l'a guidé jusqu'au point de départ numéro 1.

Le couloir est baigné d'une lumière noire, lugubre à souhait.

Ludovic se rue dans l'espace exigu. Repère aussitôt une sortie de secours. Le néon vert scintille au-dessus de la porte coupe-feu.

Il pousse de toutes ses forces sur la barre métallique. La porte s'ouvre sans résistance. Le vent glacial gifle son visage cramoisi et en sueur. Il hoquette, remplit ses poumons d'air frais.

Un coup violent le projette sur le bitume.

Ludovic perd connaissance.

Claire se hisse sur le siège de son ambulance. Sa main tremble, prise de convulsions ; la clé rate la serrure à de nombreuses reprises. Elle tente de se calmer, de canaliser sa respiration. Ce n'est pas le moment de flancher. Pas lorsqu'elle est sur le point d'échapper à cette foutue machination. Des silhouettes encapuchonnées surgissent ici et là ; le guignol en costume à deux mille euros promène une nuée d'hommes cagoulés dans son sillage. La scène est surréaliste.

Une armée d'ombres s'est déployée.

La clé s'introduit dans le cylindre. Quart de tour. Le moteur ronronne. Les essuie-glaces s'agitent sur le pare-brise. Les riffs de Black Sabbath giclent des enceintes.

Claire passe la première, quitte le parking du métro et disparaît dans la nuit.

Ludovic est dans les vapes. Somnolent. Il sent la douleur pulser sur la bosse de sa pommette, le mal de crâne broie son cerveau comme un étau. Chaque pulsation s'apparente à un tour de manivelle supplémentaire sur l'étreinte chimérique qui écrase sa boîte crânienne.

Des images défilent, imprécises, floues. Irréelles. Il a l'impression qu'on traîne son corps par les aisselles, ses pieds raclent l'herbe brillante de givre du talus. Le ciel est d'encre.

La sensation est étrange. Comme s'il observait son propre corps du dessus. Comme s'il s'était dépersonnalisé. L'âme de Ludovic flottant au-dessus du corps de Ludovic.

Il reprend connaissance par bribes fugaces avant de replonger dans les arcanes de son inconscient. Les miasmes de la mort l'entourent. L'impression d'être tracté comme un sac à patates est tenace ; il entrouvre un œil, toujours aussi assommé. Sa vision est floue.

On l'agrippe. On le soulève. On le remorque comme une vulgaire marchandise.

Ludovic ouvre encore un œil, un peu plus grand cette fois. Il demeure dans l'incapacité de se situer, de parler, de penser. De se défendre. Il bascule à nouveau dans le néant.

Un plan dur ! On l'a jeté sur un plan dur. Il lutte contre le chaos qui l'assiège, l'appel envoûtant de la torpeur, puis son système neuronal se reconnecte brièvement. La brume se dissipe dans son cerveau. Il ouvre son œil – toujours le même –, l'autre étant escamoté par l'hématome violet qui mange sa pommette gauche.

La vue trouble, il distingue malgré tout une silhouette

encapuchonnée, des murs de tôles, un châssis, des roues. Un fourgon.

Il est enfermé dans un fourgon. La silhouette se penche vers lui.

Huit cent mille volts de taser dans la nuque plus tard, Ludovic rechute dans les abysses de son inconscient.

Tristan sprinte sur la bretelle d'autoroute. Ses poursuivants le talonnent, une vingtaine de mètres derrière lui. La notion de fatigue est devenue abstraite ; il sent qu'il pourrait courir jusqu'en Espagne en conservant un tel rythme. Même le vent l'encourage, les bourrasques percutent son dos, lui conférant un élan supplémentaire dans sa course folle.

Il se considère au-dessus du reste de l'humanité, la cocaïne l'a fait muter en une espèce invincible, mais dénuée de tout sens moral. Un être capable de tuer s'il le faut. Encore. Et encore. Le meurtre d'Arda a fait proliférer une quantité astronomique d'endorphines enivrantes ; il est persuadé qu'aucun autre être humain ne lui arrive à la cheville. Que ces hommes à capuche ne pourront rien contre lui. Qu'il est imperméable aux balles ! Qu'ils pourraient pisser sur ses cendres qu'il en renaîtrait toujours plus fort !

Un camion immatriculé en Belgique fuse sur le périphérique. Tristan escalade la glissière de sécurité et traverse les trois voies, une fois que le poids lourd a aspiré l'air sur son passage. Le souffle le décoiffe. Deux voitures arrivent à vive allure, bloquant ses poursuivants de l'autre côté de la route. Tristan accélère encore – même pas essoufflé –, franchit le terre-plein central, sous le pont, et arpente la seconde portion du périphérique en sens inverse. D'autres voitures freinent les hommes-cagoules, piégés à présent sur le terre-plein de graviers.

Tristan court le long de la bande d'arrêt d'urgence. Il distance ses poursuivants. La bretelle d'accès grimpe sur sa droite : celle qui permet de s'insérer sur le périphérique. Il accélère toujours, infatigable, ignorant les ampoules qui éclosent dans ses mocassins, sa narine qui saigne, les palpitations de son cœur au bord de l'infarctus. Il puise dans ses ressources et trouve le moyen d'aller encore plus vite, entravant l'épuisement.

Un véhicule descend la bretelle pour s'engager sur l'autoroute.

Tristan vire de bord, parcourt le talus à toute vitesse et émerge dans la voie d'accès du périphérique. Ses assaillants sont loin d'être semés ; il lui faut une voiture. Il agite les bras au milieu de la route, tout en épiant le pont en aval, puis s'empare du revolver. Pointe l'arme droit devant lui – le conducteur n'est pas censé savoir qu'il n'y a plus de balles dans le barillet.

Le véhicule ralentit.

Tristan plisse les yeux, scrute le périphérique et les hommes-cagoules qui se rapprochent dangereusement.

Les courbes du véhicule se précisent dans la nuit opaque.

Un utilitaire Transporter Volkswagen.

Spontanément, Tristan tressaille. Quelque chose de funeste émane de cette fourgonnette, une aura pestilentielle. Le Diable est au volant, délire-t-il, pétrifié, en reculant vers le bas-côté. Le bras qui tient l'arme retombe contre sa jambe. Il titube en reprenant son souffle, empreint d'une fascination morbide pour le véhicule suspect qui freine à quelques mètres de lui.

La fourgonnette rétrograde, arrive à son niveau. La vitre teintée se baisse dans un bruit électrique.

Le canon d'un Glock surgit par la fenêtre. Arrose le corps de Tristan d'une douche de 9 mm.

L'interrogatoire

— J'ai l'impression que nous entrons enfin dans le vif du sujet, salive *Gollum* en se frottant les mains.

Sandrine a les doigts de pied en éventail sous le bureau. Elle prie pour que l'odeur ne se répande pas. L'heure de la sentence approche. Les traits des visages de son auditoire se raffermissent. Elle adresse un regard en coin à *Gandalf*, puise dans le soutien des yeux bleu clair et bienveillants du *magicien*.

— Expliquez-nous ce que vous avez fait, commandant Poujol, sans omettre de détails, je vous prie, l'exhorte *Voldemort*.

Sandrine libère ses bourrelets des accoudoirs avant de se lancer, sans mesurer les conséquences sur sa carrière. De toute façon il est trop tard – ou encore trop tôt – pour éprouver des regrets. Ce qui est fait est fait.

— Soit. Comme je vous disais, nous savions par où passait Baptiste Bagaievski tous les jeudis soir depuis des mois.

Elle marque une pause.

— Nous avons donc voulu lui tendre un piège.

Murmures inaudibles dans l'assistance.

— Nous avons voulu l'appâter pour pouvoir l'arrêter en flagrant délit.

— D'une traite, Poujol, aboie *Gollum*. Racontez d'une traite.

Sandrine ravale un sanglot.

— Soit. Nous souhaitions l'épingler sur le fait. Devant le fait accompli. L'individu semblait si prévoyant, si méthodique, si organisé pour effacer ses traces que nous ne voulions pas l'arrêter et être obligés de le relâcher après une garde à vue stérile pour qu'il se volatilise ensuite dans la nature. Nous souhaitions un flagrant délit. Qu'il n'y ait pas l'ombre d'un doute. Qu'il n'y ait aucune lueur d'échappatoire. Les massacres duraient depuis trop longtemps. Nous avons alors tout mis en œuvre pour lui tendre un piège. Le lieutenant Chloé Castagner a servi d'appât. Elle s'est habillée en tenue de jogging, une activité qu'elle pratique occasionnellement, et a attendu au carrefour de la sortie 16 le retour de Bagaievski.

Nouveau sanglot.

— Elle était la cible idéale, celle qu'affectionnait particulièrement Bagaievski. Elle devait simuler une blessure et alpaguer notre suspect quand celui-ci arriverait à la sortie du périphérique. Grâce aux caméras de vidéosurveillance, nous savions qu'il bifurquait vers le centre de Toulouse. Le lieutenant Hyun-Ki Park devait l'intercepter un peu plus loin, à cinq cents mètres, au début de l'avenue de la Gloire, en direction du centre-ville. Le lieutenant Xavier Bison, de l'unité des moyens aériens (UMA), l'accompagnait. C'est lui qui pilotait le drone, positionné en vol stationnaire sous le pont du périphérique. Si vous me le permettez, je détaillerai plus tard les déconvenues qu'il a essuyées. L'engin volant était équipé d'une caméra et d'une balise pour capter les signaux numériques et téléphoniques.

— Et vous ? s'enquiert *Gollum*.

— Le lieutenant Bertrand Silas et moi-même suivions Bagaievski depuis le club de poker clandestin. Nous formions une tenaille.

— Une tenaille ! Je vous en foutrais des tenailles, moi.

Voldemort toise *Gollum* avec méchanceté.

— La suite, s'il vous plaît, commandant Poujol.

Nouveau sanglot. Timbre chevrotant.

— La suite a été un désastre. Pour une raison que nous ignorons, Bagaievski a abattu Chl… le lieutenant Castagner à bout portant.

— Pour quelle raison, selon vous ? demande *Voldemort* d'une voix calme.

— Nous supposons qu'il l'a reconnue. Et, sur le coup de la panique, qu'il l'a exécutée de sang-froid. Je pense que Bagaievski savait qui enquêtait sur lui. Il connaissait nos visages. Je pense même qu'il furetait sur chaque membre de l'équipe. Découvrir… le lieutenant Castagner au milieu de la nuit lui a fait perdre ses moyens.

Chamboulée, Sandrine baisse les yeux. *Jabba* et *Voldemort* opinent dans leur coin.

— Nous avons sous-estimé les connaissances de Bagaievski sur l'enquête. Nous avons été négligents.

— Vous avez été négligente, corrige *Gollum*.

— J'ai été négligente, avoue Sandrine.

Gandalf enfume le bureau avec sa pipe. Il couve Sandrine d'un regard protecteur.

— Qu'avez-vous fait, après, commandant Poujol ? questionne *Voldemort*.

— Après, tout est allé très vite. Les lieutenants Park et Bison sont arrivés pour porter secours au lieutenant Castagner, mais c'était trop tard. Le lieutenant Silas et moi-même sommes arrivés sur place quelques secondes plus tard. Nous avons pris la décision de poursuivre l'utilitaire de Bagaievski, laissant le soin aux lieutenants Park et Bison de s'occuper de Chloé. Mais quand nous avons rejoint le périphérique, Bagaievski avait déjà disparu. Nous sommes donc retournés sur les lieux du drame. Nous avons fait évacuer le corps de Chloé en toute discrétion. Personne n'a su ce qu'il s'était passé à la sortie 16. Le lieutenant Bison a récupéré son drone. Et c'est là que la situation a encore empiré.

— Comment ça ? s'étonne *Gollum*.

— L'objectif de la caméra du drone était explosé.

— Pardon ?

— Vous avez bien entendu, monsieur. Je parlais tout à l'heure des déconvenues du lieutenant Bison lors du pilotage : un enfant a passé son temps à caillasser le drone et a fini par détruire notre caméra.

— Un enfant ? répète *Gollum*, sceptique.

— Parfaitement. Nous l'avons sur nos images avant que la caméra ne soit détruite.

— Un complice ? hasarde *Jabba*.

— Nous l'ignorons, monsieur. Mais ce jeune garçon, peut-être sans le savoir, a considérablement perturbé notre plan. Le lieutenant Bison a bien essayé d'éviter les projectiles avec des manœuvres aériennes, mais l'un d'entre eux a endommagé gravement notre caméra. Comme le drone était sous le pont, il ne disposait pas assez d'amplitude, l'espace était restreint. Et nous ne voulions pas nous exposer, au risque de trahir notre position. Surtout que Bagaievski était en chemin. Nous avons donc attendu. Le drone est resté sous le pont à se faire lapider, pour que, au moins, l'antenne capte les signaux numériques et téléphoniques du carrefour. Sur mes ordres, l'équipe a maintenu la position, sans intervenir. Nous avons essuyé un nouvel échec : nous n'avions aucune image du meurtre…

— De mieux en mieux, s'indigne *Gollum*.

Voldemort se redresse sur son fauteuil.

— Parlez-nous des témoins.

— Soit. La balise du drone a borné quatre signaux téléphoniques au moment du meurtre. Nous savions que parmi ces quatre lignes, il y avait celle du *Baba-Yaga*. Nous avons alors tout fait immédiatement pour glaner nos informations auprès des différents opérateurs. Nous avons dû réveiller bon nombre de techniciens. Nous avions donc quatre lignes, par conséquent nous supposions qu'il y avait quatre individus. Les lieutenants Park et Bison ont aperçu un SUV type Touareg, de la marque Volkswagen, en provenance de l'avenue de la Gloire. Un homme était au volant. Ils nous ont certifié avoir entendu un scooter fuir vers Balma et un autre véhicule repartir vers le périphérique.

— Et vous pendant ce temps ? Vous foutiez quoi ? l'apostrophe *Gollum*.

— Le lieutenant Silas et moi-même conservions une distance de sécurité pour ne pas nous faire remarquer. La filature était risquée. Je vous rappelle que le périphérique était pratiquement désert à cette heure-ci. Nous n'avons pas assisté au meurtre.

— Que s'est-il passé ensuite ?

— Nous avions donc trois témoins plus un tueur dans la nature, selon notre hypothèse. Plusieurs questions nous taraudaient. Qui étaient ces témoins ? Pouvait-il s'agir de complices ? Étaient-ils en danger ? Nous pensions tous à Maria Carvajal, assassinée après avoir eu le malheur de croiser la route de Bagaievski. Nous redoutions qu'il s'en prenne à eux. Nous nous demandions aussi si au moins un des témoins était en mesure de l'identifier. Comme vous le constatez, nous nous sommes posé énormément de questions. Nous avons donc trouvé un compromis. Une histoire qui permettrait de rassembler tous ces paramètres pour mettre la main sur Bagaievski, tout en protégeant nos témoins. Nous avons imaginé un jeu de rôle grandeur nature, permettant à la fois de garder nos témoins sous contrôle, de les surveiller, mais, dans le même temps, d'essayer de les attirer à Bagaievski pour le débusquer.

— De nouveaux appâts, en somme, comprend *Voldemort*.

— Si l'on veut. Nous aurions pu tambouriner à leur porte à six heures du matin, comme d'habitude, mais nous avons pensé que ce jeu de rôle pourrait être plus profitable pour l'enquête. Nous avons mesuré le bénéfice-risque. Nous avons été contraints à faire des choix. Je les assume. Nous avons pris une décision exceptionnelle parce que la situation était exceptionnelle.

Gollum frappe du poing sur sa cuisse.

— Mais vous vous entendez parler, Poujol ? Après le meurtre de votre collègue, vous vouliez encore faire vos tours de passe-passe pour attirer Bagaievski dans vos filets ? Cela ne vous a donc pas suffi de retrouver un membre de votre équipe mort sur le trottoir ?

Les prunelles de Sandrine assènent des éclairs en direction de la créature répugnante, affalée sur son fauteuil.

— Justement. Comme le reste de l'équipe, j'étais prête à mettre tous les moyens possibles et imaginables pour arrêter ce malade mental. Nous avions quatorze victimes, quatorze familles en pleurs qui, jour après jour, demandaient pourquoi leur fille était morte. Au nom de quoi ? Pourquoi elle et pas une autre ? Et maintenant nous avions l'une des nôtres – qui croyait profondément en ce que nous faisions –, qui s'était fait exécuter en essayant de coincer ce sadique, ce pervers. À cet instant, nous nous sommes juré que la vie de Chloé ne serait pas un *sacrifice* inutile. Que sa mort – comme celle des autres victimes – ne resterait pas impunie. Nous étions tous sous le choc, mais notre haine envers ce *Baba-Yaga* a été décuplée. Nous étions prêts à tout pour que cela cesse. Quelle que soit la méthode employée. J'étais prête à tout pour le mettre hors d'état de nuire.

Gollum se terre dans le fond de son siège, interloqué. *Voldemort*, aucunement impressionnable, s'exprime toujours d'un ton impérialiste.

— Vous en avez fait une affaire personnelle, commandant Poujol. Et votre jeu de rôle a coûté la vie à des innocents.

Sandrine, penaude, examine ses orteils.

— Combien y en a-t-il eu ? crache *Gollum*.

— Deux, monsieur. Il y a eu deux morts lors du jeu de rôle.

39

Samedi 2 décembre, 0 h 20

Les doigts s'écartent sur son visage. Il ouvre un œil, entre les espaces digitaux. Ses jambes se sont dérobées, il est assis sur le béton, une main tendue en guise de barrière protectrice illusoire. Un sifflement perçant résonne dans ses tympans ; il déglutit en bougeant exagérément la mâchoire pour le faire cesser.

Il attend toujours la douleur. Mais la douleur ne vient pas. Elle se fait *désirer*. Il présage qu'elle va transpercer sa main, brandie devant lui – un réflexe commun quand on pointe une arme –, puis impacter son visage, disséminant le contenu de sa boîte crânienne sur les miroirs du laser-tag. Il espère que cela ne fera pas trop mal. Que le supplice se terminera rapidement. Il a peur de souffrir. Il *souhaite* une mort brève.

Entre ses phalanges crispées, le second œil s'ouvre. Toujours pas de douleur. A-t-il déjà quitté ce monde ? Il avoue que cela a été expéditif, il n'a rien senti. Tant mieux. Il n'a pas aperçu de lumière blanche au bout d'un tunnel ni un barbu vautré sur un nuage devant un portail en or massif. On pourrait même penser qu'il ne s'est rien produit. Si la mort ressemble à ça, elle a l'air aussi pourrie que la vie, songe-t-il. Une impression de déjà-vu.

Il redresse la tête. Son bourreau a disparu, abandonnant le Smith et Wesson sur le sol ceint de néons bleus. Soudain la musique électro s'arrête. Des gens courent sur le parking, des voix s'élèvent à l'extérieur, les ordres fusent sur un ton courroucé. C'est la panique générale.

Après s'être cru mort pendant une poignée de secondes, Ousmane se lève.

Déboussolé, il regagne la coursive latérale d'une démarche chancelante. Passe par la sortie de secours restée ouverte. Longe les murs du laser-tag jusqu'au parking. Son scooter est à une dizaine de mètres. Des silhouettes encapuchonnées se démarquent dans la pénombre du complexe. Elles s'époumonent dans tous les sens, beuglent les unes sur les autres. Il y en a partout. Ces individus sont tous occupés, aucun ne semble s'intéresser à lui.

Ousmane doit saisir sa chance. Il attrape les clés dans sa parka, puis se rue sur le scooter. Le Peugeot démarre en toussotant. Il effectue un demi-tour périlleux, mais arrive à conserver l'équilibre. Poignée de l'accélérateur. Des graviers sont projetés contre la façade, les gaz d'échappement embrument les empreintes de pneus sur le parking. Ousmane fonce sur la pente sinueuse qui mène au rond-point. Il entend qu'on le hèle, qu'on lui intime de s'arrêter ; il distingue des ombres courir après lui dans ses rétroviseurs. Rien à foutre : il *trace*.

Interdit, il roule vers la zone commerciale de Balma, les yeux froncés à cause du vent qui fustige son visage. Le casque est resté dans le coffre du scooter.

Dans quel traquenard a-t-il mis les pieds ? Que s'est-il tramé dans ce laser-tag ? Ousmane jurerait avoir entendu la voix artificielle annoncer un quatrième *participant*. Quatre *joueurs*. Inconcevable. Qui diable pourrait être le quatrième ? C'est ridicule. Et qui sont tous ces gus à capuche sur le parking ? Une partie d'Ousmane a toujours été perplexe que le *Baba-Yaga* soit le commanditaire du *jeu de rôle*. Même si tout indiquait que le tueur en série était l'émetteur des messages, pourquoi se serait-il donné autant de mal pour éliminer des témoins gênants ?

Ousmane ne voit qu'une seule entité capable d'orchestrer une mascarade à si grande échelle : les flics. C'est la raison pour laquelle on l'a fait tourner en bourrique au commissariat, et c'est l'unique explication qui permettrait d'élucider pourquoi il n'est pas mort. Car Ludovic lui a bien tiré dessus. La flamme a jailli, le bruit l'a assourdi pendant un long moment. À présent la solution paraît évidente.

Des balles à blanc. Les Smith et Wesson étaient chargés avec des balles à blanc.

Si les flics sont aussi retors et chevronnés pour oser de telles manigances, Dieu sait de quoi ils sont encore capables. Ousmane ne veut plus jamais avoir affaire à eux. Il les méprise tous. Qui le protégera de la police ? Il souhaite que tout s'arrête. Rejoindre Arda, faire la paix avec son meilleur ami et continuer le mode carrière de FIFA en attendant que les choses se tassent. Il aimerait tant que tout redevienne comme avant…

Le scooter s'immisce dans la ville. Les barres d'immeubles se découpent dans la nuit, le ciel scintille de cristaux de givre. Mais toujours pas de neige. Ousmane sonne le glas de sa course effrénée en quittant l'avenue de la Gloire. Il n'a pas été suivi, ces hommes-capuches semblaient tous tellement occupés qu'aucun – d'après lui – n'a pu se détacher pour le rattraper.

Serein, mais toujours aussi sceptique vis-à-vis de cette putain d'histoire, il pénètre dans sa rue, au pas, puis immobilise le scooter au pied de sa tour. Des paraboles ornent la façade, la plupart des volets sont fermés. Le quartier est endormi. Il grimpe sur le trottoir, fixe l'antivol avec la chaîne et se réfugie dans le hall.

Un groupe de jeunes différents – plus âgés, plus suspects que les précédents – bivouaque sur les premières marches de l'escalier. Des canettes de bière jonchent le sol, un brouillard de fumée âcre souille l'atmosphère d'une odeur rance de cannabis. Sous les capuches, les têtes bougent en rythme sur le son hip-hop de Spotify.

Ousmane avance dans le hall au milieu des déchets et des emballages de fast-food. Si certains visages lui sont familiers, d'autres lui sont totalement inconnus. En d'autres circonstances, ce détail l'aurait peut-être alarmé, mais, ce soir, il n'y accorde pas la moindre importance. Indifférent, presque nonchalant, il traverse l'attroupement, sans un regard aux squatteurs.

— T'habites ici ?
— Ouais, renvoie Ousmane sans se retourner.
— Au sixième ?

Ousmane se momifie. Main sur la rambarde. Une Reebok Classic en suspension au-dessus de la prochaine marche.

— Pourquoi tu demandes ça ?

— T'habites au sixième, oui ou non ?
— Ouais.
— OK.

Ce simple « OK » achève Ousmane, submergé par la frayeur de ces menaces dissimulées. Qu'insinue ce type, adossé aux boîtes aux lettres éventrées ? Il pivote, toise l'individu qui l'a interpellé avec méfiance. Bonnet, écharpe, doudoune, jogging et baskets : il arbore la même panoplie que le reste de sa meute. Celui-là, Ousmane ne l'a jamais vu auparavant. Il en est certain. Épris d'un sentiment terrible, il se précipite dans l'escalier. Avale les étages les uns après les autres. Atteint le sixième en ahanant. Il reprend son souffle, tyrannisé à l'idée qu'il soit arrivé malheur à Arda.

L'appartement est plongé dans le noir. Silencieux. Vide. Où est son colocataire ? Il appelle son ami, explore le séjour, les chambres, la salle de bains. En vain. Personne. Il s'empare de son smartphone, de plus en plus inquiet. Ouvre le journal d'appel et, au moment où il appuie sur le nom d'Arda, un coup heurte l'arrière de son crâne rasé. Il titube, hébété, trébuche sur la table basse du salon qui explose sous son poids.

La meute de jeunes investit l'appartement. Six individus déterminés aux intentions – ostensiblement – hostiles.

— Il est où ton colocataire ?

Ousmane, sidéré, se masse l'arrière de la tête. Il prend appui pour se relever, au milieu des débris de verre tranchants. Ses mains sont entaillées. Il saigne.

Un crochet du droit le réexpédie sur le lino.

— Tant pis. Tu prendras pour lui. De la part de Cyril.

Le groupe se répartit autour de lui. Certains saccagent le mobilier, réduisant en miettes le salon et la cuisine. Les autres le rouent de coups. Positionnés en cercle, ils lapident Ousmane avec leurs baskets, s'acharnent, frappent de plus en plus fort, aspirés dans un engrenage de violence collectif.

Bruit d'os qui se fracturent.

Recroquevillé en boule pour protéger ses organes vitaux, Ousmane endure la pluie de coups qui s'abat sur ses côtes et son dos. Il geint, perclus de douleurs, attendant que ça passe. Il implore Dieu – ou qui que ce soit d'autre – de se mettre d'accord – une bonne fois pour toutes ! – sur son destin. Lui qui vient de réchapper miraculeusement à la mort et à un tueur en série – et qui pensait que la soirée ne pouvait pas empirer – va peut-être succomber aux blessures d'une bande d'imbéciles pour une histoire de flingue. Quelle ironie ! Quelle vie de merde…

Dans les affres de l'agonie, en équilibre sur le filin du trépas, il se demande une dernière fois où est passé Arda avant de sombrer dans le néant.

Et il repense au *Baba-Yaga*.

Car Ousmane a vu le *Baba-Yaga*.

40

Samedi 2 décembre, 1 h 50

En avant. En arrière.

La silhouette est décapuchonnée. Elle a les cheveux ébouriffés, la sueur perle sur son front luisant. Ses joues sont rouges à cause du froid et de l'excitation qui papillonne dans son pubis.

En avant. En arrière.

Les cinq écrans diffusent une lumière blême au fond de *l'antre*, dévoilant la mousse sur les murs, les moisissures, les écoulements d'eau qui serpentent sur les pierres, la poussière sur la terre battue, la table en bois qui trône au centre de ce repaire putride. Les deux premiers écrans sont en veille. Sur les autres : trois profils différents. Trois menaces potentielles.

Les trois membres restants du groupe 1 de la brigade criminelle du SRPJ de Toulouse.

L'antre empeste le renfermé, l'humidité. Et le sang. Le vent siffle, s'engouffre. Le plancher du plafond grince, l'ampoule éteinte vacille au bout de son fil torsadé et dénudé.

En avant. En arrière.

Le *Baba-Yaga* étudie les visages des trois enquêteurs. Deux hommes. Une femme. Deux lieutenants de police et leur commandante. La bombe artisanale ayant échoué à ventiler tout ce petit monde, il ne compte plus prendre de risque désormais. Il s'était pourtant juré de ne plus utiliser son Glock, depuis l'incident de la sortie 16 – lorsqu'il a reconnu le lieutenant Castagner –, mais, une fois encore, il a récidivé en apercevant ce type armé en costume qui lui a barré la route, sur la bretelle du périphérique. Comme la veille, dans l'urgence, il a préféré faire feu. À présent, prendre la fuite semble inévitable. Irrévocable. Mais avant il a une tâche à accomplir. On l'a vu dans le laser-tag…

En avant. En arrière.

Sur l'imposante table en bois, la victime est étendue sur le ventre dans le plus simple appareil. Ses poignets et ses chevilles sont ligotés avec des Serflex aux systèmes de fixation de quatre étaux, vissés sur chaque montant. Les entraves exercent une pression redoutable, tirant sur les tendons des quatre membres, à la limite de l'écartèlement. La victime est aplatie comme une crêpe contre la table maculée du sang séché de ses prédécesseurs. Les Serflex ont écorché la peau aux extrémités, creusant des bracelets de chair à vif, suintants et saignants.

Le *Baba-Yaga* suppose qu'elle a dû essayer de se détacher durant son absence. Peut-être a-t-elle crié ? Peut-être s'est-elle égosillée à appeler à l'aide ? Qu'elle crie, pense-t-il, personne ne l'entendra ici. En rentrant, comme elle persistait à gesticuler en s'entaillant les poignets et les chevilles, il lui a injecté deux ampoules de neuroleptique supplémentaires. Il a arrêté de faire le compte du dosage, de toute façon elle sera bientôt morte. À présent elle somnole dans une léthargie agitée, pratiquement disloquée par la pression des liens en plastique ; le visage plaqué contre la table, des copeaux de bois plein la bouche ; le postérieur en pronation, fièrement bombé vers le haut. Exhibé. Dénudé.

Une pêche lisse, attendant d'être croquée.

En avant. En arrière.

La victime gémit par moments. Elle prononce des mots inaudibles, incompréhensibles ; elle est trop ensuquée pour émettre des paroles cohérentes ou des hurlements distincts. Elle a les yeux vitreux, mi-clos ; des larmes roulent sur son minois défiguré par l'horreur des sévices. Même mimer une grimace franche semble au-dessus de ses forces. Des soubresauts la font tressaillir, sa tête racle contre la table. Ses gencives sont en sang. Le *Baba-Yaga* en a l'habitude, il a déjà récupéré des incisives sur la terre battue. Certaines ont mordu dans le bois avec tellement d'acharnement que leurs dents se sont déchaussées. Il sait que, malgré les effets de l'antipsychotique, elle sent tout. Absolument tout. Mais que son corps n'est pas apte à se défendre. Dans ses souvenirs, la victime paraissait moins grande, moins corpulente quand il l'a hissée dans sa camionnette. Mais, quelle que soit la taille, aucun système nerveux ne résiste à une décharge de huit cent mille volts. Elles finissent toutes comme des pantins désarticulés.

Il tire la chevelure brune de sa proie en arrière, capte son regard absent, sans éclat. Vide.

En avant. En arrière.

Le *Baba-Yaga* exsude toute la pression accumulée. Il est moite de transpiration. Il porte une sorte de robe de communiante noire qui descend jusqu'au sol. Un masque de sorcière d'Halloween recouvre son visage. Sur son épaule, une caméra GoPro enregistre tout. Quand il aura le temps, il *postera* le film amateur pour combler de désirs obscènes ses fervents admirateurs. Son fan-club anonyme du *darknet*. Ses *followers*. Ses chiens galeux.

En avant. En arrière.

Il se tient à côté de sa victime. Plié en deux comme s'il *ponçait* la table. Il accélère les va-et-vient, enivré par les décharges d'adrénaline jubilatoires, galvanisé par le sentiment de supériorité qui l'accable. La soumission de sa proie est jouissive. Orgasmique.

En avant. En arrière.

Il décompense sur son tas de chair répugnant. Son défouloir. Frénétiquement. Sauvagement. Il hurle en intensifiant la cadence. Plus vite. Plus fort. Plus loin… S'acharne sur ce *cul* blanc qui prend pour tous les autres. Pour tous ceux qui veulent lui nuire. Pour tous ceux qui méritent de souffrir. Il déverse toute la haine emmagasinée depuis des heures interminables. Ouvre les vannes du feu intérieur qui brûle dans ses veines, celui que ses mécanismes de défense endiguent lorsqu'il est en société.

Ici, maintenant, il n'a plus à se contrôler. Il n'a plus à jouer un rôle. Il brave les interdits de la décence, de la norme, régie par des siècles de dictature – communément appelée *civilisation*. Il libère ses fantasmes. Oublie tout. Ose ce que les autres n'oseront jamais. Laisse libre cours à son expression, à son « moi » intérieur, à sa vraie nature. À sa créativité. Il délivre la bête enchaînée qui hurle pour assouvir ses désirs, exhale la furie vengeresse insatiable qui l'habite. Qui le possède.

En avant. En arrière.

Le *Baba-Yaga* est empreint d'une fougue ravageuse. Sadique. Impitoyable. Dans sa tête, c'est la *Chevauchée des Walkyries*. Il est général des armées. Maître du monde. Il vole. Tutoie le pouvoir des dieux. Son sexe est humide. L'orgasme est salutaire.

Sa main dégouline de sang.

Il retire le godemichet hérissé de lames – qu'il enfonce depuis une heure – de l'anus béant, affreusement dilaté de sa nouvelle victime. Le rectum ressemble à une fleur rouge, poisseuse, aux pétales sanguinolents. Exceptionnellement, aujourd'hui, il doit *écourter* le plaisir. La nuit est loin d'être terminée.

Le *Baba-Yaga* saisit le filin métallique et, dans un cri extatique, il broie la gorge de son exutoire sexuel.

41

Samedi 2 décembre, 1 h 50

Claire est dans un *bain*.
Elle reste optimiste, persuadée que personne ne l'a identifiée, qu'elle peut s'octroyer le luxe de décompresser quelques minutes. Relâcher la pression. De toute façon, elle, elle n'a rien fait ; elle s'est laissée manœuvrer – comme les autres *participants* – dans le *jeu de rôle* organisé par les forces de l'ordre. Dorénavant il n'y a plus d'ambiguïté : les flics étaient aux commandes de toute cette mise en scène. Considérant qu'elle n'a rien à se reprocher et que son anonymat a été savamment conservé, elle se délasse dans une eau chaude, savonneuse. Profitant d'un petit répit pour aviser.

Les bulles de savon chatoient à la surface, réverbérant la lumière des néons de la salle de bains d'étincelles rouges, bleues, vertes, jaunes. La mousse enveloppe la longue silhouette de Claire, dévoilant uniquement ses épaules et sa tête, projetée vers l'arrière sur un coussin gonflable. Les cubes de bain effervescents se sont tous dissous ; des fragrances de pamplemousse et de vanille exhalent un parfum lénifiant. La buée recouvre les miroirs, un nuage de condensation aromatisé, envoûtant, emplit la pièce carrelée.

Claire ressent les bienfaits des sels minéraux et des oligo-éléments qui barbotent avec elle. Ou du moins elle essaye de croire aux paillettes que la fée Sephora a saupoudrées dans son *bain* et qui lui ont coûté une fortune. Sa peau se radoucit, les douleurs lombaires s'estompent. Elle se sent bien, décontractée. Elle joue avec la mousse qui flotte autour d'elle, assemble des tas, souffle sur les écumes de bulles qui naviguent à la surface.

Ce *bain* est paradisiaque, salutaire. Un retour à l'état amniotique.

Elle glisse une main sur son ventre – sa peau est d'une douceur exquise –, ses doigts cheminent vers son pubis imberbe jusqu'à la naissance de ses lèvres. Avec habileté, elle les écarte, puis caresse son clitoris avec son majeur. Elle titille, frotte, stimule. Son anatomie se cambre sous la sensation diffuse de plaisir qui l'envahit. Son autre main agrippe un sein volumineux, rond, lourd ; ses doigts contournent l'aréole, effleurent le téton. Pincent. Écrasent. Tournent. Malaxent. Un gémissement s'échappe de sa bouche en cœur. Tous ses muscles se contractent.

Sous l'eau savonneuse, la main laboure son sexe humide, gorgé d'envie. Ses joues s'empourprent. Claire introduit deux doigts dans son vagin, lubrifié à outrance par les sécrétions abondantes. Elle se masturbe avec plus d'intensité.

Les mouvements de son bras font clapoter l'eau du *bain*. Les râles sourds de l'orgasme s'expulsent du fond de sa gorge ; elle se mord la lèvre inférieure. Elle poursuit ses allers-retours, éperdument – sa silhouette s'arc-boute comme un pont ; sa main heurte son pubis avec passion à chaque pénétration ; l'autre empoigne son sein, les traces blanches de ses doigts s'impriment sur sa peau mouillée.

Son cœur s'emballe, soulève sa poitrine. Ses cheveux courts trempent dans l'eau – tant pis ! –, un picotement agréable parcourt sa nuque et hérisse les poils de son duvet. Nouvel orgasme. Claire se laisse choir dans le fond de la baignoire, créant des vagues qui éclaboussent le carrelage de la salle de bains. Sa respiration ralentit.

Carillonnement de la porte d'entrée. Retour brutal à la réalité.

Claire se fige.

Impossible. Elle n'en croit pas ses oreilles.

Quelqu'un sonne chez elle.

L'interrogatoire

— Décrivez-nous ce jeu de rôle, commandant Poujol.

Sandrine se contorsionne dans son fauteuil étriqué. La position assise lui ankylose les fesses. Ses jambes sont trop courtes pour atteindre le sol, elle les agite sous le bureau en se rehaussant.

— Soit. L'idée était d'insuffler un vent de terreur chez nos témoins. Nous devions leur faire croire que le véritable *Baba-Yaga* était à leurs trousses.

Voldemort intervient en levant un doigt aussi long et fin qu'une baguette magique.

— Je vous arrête, commandant Poujol. Pourquoi ne pas leur avoir demandé de se rendre au commissariat pour coopérer de leur plein gré ?

Sandrine acquiesce. Elle s'attendait à cette question.

— Pour plusieurs raisons, monsieur. Premièrement, nous pensions que ce jeu de rôle pouvait être bénéfique pour l'enquête. Ensuite, après le meurtre du lieutenant Castagner, nous savions que Bagaievski gardait un œil sur nous. Il suivait l'évolution de l'enquête, nous savions qu'il connaissait nos visages. Par conséquent, nous ne voulions pas attirer nos témoins dans nos locaux si, par mégarde, Bagaievski les surveillait.

Nous redoutions de les exposer et, ainsi, de les mettre en danger.

— Alors pourquoi ne pas leur avoir demandé de venir au poste, tout simplement ?

— Parce que nous imaginions sans difficulté l'état de panique dans lequel ils se trouvaient. Ils avaient tout de même assisté à un meurtre de sang-froid. Nous refusions de venir chez eux, dans l'éventualité où Bagaievski les épiait. Et si nous les avions convoqués, nous craignions qu'ils prennent peur, ou pire, qu'ils s'enfuient. Ils auraient pu penser que nous faisions l'amalgame et qu'ils étaient suspectés du meurtre. Enfin la dernière raison est la plus simple : sauf votre respect, monsieur, les êtres humains ne font jamais ce qu'on leur dit. Si nous les avions conviés à notre jeu de rôle, je doute qu'ils soient venus après ce qu'ils avaient vu à la sortie 16. Et il y avait toujours le risque qu'ils refusent de participer. Nous n'avions pas le temps de négocier.

— Vous ne leur avez pas laissé le choix, résume *Gollum*.

— Non.

— Vous n'avez donc aucun scrupule ?

— J'aurai des scrupules quand le tueur sera derrière les verrous.

Gollum dévisage Sandrine avec dégoût. Peu convaincu par ses explications, *Voldemort* fait un signe d'assentiment et encourage la commandante à poursuivre.

— La première étape du jeu de rôle était de les isoler. Nous avons envoyé des SMS masqués – via une application mobile – et des mails. Nous voulions leur faire croire que le tueur les surveillait. Nous avons créé une messagerie électronique au nom de

Bagaievski pour paraître plus crédibles. Le lieutenant Park suivait le premier témoin ; le lieutenant Silas le deuxième ; et moi le dernier. Le groupe 2 épluchait les fadettes de nos témoins et surveillait les écoutes téléphoniques et les traces électroniques de l'adresse mail de Bagaievski. Grâce à nos messages et à nos ballons, nous avons généré un contexte anxiogène pour reclure nos témoins, les fragiliser et, par conséquent, les instrumentaliser. Nous voulions les asservir par la peur. Une technique qui a déjà fait ses preuves par le passé...

Gandalf gronde en arrière-plan. Sandrine se reprend.

— La seconde étape était de les réunir dans un lieu public. Un bar nommé le *Mea Culpa*, près de la médiathèque. Nous avons invité les étudiants de l'école de police à se joindre au karaoké, mais en omettant de leur dévoiler les véritables identités des témoins. Nous leur avons juste dit que, dans le cadre d'une réinsertion, quatre criminels en probation participeraient au karaoké. Au final, seuls deux témoins ont joué le jeu. Bien évidemment, nous nous doutions que Bagaievski ne chanterait pas, mais nous pensions qu'il ne résisterait pas à la tentation de découvrir les visages des témoins de son meurtre. Nous misions sur son arrogance notable, son ego démentiel à se considérer inarrêtable. Toute l'équipe était présente dans le bar. Mais à aucun moment nous n'avons eu la confirmation que Bagaievski y était. Nous avons donc organisé l'étape finale de notre jeu de rôle : le laser-tag. Plus tôt dans l'après-midi, nous avons fait fermer tout le complexe de divertissement de la sortie 15. En ce moment, le propriétaire, Sébastien Neveu, est toujours entendu dans le cadre de sa garde à vue pour ses parties de poker clandestines. L'individu est un coriace, il dispose de nombreux appuis politiques. À l'heure où je vous parle, il n'a pas encore prononcé un mot sur sa clientèle secrète. Nous n'avons donc aucun témoignage ni description de Bagaievski. Il nous a seulement appris que les caméras du complexe étaient des leurres, qu'elles étaient là pour la déco et qu'elles ne fonctionnaient pas ; ce qui constituait un handicap en soi pour la suite de notre plan. Honnêtement, nous ne pensions pas que Bagaievski viendrait au laser-tag. À ce moment-là, nous ignorions ses véritables motivations. Nous avons compris ses réelles intentions lors de la découverte du sac à dos… Mais j'y reviendrai plus tard, si vous me le permettez. Nous avons donc voulu persévérer. Refermer notre piège. Dans l'éventualité – certes peu probable – où Bagaievski serait présent. Une fois encore, nous pariions sur son arrogance maladive, sa vanité exacerbée – nous avions tous en mémoire le cadavre exposé au Grand-Rond –, ainsi que sur sa volonté à neutraliser ses témoins. Nous nous sommes tous remémoré le triste exemple de Maria Carvajal, et la détermination dont il a fait preuve pour la réduire au silence. Lors de cette dernière étape, les trois témoins étaient présents. Mais nous avons été dépassés par les événements.

Gollum s'emporte en se tournant vers l'assistance.

— Je suis le seul à m'indigner de tout ce que j'entends ! Qu'est-ce que vous fumez en Aveyron, Poujol ? Vous êtes folle !

— Je vous demande pardon ?

— Vous êtes une cinglée. Vous n'avez pas honte de martyriser des pauvres gens ?

— J'aurai honte plus tard, monsieur.

— Vous avez outrepassé vos droits. C'est de l'abus de pouvoir. Je vous jure de vous coller une expertise psychiatrique dès qu'on en aura terminé. Je n'ai jamais écouté un tel ramassis de conneries ! Faites-moi confiance : vous pouvez tirer un trait sur votre carrière. Jamais un OPJ n'a autant dépassé les bornes. À force de pourchasser un criminel, vous êtes passée de l'autre côté, Poujol. Vous avez basculé dans l'illégalité.

Sandrine conserve son calme, flegmatique, hermétique aux critiques. Elle lève un doigt boudiné pour prendre la parole, comme une écolière ; ses collants magenta fendent l'air sous son siège.

— Si je peux me permettre, cher monsieur, je vous accorde que les principes moraux du jeu de rôle sont discutables, en revanche nous n'avons, à aucun moment, basculé dans l'illégalité.

— Comment ? éructe *Gollum*.

— Si vous décortiquez toutes les actions mises en place, vous constaterez que nous avons *seulement* envoyé des SMS et des e-mails, tous acquis dans le cadre légal de l'enquête. Et nous avons accroché des ballons...

— Seulement ! Il y a eu deux morts, je vous rappelle ! Vous êtes la lie de la police, Poujol. Regardez-vous, on dirait une...

— Ça suffit !

La voix caverneuse de *Gandalf* gronde, rebondit contre les murs, résonne dans la pièce. Toute l'assemblée se tourne vers lui comme un seul individu.

— Nous verrons plus tard pour les sanctions,

affirme-t-il en désignant Sandrine avec sa pipe. Maintenant, continue.

Silence dans le bureau. Le malaise est palpable. *Voldemort* ajuste sa cravate – bien qu'elle n'ait pas dévié d'un millimètre. *Jabba* opine de ses mentons. *Gollum* fusille Sandrine du regard, qui demeure placide en époussetant un fil de tissu sur son tailleur. Elle gratifie *Gandalf* d'un hochement de tête.

— Soit. Comme je vous disais, nous avons été dépassés par le nombre de personnes présentes sur les lieux. Nos trois témoins y étaient, ainsi que Bagaievski, mais d'autres individus se sont également invités à la *partie*. Le complexe était cerné par le groupe 2, dirigé par le commandant Salgado, ainsi que le groupe 1, sous mes ordres. Nous étions donc six, dispatchés autour du laser-tag. Le lieutenant Silas était à l'intérieur ; c'est lui qui s'occupait d'annoncer les témoins et qui commandait les portes et les pièges amovibles dans l'enceinte du labyrinthe. Tout se déroulait comme prévu, tous les participants étaient sous contrôle ; le lieutenant Silas nommait les témoins grâce à un modificateur de voix. Il a même poussé le vice de notre jeu de rôle en appelant le *Baba-Yaga* au micro. C'est à ce moment que nous avons entendu le premier coup de feu. L'associé du témoin numéro 1, Tristan Zimmermann, a abattu le colocataire du témoin numéro 2, Arda Topal. Nous nous sommes alors éparpillés. Nous avons perdu le contrôle des entrées-sorties du laser-tag. Un groupe est parti à la poursuite de Tristan Zimmermann ; un autre a porté assistance au jeune Arda Topal. En explorant les environs, nous avons arrêté un autre individu, Youri Jafar, blessé à la jambe, que nous avions déjà repéré aux abords du *Mea Culpa*. Et c'est là que le lieutenant Silas l'a découverte…

— Quoi donc ? crache *Gollum*.

— La bombe, monsieur. Trois barrettes de cinq cents grammes de TATP dans un sac à dos. Cet explosif a paralysé notre déploiement, nous avons dû évacuer le site et faire appel à une équipe de démineurs.

Voldemort se lève. Les ombres paradent sur son crâne chauve. Il s'étire, fait quelques pas et se plante devant la fenêtre, les mains derrière le dos.

— Quel était le bilan, commandant Poujol ?

— Les témoins 2 et 3 ont réussi à s'échapper. Arda Topal est mort sur le coup. Tristan Zimmermann a été abattu par Bagaievski sur la bretelle du périphérique. Nous avons neutralisé Youri Jafar, ainsi que le témoin numéro 1.

42

Samedi 2 décembre, 2 h 15

Ludovic applique un sac de glace contre sa joue tuméfiée. L'hématome violacé, aux reflets bleutés, mord sa pommette boursouflée, propageant une douleur lancinante sur tout le côté gauche de son visage. Son œil demeure fermé à cause de l'inflammation.

Il peut encore sentir l'odeur de brûlé, sur sa nuque, à la base de ses cheveux poivre et sel, infligée par les deux points d'impact du taser. Les flics l'ont bien amoché. Ludovic se jure qu'il va leur faire payer.

La salle d'interrogatoire est austère : une table, trois chaises ; aucune fenêtre, même pas une glace sans tain. Quatre murs ternes éclairés par un néon aveuglant.

Ludovic attend depuis plus d'une heure sans aucune explication, ruminant les dernières heures les plus éprouvantes de sa vie. Malgré le contexte, ses pensées se focalisent sur ses jumelles, et les imagine profondément endormies, blotties l'une contre l'autre dans toute leur candeur, chez les parents de *l'autre*, loin, très loin des monstruosités qu'il a subies depuis la veille au soir.

Ses mains tremblent sur ses genoux ; il est en pleine *descente*. La cocaïne et l'adrénaline sécrétée par l'instinct de survie s'étant diluées de sa circulation sanguine, il souffre du syndrome de manque : des sueurs froides ruissellent sur ses tempes ; ses dents s'entrechoquent comme s'il était frigorifié ; ses pieds battent une mesure imaginaire effrénée. Il est pâle. Des crampes lui retournent l'estomac. Le goût âpre de la bile emplit sa bouche.

Lorsqu'il a pressé la détente, au cœur du laser-tag, et qu'il n'a vu aucune gerbe de sang jaillir de l'autre *participant*, il en a déduit que le pistolet s'était enrayé ou qu'il y avait un dysfonctionnement dans le mécanisme. Ludovic n'y connaît strictement rien en arme à feu. À cette distance, il était certain d'avoir fait mouche. Impossible qu'il ait raté sa cible. Et il se souviendra toute sa vie du recul dans ses avant-bras et du tonnerre de la détonation dans ses oreilles, ce sifflement perçant dans ses tympans qui a mis plusieurs minutes à s'estomper. Après être revenu à lui dans le fourgon qui l'a amené au commissariat, et qu'il a compris que tout ce foutoir était l'œuvre des flics, il en a conclu que les Smith et Wesson étaient chargés à blanc.

La porte s'ouvre brusquement. Ludovic sursaute.

Un homme d'une trentaine d'années, d'origine asiatique, engoncé dans un Bombers noir sur un sweat à capuche, pénètre dans la salle d'interrogatoire.

— Je veux parler à mon avocat !

Le lieutenant Hyun-Ki Park croise les bras en s'adossant au mur. Ses yeux bridés se plissent en détaillant le coquard sur le visage du témoin numéro 1. Il tient une pochette maigre dans la main.

— Vous n'êtes pas en garde à vue, monsieur Grimaud. Et vous ne serez pas mis en examen.

— Donc je peux m'en aller ?

— Vous êtes libre de partir quand vous le souhaitez. Toutefois j'aurais quelques questions à vous poser, si vous êtes d'accord.

Ludovic recule sa chaise. Les montants crissent sur le ciment.

— Allez vous faire foutre avec vos questions. Mon avocat entendra parler de cette histoire. Je veux porter plainte pour coups et blessures et contre vous tous pour m'avoir embarqué dans cette mascarade sans mon autorisation. Vous m'entendez ? Je vous jure que vous aurez de mes nouvelles.

Stoïque, le lieutenant Park soutient toujours le mur.

— C'est votre droit. Mais avant discutons tranquillement de tout ça. Juste tous les deux. Voulez-vous ? Je répondrai à vos questions.

Loin de la table, mais encore assis, Ludovic toise le policier.

— Attendez, je vous reconnais.

Park acquiesce d'un air embarrassé.

— C'est moi qui vous ai suivi toute la journée. Au nom de l'équipe et moi-même, je vous présente nos excuses pour tous ces désagréments.

Ludovic se lève, irrité.

— Désagréments ? Vous vous foutez de ma gueule ? Vous appelez ça des désagréments – il ôte le sac de glace de sa pommette pour exhiber son hématome. Je connais un des meilleurs avocats de la ville, et je vous garantis que vous, et tous vos p'tits copains, vous pointerez tous au chômage la semaine prochaine.

— Parlez correctement, s'il vous plaît.
— Sinon quoi ? Allez tous vous faire foutre !

Ludovic marche vers la sortie.

— Votre associé est mort, monsieur Grimaud.

Ludovic se fige. Pivote lentement vers le lieutenant Park.

— Co... Comment ?
— Assassiné par le *Baba-Yaga*.
— Mon Dieu...

Ludovic se retient contre le mur, la tête enfouie dans les épaules. La salle tangue sous ses pieds, des points noirs brouillent sa vision.

— Est-ce que vous l'avez serré, au moins, ce taré ?
— Je suis désolé. Je ne suis pas en mesure de vous communiquer des informations sur une enquête en cours.
— Putain ! Tout ça c'est de votre faute ! Vous devriez avoir honte. Toi ! Lundi ! Chômage. Je te le jure.

Park s'interpose devant la porte.

— Dernier avertissement, monsieur Grimaud. Restez courtois. Je laisse passer parce que je comprends votre désarroi. Mais sachez que Tristan Zimmermann a abattu un innocent avant de se faire tuer.

La mâchoire de Ludovic se disloque.

— Quoi ? Comment ça ? Qui ça ?
— Le colocataire de cet homme, indique Park en tendant une photographie d'Ousmane, rangée dans la pochette. Vous le reconnaissez ?

Ludovic tombe des nues.

— Son colocataire, répète-t-il, hagard.
— Reconnaissez-vous cet homme sur la photo, oui ou non ?

— Oui, balbutie Ludovic en se remémorant l'homme-doudoune du *Mea Culpa*. Ils étaient tous les deux au karaoké. Ce n'est pas lui le *Baba-Yaga* ?

— Non. Lui il s'appelait Arda Topal et il était brancardier.

Park explique succinctement la mise en scène de la sortie 16, le meurtre de leur collègue déguisée en joggeuse, le *jeu de rôle* orchestré pour démasquer le *Baba-Yaga*. Ludovic l'écoute attentivement en secouant la tête – un signe ostentatoire de déni. L'histoire est burlesque, hallucinante. Incroyable ! Il se rassied, enregistre tant bien que mal toutes ces informations saugrenues, mais sans digérer la mort de son associé. À la fin du résumé, empreint d'une colère noire, il se lève et menace le lieutenant avec son sac de glaçons.

— Vous pouvez être fiers, saloperie de flics. Tout ça c'est de votre faute.

Il commence à contourner Park.

— Et elle, vous la reconnaissez ? demande Park en ignorant les insultes et en brandissant une autre photo de sa pochette.

Ludovic s'arrête à nouveau. Le portrait d'une jeune femme d'une trentaine d'années, brune aux cheveux courts, plantureuse, une silhouette à faire bander un mort, crève l'image. Il fronce les sourcils.

— Possible.

— Comment ça, possible ?

— Il y avait bien une jeune femme de cette carrure, au *Mea Culpa*. Mais elle était blonde et beaucoup plus mate de peau.

— Vous diriez que ça pourrait être elle ?

— Je dis que c'est possible !

— Et lui ?

Park tend le portrait-robot de Bagaievski.

— Vous vous foutez de ma gueule ?

— Non, monsieur.

— Je ne serais pas en train de vous parler si je l'avais vu. Maintenant j'en ai assez entendu, je me barre.

— Je suis dans l'obligation de vous conseiller de rester, monsieur Grimaud, pour votre propre sécurité. Mais vous êtes libre de vos agissements.

Ludovic s'esclaffe.

— Pour ma sécurité ? Vous voulez rire ? Vous êtes responsable de la mort d'innocents et vous voulez me faire croire que vous allez assurer ma sécurité. Laissez-moi passer.

Le lieutenant Park s'écarte.

— Une dernière chose.

— Quoi encore ?

— Votre femme a été admise aux urgences de Rangueil, plus tôt dans la soirée.

— Et ?

— Et vous ne sauriez pas ce qui lui est arrivé, par hasard ?

— Ma femme n'a pas un bon équilibre. Elle souffre de vertige. Elle a dû tomber dans les escaliers.

— Les escaliers, hein ?

— Ouais, un escalier. Un tas de marches, quoi ! Vous n'avez pas ça en Chine ?

— Si vous le dites.

Ludovic franchit la porte en pointant un doigt provocateur vers le lieutenant.

— Vous avez mis ma vie et celle d'autres personnes en danger. Mon associé est mort par votre faute. Mon avocat vous le fera payer. Croyez-moi. Toi. Lundi. Chômage !

Furieux, il quitte l'hôtel de police en comprimant sa pommette avec son sac de glace fondue, qui sème des gouttes sur son sillage.

43

Samedi 2 décembre, 2 h 20

— Quand pourra-t-il répondre à mes questions ?
— Je l'ignore, lieutenant.
— Est-ce qu'il souffre ?
— Nous le maintenons dans un coma artificiel pour son confort. Le médecin du SAMU l'a *sédaté* et ventilé lorsqu'il l'a retrouvé inanimé, après votre appel. Vous lui avez sauvé la vie.

Le lieutenant Silas observe le corps maigrichon, inerte et meurtri d'Ousmane.

— Qu'est-ce qu'il a ? s'enquiert-il.

Le chef des urgences du CHU de Purpan, un homme usé d'une cinquantaine d'années aux cheveux grisonnants, range ses mains dans sa blouse en soupirant.

— Il a été passé à tabac. Les lésions sont multiples. Il présente un hémothorax : une des côtes s'est fracturée et a embroché son poumon gauche, remplissant la cavité pleurale de sang. Il a trois autres côtes brisées, diverses contusions, et sa rate a explosé sous la violence des coups. Mais ce qui nous inquiète le plus est la fracture de la troisième cervicale. Nous attendons le scanner pour nous prononcer.

— Vous voulez dire qu'il risque de rester paralysé ?

— C'est une hypothèse à envisager. Mais je refuse de m'avancer tant qu'il n'aura pas eu son scanner.

Silas considère le témoin numéro 2 avec tristesse et, surtout, une grande culpabilité.

— Et j'imagine qu'il est impossible de suspendre les traitements le temps de lui poser quelques questions.

— Vous imaginez bien, lieutenant.

— Vous allez le garder ici en observation ?

— Une place est réservée en réanimation dès qu'il aura passé son scanner. Maintenant si vous voulez bien m'excuser, la salle d'attente est bondée et d'autres patients m'attendent.

Le lieutenant remercie le médecin d'un signe de tête. Il tire une chaise, se laisse choir dessus en soufflant.

Le box s'apparente à une bulle de calme au milieu de l'océan d'effervescence qui grouille dans le service des urgences. Malgré l'heure tardive, les blouses blanches s'activent, les patients affluent, errant sur des brancards au milieu du couloir ; les familles s'énervent contre le personnel face à la lenteur des prises en charge et le manque d'informations.

Allongé sur un brancard, au centre du box, Ousmane est emmailloté dans un méli-mélo de fils et de sondes. Un drain transperce son thorax, aspirant le sang emmagasiné dans sa plèvre dans une mallette graduée, posée sur le sol. Une sonde d'intubation s'enfonce dans sa trachée pour insuffler l'oxygène indispensable aux cellules de son organisme mutilé. Une autre évacue ses urines rosées dans une poche suspendue au brancard. Son cou est maintenu immobile grâce à un collier cervical. Un amoncellement de capteurs et de fils le relie à un appareil qui mesure ses paramètres vitaux. La machine émet toutes sortes de « bips », des courbes multicolores ondulent sur l'écran. Des poches à perfusion bringuebalent au sommet d'un pied métallique, et s'écoulent selon un débit méticuleusement calculé dans un cathéter implanté sous sa clavicule. Une série de seringues électriques propulse les drogues et les antidouleurs qui le maintiennent dans un sommeil artificiel.

Une blouse de patient est posée sur son torse, lui conférant un minimum de pudeur ; les draps sont tirés au-dessus de son pubis. Il arbore seulement son caleçon, seul rescapé du dépeçage de ses vêtements par les ciseaux des pompiers – premiers à être arrivés sur les lieux.

Sur la chaise, le lieutenant Silas gratte sa barbe de trois semaines. Il pêche son smartphone dans sa veste en jean, et informe sa commandante que le témoin numéro 2 est loin de répondre à ses questions. Qu'il a été salement amoché. Qu'il finira peut-être tétraplégique... Il repense à leur rencontre au commissariat, à son incompréhension, son incrédulité et, comme tout le reste du groupe, il aimerait remonter le temps pour que le jeu de rôle prenne une autre tournure. Avachi près du brancard, il se surprend à tapoter la main du jeune homme.

Ousmane est emprisonné dans son propre corps. Comme enfermé dans une enveloppe corporelle sur laquelle il n'aurait aucune emprise. Étranger de son anatomie. Son cerveau est en éveil – durant de brefs intervalles –, mais il est dans l'incapacité de solliciter ses muscles, de bouger ses membres, de prouver – tout simplement – qu'il est toujours là, au sein de ce monde cynique. Il imagine que cela doit faire cet effet-là d'être enterré vivant. Il a capté des bribes de conversation, lors de son arrivée aux urgences, et il sait à présent qu'Arda est mort. Il a entendu la discussion téléphonique du flic avec sa supérieure, qui l'a accompagné à Purpan. Séquestré sous sa propre peau, il ne peut même pas extérioriser son chagrin, ne serait-ce que verser une petite larme. Son corps refuse toute participation alors que son esprit, lui, est bien actif. Comme une bête enchaînée, muselée. Annihilée de ses mouvements.

Une camisole de chairs et de sang.

Les « bips » du moniteur l'angoissent. Les passages éclair des infirmières ne le rassurent pas ; il aimerait – même s'il est dans le *coma* – qu'elles passent plus de temps avec lui. Qu'elles l'apaisent. Qu'elles le tranquillisent – quitte à mentir – sur ses chances de s'en sortir en un seul morceau. Sur ses deux jambes.

Le flic se tient à ses côtés. Ce même flic qui l'a envoyé paître au commissariat, plus tôt dans l'après-midi. Ce connard, avec ses potes connards, qui a participé au jeu de rôle ayant coûté la vie à Arda.

Ousmane enrage, hurle de l'intérieur. La situation est au comble du paroxysme : il est là – à quelques centimètres de celui qui pourrait peut-être arrêter un tueur en série dévastateur –, mais il demeure inapte à s'exprimer.

À révéler qu'il a vu le *Baba-Yaga*.

44

Samedi 2 décembre, 2 h 25

Le carillon de la porte d'entrée retentit. Encore.

Calfeutrée dans la salle de bains, Claire attend, assise sur le carrelage, dos au meuble du lavabo, les bras encerclant ses genoux, que son visiteur nocturne se lasse. Après s'être lavée, essuyée en quatrième vitesse et avoir enfilé sa tenue d'ambulancière et ses Stan Smith, elle a patienté, interloquée, dans les vapeurs aromatisées.

Ses doigts cramponnent son téléphone portable. Ses petites cellules grises gambergent à toute vitesse.

Après un répit de trente minutes, la sonnette sonne toutes les cinq minutes.

Elle ne mise plus sur un voisin qui aurait perdu son matou – Claire ne comprend pas qu'on puisse avoir une bestiole aussi ingrate et narcissique qu'un chat. Désormais elle sait que son visiteur impromptu a des intentions néfastes. *Il* est venu pour elle.

Elle qui pensait l'avoir échappé belle au laser-tag se retrouve à présent acculée dans la salle de bains avec, vraisemblablement, un ennemi à sa porte. On ne sonne pas chez les gens à deux heures du mat' pour récupérer du courrier égaré dans la boîte aux lettres. À deux heures du matin, seule l'heure du crime sonne.

Elle ne comprend pas où elle a failli, comment on a pu remonter jusqu'à elle et, encore plus extraordinaire, comment on a obtenu son adresse. Mystère. Son audace, insolente, a atteint sa limite en voulant jouer dans la *cour des grands*.

L'idée de fuir lui effleure l'esprit. Réunir ses économies, vider son compte en banque et s'exiler en Espagne – pourquoi pas à Barcelone. Elle calcule qu'elle pourrait y être en quatre heures. Une retraite anticipée au soleil, loin d'une ville rose souillée par un tueur en série démoniaque. Le temps que les choses se décantent. Qu'on l'oublie.

Discrètement, elle se faufile à quatre pattes vers l'armoire jouxtée au lavabo. Son dos la fait souffrir à nouveau ; une grimace de douleur empourpre son teint de porcelaine. Elle s'empare du vanity, jette à l'intérieur les habits qui lui passent sous la main : quelques tops, un jean délavé, un pull, une jupe, un tas de collants, des chaussettes, une poignée de sous-vêtements et une paire de bottes – il ne faut tout de même pas lésiner sur le style ! Elle rassemble ses affaires de maquillage dans une trousse, une brosse à dents, ses cachets pour la thyroïde avec l'ordonnance. Le strict minimum.

C'est lorsque l'on perd tout qu'on réalise la chance qu'on avait, songe Claire en arpentant le couloir immergé dans les ténèbres. Cette vie solitaire que certains pourraient qualifier de peu orthodoxe lui manquera. Certes il n'y avait pas que des bons côtés, mais la vie n'est-elle pas faite de compromis ?

Avec un léger pincement au cœur, un brin nostalgique, elle s'apprête à descendre les escaliers.

Le carillon de l'entrée bourdonne.

Si elle passe par le garage, Claire estime qu'elle peut éviter son tourmenteur qui, visiblement, se tient devant la porte d'entrée. Il faudra la jouer finement, mais elle juge que c'est réalisable. La chance a plutôt bien tourné depuis la veille – dans l'ensemble ; elle compte sur un dernier petit coup de pouce du destin pour l'aider dans son évasion. Direction le soleil. La sangria à dix heures. Les tapas à vingt-deux heures.

L'escalier est vieux. Le bois grince à chaque appui. Claire étouffe un juron en descendant le plus silencieusement possible, agrippée à la rambarde. Les jointures de sa main gauche sont blanches tellement elle serre sa prise ; la droite empoigne son téléphone. Ses yeux sont rivés sur l'écran tactile.

Le salon se profile dans la pénombre : les napperons sur la table en chêne, les chaises en osier, les fauteuils beiges en lin, les cadres des photos de famille cloués sur les briques ocre.

Autre pas. Autre marche. Autre grincement.

Soudain elle s'arrête. Son sang ne fait qu'un tour.

L'alarme s'est déclenchée.

Quelqu'un est entré chez elle.

L'interrogatoire

— Décrivez-nous les témoins en détail, commandant Poujol.

Sandrine a la bouche sèche. Le monologue lui donne soif. Son verre d'eau demeure vide, posé à côté du smartphone qui enregistre ses paroles depuis de longues heures, mais personne n'a daigné lui en offrir un autre. Elle lorgne dessus en avalant péniblement sa salive, s'éclaircit la voix avant de continuer son histoire.

— Le témoin numéro un s'appelait Ludovic Grimaud. Trente-neuf ans. Marié. Des jumelles de sept ans. Domicilié dans un pavillon à Balma. Propriétaire d'un Touareg de la marque Volkswagen. P-DG d'un cabinet d'analyste financier, associé à Tristan Zimmermann, trente-huit ans. Son principal client était une société pharmaceutique, l'EPIX, basée en Suisse, qui est dans le collimateur de l'OCLCIFF, l'Office central de lutte contre la corruption et les infractions financières et fiscales, depuis deux ans, pour des suspicions d'évasion fiscale et de brevets falsifiés. J'ajouterai que l'homme blessé à la jambe que nous avons interpellé, Youri Jafar, était employé comme directeur de la sécurité de l'EPIX. Ses ports d'arme étaient en règle. Nous l'avons disculpé pour le meurtre d'Arda Topal. Il nous a expliqué dans un français approximatif que Tristan Zimmermann lui avait dérobé sa seconde arme.

— D'autres éléments à ajouter sur ce témoin ? s'enquiert *Voldemort*, toujours debout près de la fenêtre, les mains dans le dos.

— Non, monsieur. Ludovic Grimaud n'avait aucun casier judiciaire. Nous avions des soupçons de violences conjugales, mais sa femme n'a jamais porté plainte. Officiellement, nous n'avions rien à lui reprocher.

— Très bien. Passez au deuxième témoin.

— Le deuxième témoin s'appelait Ousmane Mgouma. Vingt-neuf ans. Domicilié rue du Général-Baurot, dans l'Est de Toulouse, comme sa mère d'origine malienne et sa petite sœur. En colocation avec Arda Topal, assassiné au laser-tag par l'associé de Grimaud. Un job de livreur dans une boîte de sushis depuis deux ans, un contrat dégoté par le Pôle emploi de Jolimont. Un permis en règle, mais aucune carte grise à son nom. Nous supposions qu'il conduisait un scooter volé. Lui non plus n'avait rien de vraiment particulier. Un profil assez basique.

Étrangement silencieux depuis de longues minutes, *Gollum* montre les crocs.

— Et le troisième, Poujol ? Accélérez, bon sang !

Forcément, comme c'est demandé si gentiment, Sandrine prend tout son temps avant de poursuivre. Elle tire sur son tailleur, qui ne cesse de rebiquer, dévoilant ses collants magenta jusqu'à mi-cuisse.

— Le troisième témoin nous a donné du fil à retordre. Autant nous avons pu géolocaliser les autres sans difficulté, autant le dernier s'est donné beaucoup de mal pour brouiller les pistes. Le troisième signal capté par le drone – une ligne anonyme – a reborné vers neuf heures trente sur la place du Capitole ; je suis arrivée sur les lieux trente minutes plus tard. J'ai enquêté, interrogé ici et là, jusqu'à ce que je tombe sur un jeune serveur charmant, essoufflé après avoir sprinté, qui m'a narré une histoire intéressante. Une jeune femme a abandonné un téléphone portable sur une des tables du café où ce serveur travaillait. Je crois qu'elle lui avait tapé dans l'œil, d'après ses déclarations. Notre *Roméo* a suivi la *belle* avec l'intention de lui rendre le téléphone. Et plus si affinités. Il m'a avoué qu'il l'a soupçonnée de l'avoir fait exprès. Il l'a talonnée jusqu'à un laboratoire d'analyses médicales du boulevard de Strasbourg, à Jeanne-d'Arc. Il m'a expliqué avoir eu du mal à la rattraper tellement elle marchait vite. En réalité, elle courait presque. Notre *don Juan* l'a attendue à l'extérieur un petit moment. Quand elle est sortie du laboratoire, à son grand désarroi, elle a fait mine de ne pas reconnaître le téléphone et a déclaré que notre bourreau des cœurs avait dû se tromper. Il l'a laissée filer, désemparé, et est retourné à son travail en courant le plus vite possible pour éviter un blâme de son patron. C'est à cet instant que je l'ai croisé ; j'ai donc pu mettre la main sur ce fameux téléphone : un Nokia 3310. Un modèle assez ancien à carte prépayée. Aucune donnée personnelle ; l'appareil était vierge. Nous ne pouvions rien en tirer. Je me suis rendue au laboratoire d'analyses médicales, où j'ai découvert que notre troisième témoin avait récupéré les résultats d'une prise de sang au nom de Claire Vasquez. Trente-deux ans.

Domiciliée dans la maison de ses parents décédés, rue Marie, dans l'Est toulousain. Une Fiat 500 immatriculée à son nom. Ancienne étudiante infirmière, ambulancière à son compte déclarée à l'URSSAF. Les relevés de l'assurance maladie nous ont révélé qu'elle était suivie pour une hypothyroïdie et qu'elle prenait un traitement à vie. La prise de sang avait été effectuée pour contrôler son taux d'hormones. Un second témoin – interne en médecine – a corroboré la description de cette Claire Vasquez, plus tard dans la journée, lorsqu'elle s'est connectée à la boîte mail de son fournisseur d'accès Internet dans un cybercafé. Son opérateur téléphonique nous a informés qu'elle possédait une carte SIM à son nom, mais nous avons été dans l'incapacité de la tracer. Nous avons supposé que, sous l'emprise psychologique du *Baba-Yaga*, elle l'avait ôtée de son appareil pour conserver son anonymat. Je suis passée à son domicile, rue Marie, dans l'après-midi, mais il n'y avait personne. J'ai pensé, en toute logique, qu'elle arpentait les routes au volant de son ambulance. Bien qu'elle ait pris plus de précautions, nous avons découvert un profil aussi classique que les autres. Aucune infraction. Aucun casier. Même si la possession d'une ligne secrète et d'un téléphone à carte prépayée demeurait suspecte.

— Peut-être avait-elle d'autres activités, hasarde *Voldemort*.

— Peut-être, en effet.

— Et Bagaievski, dans tout ça ? expectore *Gollum*.

Sandrine, chiffonnée, arbore une moue sceptique.

— Rien. Aucune trace. Le quatrième téléphone à avoir borné sur le drone était une ligne à carte prépayée au nom d'Andreï Pazik. Cette ligne n'a pas été activée depuis, nous avons été dans l'incapacité de la géolocaliser. Nul doute qu'il s'agissait de Bagaievski. Nous avons envoyé les mêmes messages et les mêmes mails qu'aux autres témoins. Sa présence au lasertag a confirmé que, par un moyen ou un autre, il les avait bien lus.

— Et il a tué ce Tristan Zimmermann, insiste *Gollum*.

— Oui. En prenant la fuite.

Voldemort se rassied, méditatif. *Jabba* se racle la gorge. *Gandalf* change de position dans son fauteuil en soupirant. L'interrogatoire s'éternise depuis des heures, les protagonistes semblent tous souffrir de l'immobilité. Les sièges grincent – surtout celui de *Jabba*. *Gollum*, le regard rivé sur le corps flasque de Sandrine, répand sa mesquinerie verbale avec une suffisance insolente.

— Vous allez finir par nous faire croire au *Baba-Yaga*, Poujol.

Les yeux de Sandrine s'écarquillent.

— Plaît-il ?

— Ce Bagaievski semble bel et bien sorti d'un conte pour enfants. Avouez que vous avez douté. Avouez que vous avez imaginé – l'espace d'une seconde – que le croquemitaine existait. Qu'un fantôme volait de toit en toit pour assassiner des jeunes femmes. Vous devez bien avoir des croyances pittoresques, des légendes folkloriques dans votre pays de bouseux. Dites-nous que vous y avez cru. Dites-nous – à un moment donné – que vous pensiez traquer un être doté de pouvoirs surnaturels.

Sandrine ébauche un sourire taquin.

— Le seul phénomène surnaturel auquel j'ai assisté

au cours de ma vie est votre extraordinaire capacité à braire autant d'inepties en un temps record.

Gollum s'éjecte de son siège.

— Poujol ! s'égosille-t-il, le visage cramoisi, congestionné.

Le timbre grave de *Gandalf* secoue le bureau.

— Assez avec vos sottises ! Et ne l'approchez pas.
— Et pourquoi ça ? ricane *Gollum*, hors de lui.
— Par sécurité.
— Vous avez peur pour votre boule de graisse ? Comme c'est mignon.
— Pour *votre* sécurité.

Gollum, surpris, recule subrepticement la tête. Il toise Sandrine, inébranlable, dont un sourire discret est apparu au coin des lèvres.

La lumière décline. *Voldemort* se lève, majestueux, inondant la pièce de son aura sombre et autoritaire.

— Cessez ces enfantillages puérils. Où croyez-vous que nous sommes ?

Il se tourne vers *Gollum*.

— Vous, assis.

Puis pivote vers Sandrine.

— Vous, vous êtes plus maligne que lui, cessez de le chercher.

Gollum ouvre la bouche.

— J'ai dit assez !

Le petit être rabougri triture les coutures de sa veste. *Voldemort* adresse un signe de tête à *Jabba* et à *Gandalf* avant de se réinstaller près de la fenêtre, droit comme un I, les mains derrière le dos.

— Bien. Messieurs, reprenons. Si vous voulez bien continuer, commandant Poujol, que s'est-il passé après le laser-tag ?

Sandrine opine de ses mentons.

— Bien, monsieur. L'équipe de déminage a sécurisé la zone. Apparemment la bombe artisanale ne risquait pas d'exploser, à notre grand soulagement. Mais nous étions déboussolés. Nous connaissions tous les *compétences* de Bagaievski, mais jamais personne n'aurait pu imaginer qu'il aurait recours à ce genre de méthode aussi *explosive*, si vous me permettez l'expression. Il nous a dupés. Encore une fois. Nous étions tous désarçonnés. Après des mois d'enquête, nous découvrions encore des facettes de sa personnalité.

— Bien. Et ensuite ?

— Ensuite nous avons appréhendé nos témoins.

Pause de Sandrine. Inspiration.

— Et l'un d'entre eux est mort.

45

Samedi 2 décembre, 2 h 45

Le vent cingle le boulevard de l'Embouchure. L'esplanade est déserte, seul un groupe de prostituées, emmitouflées dans des doudounes, discute en roumain, fumant cigarette sur cigarette devant les portes vitrées de l'hôtel de police.

Une voiture passe sur la deux voies. Fonce en direction de la gare. Puis le silence glacial reprend ses droits. Deux SDF refont le monde de l'autre côté de la route. Ils titubent, éméchés, pantelant le long du sentier qui borde le canal du Midi, tirés par leur meute de chiens tels des mushers urbains. Leurs voix s'élèvent dans la nuit hivernale.

Ludovic ajuste les pans de son caban. Sa cigarette électronique expulse des panaches de fumée dignes d'une locomotive. Il arpente l'esplanade vers le trottoir, sans idée précise de la direction à prendre. Les flics ont ramené son Touareg dans son pavillon, à Balma, et il a décliné la proposition du lieutenant Park de le raccompagner chez lui. Le stratagème pour lui extorquer d'autres renseignements était grossier ; il refuse de passer une seconde de plus avec cette bande de poulets manipulateurs.

Le discours qu'il va pondre à son avocat demain matin est déjà parfaitement rodé dans sa tête ; il compte tout mettre en œuvre pour virer ces cow-boys marginaux qui ont outrepassé leurs droits. Ludovic ne connaît rien au Code pénal, mais il est prêt à parier qu'il peut tous les rayer des forces de l'ordre et, tant qu'à faire, amasser un joli pactole de dommages et intérêts. Le préjudice qu'il a subi cicatrisera peut-être sur son visage, mais en aucun cas au fond de son cœur.

Cette nuit, il a renoué avec ses vieux démons : la drogue, les violences envers *l'autre*. Il soulage sa conscience comme il peut en s'intimant que, comme d'habitude, elle l'a bien cherché. Qu'elle n'a eu que ce qu'elle méritait.

Cette nuit, toujours, il s'est résolu à tuer un homme et, surtout, il a perdu son associé, son ami de longue date. La mort de Tristan rouvre de vieilles blessures, des secrets profondément enfouis dans sa mémoire, occultés avec les années. Comme la fois où Ludovic, ivre et défoncé, a percuté cette jeune femme avec son véhicule de fonction, il y a une dizaine d'années, alors que Paris s'éveillait et que, dans toute sa lâcheté, il l'a laissée pour morte, agonisante, sur le bord des quais de la Seine. Désormais il devra supporter seul le poids de la culpabilité. Ces flics vont lui payer cher, très cher, jure-t-il en ôtant son gant et en s'emparant de son smartphone.

Il erre sur le trottoir. Effectue des allers-retours devant l'hôtel de police, suscitant des moqueries de la part du groupe de prostituées. Ludovic les soupçonne d'accompagner une de leurs collègues.

La colère s'effrite peu à peu. La fatigue le happe et l'assomme comme un coup de massue. Toute la pression retombe subitement. Ses épaules s'affaissent. Il traîne des pieds. Ses baskets de running raclent le bitume. Il hésite à appeler *l'autre*, mais suspend son geste au dernier moment, de peur de tomber sur sa belle-famille. Les explications seront pour plus tard. Ludovic manie l'art de noyer le poisson et d'éluder comme personne, cette bande de ploucs gobera tout, comme d'habitude. Et *l'autre* la fermera, comme d'habitude. Elle a trop à perdre, elle le sait. Il pense à ses amours, ses princesses, et compte les minutes où il pourra les serrer dans ses bras.

Une voiture de police surgit du parking souterrain, sirène hurlante. La criminalité ne dort jamais. Ludovic sursaute. Il prend son mal en patience. À cette heure-ci, aucun transport en commun ne peut le ramener chez lui, dans la banlieue de Toulouse.

En mémoire pour feu Tristan, il n'a pas commandé de taxi. Il a opté pour le moyen de transport qu'affectionnait son associé.

Il a contacté un Uber.

Samedi 2 décembre, 2 h 50

Ousmane sent qu'on déplace son lit. Il a du mal à le définir, mais il souffre d'une désorientation qui pourrait s'expliquer uniquement si son corps était en mouvement. Il a la tête qui tourne ; ce sentiment lui donne la nausée.

Il distingue une voix. Puis une deuxième. Il comprend que l'interne des urgences et un infirmier débriefent les matchs de foot qui ont eu lieu ce soir. Ou plutôt hier soir. Ousmane n'a plus la notion de grand-chose, plus aucune acuité temporo-spatiale. Les blouses blanches vantent les mérites de leur club respectif, l'un semble pour l'OM, l'autre pour le TFC. Elles poussent le brancard à travers les couloirs interminables du CHU de Purpan, comme l'aurait fait Arda s'il avait été d'astreinte, s'il avait été encore de ce monde…

Direction le service d'imagerie médicale. Ousmane suppose qu'il va passer ce fameux scanner, celui qui déterminera s'il remarchera un jour. Finir handicapé le terrifie, terminer sa vie dans un fauteuil roulant est inenvisageable. Il refuse de vivre dans un centre comme dans ce film, *Patients*, qui l'a autant ému qu'amusé. Un film qu'il a vu avec Arda… Non, à bien y réfléchir, il préfère encore mourir.

Les néons aveuglants jalonnent les dalles du faux plafond, le couloir n'en finit pas. Un silence angoissant règne dans l'étage lugubre. Ousmane se rend compte que les soignants n'ont pas parlé depuis un moment. Leurs opinions footballistiques ont-elles divergé au point de les rendre taciturnes ? Cette désagréable impression de flottement a disparu, il suspecte que son lit est à l'arrêt. Où sont passés l'interne et l'infirmier ? Où l'ont-ils laissé ?

Les minutes s'égrènent. Le temps devient long et Ousmane se demande ce qu'il est advenu de ses chauffeurs hospitaliers. Il ne les entend plus depuis longtemps. Trop longtemps.

Que se passe-t-il ?

Les dispositifs médicaux jonchent le brancard. Des seringues électriques, des poches à perfusion et des sondes s'emmêlent entre les draps. Des tuyaux translucides courent sur son visage paisible – paupières fermées –, guindé par le collier cervical. Le scope est collé à ses oreilles et émet des bips tapageurs et nocifs directement dans ses tympans.

Emprisonné dans sa carapace de chairs et de sang, incapable de remuer le petit doigt, Ousmane sent l'angoisse l'assaillir. On l'a oublié dans ce couloir désert. Une voix intérieure lui dicte qu'il se passe quelque chose d'anormal. Qu'un danger approche. Il est exposé au milieu de nulle part, seul, vulnérable. Et sans moyen de se défendre.

Dans les abîmes de son corps flasque et immobile, son esprit, lui, sonne la panique générale.

Que se passe-t-il ?

Samedi 2 décembre, 2 h 55

Claire passe par le jardin, derrière la maison de ses parents.

Bonnet enfoncé sur la tête. Mitaines aux mains. La sangle de son vanity creuse un chenal sur sa veste d'ambulancière, entre ses seins. Le sac de transport heurte ses hanches à chaque mouvement, faisant tinter la fermeture Éclair. Claire grimace : elle fait trop de bruit.

Son visiteur nocturne est entré dans la maison par effraction. L'alarme a été activée. Il ne peut s'agir des flics, suppose-t-elle. Elle doute que la police s'attelle à une violation de domicile en brisant la fenêtre de la cuisine. Non, la menace est bien réelle : un danger mortel plane au-dessus de sa tête.

Tout le quartier est calme, endormi. À cette distance

du centre-ville, la petite rue est épargnée par la circulation et le tumulte des fêtards.

La remise se découpe dans l'éclat blême de la lune. Claire coupe par les mauvaises herbes luisantes de givre, sous le ciel blafard de la nuit ouatée, gorgée de neige. Le sol est glissant ; les semelles de ses Stan Smith dérapent sur la pelouse humide. Ses bras fendent l'air, elle conserve l'équilibre tant bien que mal. Encore quelques mètres. Elle court, penchée en avant, s'abrite derrière la façade de la cabane plongée dans l'ombre. Plaquée contre les planches de bois mouillées, elle se risque à jeter un œil vers la maison.

Les lumières du salon et de la cuisine sont allumées. À travers la baie vitrée, elle peut voir le canapé, la cheminée, les tableaux en noir et blanc qui ornent les murs, le MacBook posé sur la table basse. Son visiteur a pris ses aises, il ne cherche même pas à rester discret. Paradoxalement, Claire sait que c'est le meilleur moyen de ne pas éveiller les soupçons du voisinage : l'éclairage d'une lampe torche furetant une maison immergée dans le noir est plus suspect que la banale ampoule du salon.

Cachée derrière la remise, elle évalue la distance jusqu'au garage. Moins de dix mètres. Son cœur tambourine dans sa poitrine comme une machine à laver. Claire desserre la sangle du vanity pour amoindrir cette sensation d'étouffement qui oppresse sa cage thoracique. Elle absorbe de grandes goulées d'oxygène, l'air froid brûle ses poumons à chaque inspiration. Des nuages de vapeurs éphémères s'échappent de sa bouche.

Les cristaux de gel scintillent sur les touffes d'herbes éparses. La maison paraît silencieuse. Personne en vue. Claire se lance. Sprinte vers le garage, contourne le figuier. Se colle contre le mur. Le plus doucement possible, elle longe la bâtisse, plaquée au crépi blanc qui accroche sa veste, puis apparaît à l'angle de la façade de l'entrée.

Le portail est ouvert, la porte du garage aussi. Sa Fiat 500 dort à l'intérieur. Claire progresse, accroupie, jusqu'à la calandre de la voiture. Toujours aucun bruit. Personne à l'horizon.

Elle pose un pied sur les graviers de l'allée. Putain de graviers ! Ils font trop de bruit. Elle appuie ses semelles à plat pour éviter tout crissement susceptible de trahir sa présence. Comme une spationaute, elle marche en levant exagérément les genoux. La liberté est à quelques enjambées. À portée de main. Soudain la porte d'entrée s'ouvre.

Claire se fige une demi-seconde, puis saute se cacher dans le garage. L'ombre d'une silhouette se démarque sur le perron. Une silhouette encapuchonnée. Claire retient sa respiration, clouée contre le mur, le ventre rentré. Une main devant la bouche. En apnée. Le cœur battant la chamade. Mortifiée.

L'ombre avance dans sa direction, remuant les graviers sur son passage. Un mot parvient jusqu'aux oreilles de Claire. Un mot lâché comme une insulte de dépit.

Un juron.

Un juron dans une langue qu'elle ne connaît pas.

On dirait du russe.

46

Samedi 2 décembre, 2 h 58

Le *Baba-Yaga* a bazardé sa dernière victime sous un pont, le long du canal du Midi. La quinzième ou la seizième, il ne sait plus. Quand on aime on ne compte pas. Le contexte l'a contraint à agir dans la précipitation, il ne se souvient plus où il a balancé la carcasse de la jeune femme. Les journaux lui raviveront la mémoire dans quelques heures. Le plus important est que le monde sache, que l'on découvre dans quel état elle a terminé et à quel point elle a été humiliée, souillée.

Comme pour les précédentes, il a enterré ses effets personnels dans le bois qui jouxte *l'antre*, puis il a vidé la moitié d'un extincteur sur sa peau pour effacer ses traces. Mais il doute que le ballon qu'il a accroché à son orteil soit encore présent quand on la trouvera. Après le roulé-boulé qu'elle a effectué en dévalant le talus jusqu'à la berge du canal, le ballon a dû s'envoler ou éclater. Tant pis. Ce soir il avait des circonstances atténuantes.

Il a laissé sa camionnette au coin de la rue. Sa cible est repérée. Il devine sa présence, tout près, à une poignée de mètres. Elle pense qu'il ne l'a pas vue. Qu'elle est en sécurité. Que les êtres humains sont crédules…

Le *Baba-Yaga* attend, tapi dans l'ombre, à l'angle du mur. Sa fierté en a pris un coup : son anonymat est compromis, son secret est menacé. Il est prêt à corriger cet importun, cet impondérable. Ce nuisible.

Baptiste Bagaievski : c'est le nom inscrit sur sa carte grise. Un nom qui sonne bien. Une identité parmi tant d'autres. Un patronyme proche de *Baba-Yaga*. Bien évidemment, c'était voulu. Les médias ont fait suivre le sobriquet comme les marionnettes serviles qu'ils sont. *So easy !*

Bagaievski – ou peu importe son nom – n'a jamais arraché les pattes d'une mouche vivante, dépecé le chat de la voisine ou brûlé les boîtes aux lettres de son quartier. Les profileurs et les psychiatres sont des charlatans, rien ne laissait penser qu'il aurait un jour ce genre de *hobbies*.

Sa scolarité a été tout ce qu'il y a de plus normal. D'une banalité ennuyeuse, à vrai dire. Une mère-institutrice, un père-clown, qui lui gonflait des ballons en forme d'animaux quand il était petit. Les similitudes entre son enfance et son mode opératoire s'arrêtent là. Il ne faut pas chercher midi à quatorze heures. Des ballons, il y en a toujours eu plein sa maison, et il a estimé que ça donnait une touche *fantaisiste* sur ses victimes. Il ne faut pas constamment trouver un lien de cause à effet. Parfois on fait avec ce que l'on a sous la main. Point barre.

Mais un incident a bien changé le cap de sa vie,

alors que son destin semblait tout tracé. Lorsqu'il avait dix-sept ans. Dans les douches des vestiaires du club de handball où il jouait depuis l'âge de douze ans. Après l'entraînement, trois joueurs de l'équipe des moins de vingt ans – la catégorie supérieure – ont investi les douches. Au milieu des vapeurs d'eau chaude, de déodorants et de transpirations, deux types l'ont maintenu contre le carrelage pendant que le dernier s'attelait à lui enfoncer son engin dans un orifice peu initié à ce genre de pratique. Puis ils ont inversé les rôles. Une fois. Deux fois. Laissant notre futur tueur en série prostré sous les jets brûlants. Violé. Choqué. Humilié. Mais… comblé. La vérité est que le *Baba-Yaga* a aimé chaque seconde passée sous cette douche. Depuis sa vie a changé.

Un dilemme moral a débuté dans son esprit, un conflit intérieur sur la notion de ce qui est juste et ne l'est pas. Sur ce qui est normal et ne l'est pas. Pourquoi a-t-il apprécié ce qu'il est catégoriquement inenvisageable d'apprécier ? Une dualité est née lors de ce jour sombre de son existence, son âme s'est scindée en deux. Et jusqu'à aujourd'hui, cette fêlure n'a toujours pas cicatrisé et il ignore où placer le curseur entre le Bien et le Mal.

Malgré tout, un esprit de revanche a germé dans sa tête. Parce qu'il n'était pas consentant, qu'il n'a pas eu son mot à dire, sous cette douche, il a eu envie de se venger. Par principe. Par curiosité.

La vengeance n'est pas un plat qui se mange froid. C'est un plat que l'on peut surgeler, congeler à souhait, mais, lorsqu'on le consomme, il brûle les papilles, comme un feu ardent qui vous consume de l'intérieur.

Le *Baba-Yaga* a lutté, jour après jour, contre la

tentation de tuer. Ce sentiment l'a rongé jusqu'à devenir un fantasme, une obsession. Une maladie. Comme une voix dans sa tête qui lui intimait de passer à l'acte. Il a su résister durant deux années, avant de succomber à ses désirs. Il a retrouvé un de ses violeurs, après un tournoi de handball, dans sa voiture, et lui a administré cinq millilitres d'insuline rapide en sous-cutanée. Et il l'a regardé s'éteindre à petit feu. Jusqu'à l'extinction définitive. Craignant les représailles et par respect pour ses proches, il s'est défendu de réitérer, même si pendant des années l'envie de tuer l'a empêché de vivre une vie normale. Il craquera à l'âge de trente ans.

L'*incident* des douches a également participé à nourrir sa haine des êtres humains. Il a soupçonné des membres de son équipe d'être au courant. Mais ils n'ont rien dit, rien fait. Les silences, les regards en coin, les remarques désobligeantes et le sentiment d'exclusion ont cultivé le dégoût que lui inspire la race humaine.

Alors il a abandonné le sport, ses études – avant un renvoi imminent pour mauvaise conduite –, et s'est retranché dans un monde virtuel où personne ne pouvait le juger. Un monde imaginaire, rassurant, exempté de la perversion des Hommes. Un monde idyllique d'*heroic fantasy*. Il s'est immergé dans les jeux de rôle en ligne, des MMORPG tels que *World of Warcraft* où il a créé sa guilde – *Baba-Yaga* –, et commandé une légion d'une centaine d'avatars anonymes. Dans cette vie numérique, on le respectait, on l'adulait, on le vénérait pour ses qualités de chef. C'était la première fois de son existence qu'il goûtait à ce plaisir.

Passionné d'informatique, il s'essaye au codage, et conçoit à vingt-cinq ans une application mobile dédiée aux joggeurs qui mesure et enregistre les paramètres vitaux. Cette appli connaît un certain succès car elle est dotée d'un signal de détresse qui permet d'alerter les secours en cas de problème, d'une simple pression sur n'importe quelle touche d'un smartphone.

À trente ans, il effectue une mise à jour qui, au lieu de prévenir les autorités, bascule le signal de détresse sur sa propre messagerie électronique. C'est ce stratagème qu'il utilisera pour choisir ses quinze victimes toulousaines. Des victimes représentées par un point rouge sur son téléphone portable, suivant les déplacements en temps réel : le rêve de tout tueur en série. Des proies faciles, victimes de la technologie de l'application mobile. Une myriade d'opportunités de passer à l'acte.

Après avoir connu la gloire dans les jeux de rôle en ligne, il s'oriente vers une autre activité qu'il peut aisément pratiquer derrière son ordinateur. Doté de capacité de raisonnement, de patience et d'un goût prononcé pour les mathématiques, il s'intéresse au poker. Au poker en ligne. Le rêve américain accessible chez soi, devant un écran. Il ne fait aucun doute que ses facultés de stratégie utilisées lors des parties de *World of Warcraft* lui offrent un atout inestimable pour percer sur les tables virtuelles. Il se met à gagner. Beaucoup. Bien au-delà de ce qu'il aurait pu espérer un jour.

Fasciné par la partie immergée du web – le *darknet* –, il crée plusieurs identités factices et ouvre des comptes sur plusieurs sites de poker en ligne. Il enchaîne les tournois, de jour comme de nuit, abandonnant ses autres activités. Pour lui, ce jeu est facile, évident. Simple. Il renie tous les concepts de bluff, de *poker face* – surtout derrière un écran où personne ne peut se voir. Il préfère percevoir cette discipline comme une combinaison de logique et de statistiques. Le poker : ce sont des pourcentages. Ni plus ni moins. Il joue comme jouerait une machine. Son cerveau mute en processeur d'ordinateur. Et il devient millionnaire à vingt-neuf ans.

À trente ans, il gagne un ticket pour un tournoi prestigieux, à Londres, dans le cadre de l'*European Poker Tour*. Il termine à la table finale et empoche la coquette somme de deux cent cinquante mille livres sterling. Et c'est lors de cette soirée victorieuse – et dans un contexte familial difficile – qu'il va assister à la scène qui va chambouler sa vie. Dans le sens catastrophique du terme, cette fois-ci.

Il se souvient de tous les détails : la table de poker recouverte de velours ; les appuie-coudes en cuir ; la chaleur des spots d'éclairage ; la forêt de trépieds des caméras de télévision ; le croupier dans sa tenue scintillante, prouvant sa dextérité en mélangeant les cartes ; les effluves d'alcool ; les regards inquisiteurs des autres joueurs, forant son âme comme des détectives pour déceler la moindre faille, le moindre *tell*, le moindre indice révélateur sur son comportement. Et, *a fortiori*, sur ses cartes.

Et, bien sûr, il se revoit, lui, avec ses lunettes de soleil qui lui masquent le regard, sa capuche noire rabattue sur la tête et le casque qui lui mange les trois quarts du visage. L'adrénaline courant dans ses veines. Canalisant son stress. Maîtrisant ses émotions et ses gestes pour ne rien laisser transparaître. Indéchiffrable.

La scène se déroule sous ses yeux, opacifiés par les verres teintés. Une hôtesse en minijupe au ras des pâquerettes et décolleté affriolant se dandine, roule du popotin en escortant les joueurs éliminés jusqu'à la zone de presse. Elle se fait alpaguer par un homme d'âge mûr, élégant, sûr de lui – genre producteur de cinéma. Le dandy chuchote à l'oreille de la plante verte-potiche décolorée en tenue moulante, perchée sur ses hauts talons. En toute impunité – sans aucune pudeur –, il glisse sa main sous la minijupe. La potiche conserve ce sourire crispé, artificiel, plein de dents trop blanches, modelé sur son visage de poupée Barbie. Indéfectible. Indifférente au harcèlement. Tentant de faire bonne figure comme si de rien n'était en masquant sa gêne. Totalement passive. Assujettie. Soumise.

À cet instant, un fusible a pété dans le cerveau du *Baba-Yaga*. Il en a oublié la partie de poker. Peut-être était-ce l'accumulation du stress, le jeu, les mauvaises cartes, le dernier *bad beat*, le tapis de jetons qui fondait comme neige au soleil, les caméras ou la chaleur des éclairages ; quoi qu'il en soit, toutes ses frustrations se sont cristallisées en une vague de haine incommensurable. Une rage destructrice, redoutable et insatiable, qui a déferlé dans son for intérieur.

Une pulsion meurtrière irrépressible.

Contrairement à ce que l'on pourrait penser, cette haine n'était pas orientée vers cette caricature de mâle pathétique. Les Hommes sont comme ils sont depuis l'aube des temps. Personne ne les changera. Leur stupidité les rend tellement prévisibles que cela en devient déconcertant. Ce sont des animaux écervelés, obsédés par l'image qu'ils renvoient et obnubilés par le truc qui leur pend entre les jambes. Pour eux, c'est peine perdue.

Non. Misanthrope jusqu'au bout des ongles, éprouvant une profonde aversion pour le genre humain, le *Baba-Yaga*, assis à la table de poker, a focalisé toute sa rage sur la femme. Sur la bimbo pas foutue de dire « non ! », de dire « stop ! », de repousser l'offense qu'elle subissait et qui faisait comme si tout était normal. Déconcentré, le *Baba-Yaga* s'est fait éliminer du tournoi lors de la *main* suivante.

Plus tard dans la soirée, il a retrouvé l'hôtesse et, usant de ses charmes, il l'a invitée dans sa chambre d'hôtel. Et il l'a punie. Corrigée pour son manque de caractère. Son absence de riposte face à ce bipède masculin misérable et abject.

Depuis ce jour, il morigène les Femmes à sa façon. Il se déchaîne sur ce sexe qui s'efforce de rester faible par sa passivité dans les combats de tous les jours. Ces filles qui se maquillent, s'épilent, se tartinent le visage avec des crèmes pour éviter de vieillir, qui font du sport pour sculpter un corps de rêve comme dans les magazines *people*, mais qui ne sont pas foutues de lever le petit doigt quand elles se sentent humiliées. Conciliantes aux écarts de conduite de ces mâles idiots.

Le *Baba-Yaga* les déteste. Toutes. Sans exception. Un être qui hait les Femmes. Un misogyne radical. Il est la main vengeresse, le bourreau du féministe extrémiste qui exécute ses partisanes pour les châtier à cause de leurs faiblesses.

C'est en forgeant que l'on devient forgeron ; c'est en écrivant que l'on devient écrivain ; c'est en tuant que l'on devient tueur en série. Dans tous les cas, seule la pratique permet de perfectionner son *art*. Le *Baba-Yaga* n'a plus hâte de voyager à travers l'Europe pour s'épanouir au poker, mais pour récidiver le plaisir intense, jouissif, qu'il a connu en supprimant cette hôtesse londonienne.

L'année suivante, il organise ses couvertures pour œuvrer dans l'ombre et assouvir ses fantasmes de meurtre. Sur le *darknet*, pour la modique somme de cinq mille euros, vous pouvez acquérir la vie de qui vous voulez. Une personne qui existe – une usurpation d'identité – ou un individu complètement fictif. En 2015, à l'âge de trente ans, il achète à un pirate informatique des milliers de données dérobées à la société Uber. Des milliers d'identités différentes. Il s'imagine alors une existence illusoire autour de Baptiste Bagaievski – quatre mille euros pour une vie entière : de l'acte de naissance aux déclarations URSSAF, en passant par une carte d'identité, un numéro de Sécu, un code PIN et tous les diplômes imaginables. Il donne vie – numériquement – à quelqu'un qui n'existe pas. Il utilise les données dérobées à Uber pour nourrir le mythe du chauffeur Bagaievski – et sa Skoda Octavia imaginaire –, alimentant les réseaux sociaux avec des profils bidon ou usurpés. Il a même loué les services d'un pirate informatique pour falsifier les localisations GPS des véhicules de l'entreprise de transport. Quand on ne sait pas faire, on demande aux personnes compétentes. Tout se monnaye sur Internet. Avec les données bancaires, il programme des virements automatiques pour justifier son activité professionnelle, il fait fructifier son compte sans arpenter l'asphalte. Dans le même temps, les transactions frauduleuses et les déplacements illusoires de sa Skoda permettent de fabriquer des alibis irréfutables. Physiquement, le visage de Baptiste est un montage photo d'un mannequin russe des années 1990 qui, grâce à Internet et Photoshop, a pu ressusciter et s'offrir une nouvelle jeunesse sur les réseaux sociaux, perpétuant la crédibilité de la légende Bagaievski.

Le *Baba-Yaga* a créé le profil du coupable idéal aux yeux du monde.

En parallèle, il emprunte une identité différente pour les billets d'avion, les chambres d'hôtel et les inscriptions des autres EPT, mais aussi pour ouvrir des lignes téléphoniques, des comptes en banque, des cartes grises et des immatriculations. Sans que l'on remonte jusqu'à lui.

Tel un fantôme.

Il est n'importe qui. Il est *personne*.

Tueur étant un travail à temps plein, il se détourne du poker et transfère la quasi-totalité de ses gains en Bitcoin. La chance finit toujours par tourner – inexorablement ; il a su couper le robinet des pertes avant de se retrouver sur la paille. L'excitation du crime cristallisant toute son attention, il tire un trait sur le jeu de cartes en ligne, lucrativement versatile. Il s'octroie malgré tout une soirée par semaine – le jeudi – pour revivre les sensations euphoriques de l'appât du gain et de l'adrénaline lors de *vraies* parties, avec de *vrais* joueurs.

Le club de poker clandestin était une aubaine : le *Baba-Yaga* affectionnait sa discrétion. C'est un magistrat qui lui a refilé le tuyau.

Par chance, il possède un repaire à dix minutes de Toulouse : *l'antre*. Idéal pour officier en toute clandestinité, loin de la civilisation. Ses victimes peuvent hurler autant qu'elles le souhaitent, jamais personne ne les entendra. Ce repaire, comme tous les autres lieux qu'il fréquente, dispose d'un système d'alarme connecté, sophistiqué et pratiquement indétectable, qui le prévient en cas de visite ou d'intrusion, directement sur son mobile. Avant cette nuit, et cette opportunité inespérée d'éradiquer tous ses ennemis d'une traite, la bombe artisanale était placée autour de *l'antre* pour détruire les preuves de ses activités, dans l'éventualité – certes peu probable – d'une visite policière.

Ça fait longtemps qu'il ne craint plus la police. Les flics sont à côté de la plaque depuis le début. Il s'est immiscé dans l'enquête. Il est parmi eux. Invisible. Il a même porté sa contribution… Et même ce soir, alors qu'il était au cœur du jeu de rôle – très divertissant, soit dit en passant –, personne n'a été en mesure de le démasquer.

Que ses téléphones aient borné la veille sur le gadget sophistiqué – le drone : *soit*. Si ça leur fait plaisir. Encore des fausses pistes qui les aiguilleront dans une mauvaise direction. La ligne au nom d'Andreï Pazik s'est activée. *Soit*. Pas grave. Les signaux des six autres portables à carte prépayée, rangés dans la boîte à gants, auraient pu émettre que cela n'aurait eu aucune répercussion. Son smartphone personnel, lui, est constamment conservé dans un étui cage de Faraday qui brouille les ondes émises. Intraçable.

Depuis des semaines, le *Baba-Yaga* fait preuve d'une arrogance hors du commun. Il se considère au-dessus de tout soupçon. Son VPN lui assure l'anonymat informatique, ses empreintes digitales et ADN ne figurent sur aucune base de données. Il connaît l'emplacement de chaque caméra de surveillance implantée en ville – trois clics sur Internet permettent de glaner ces informations. Il a la prétention d'exceller dans son registre, qu'il est inarrêtable. Qu'aucun flic ne lui arrive à la cheville. Alors il augmente la fréquence de ses meurtres, insouciant, reproduisant les gestes de son mode opératoire qui ont mûri dans sa tête, durant des années, jusqu'à aboutir à une chorégraphie mortelle d'une précision d'orfèvre.

Sa confiance en lui, décuplée avec les mois qui s'écoulent, lui confère une assurance à toute épreuve, frôlant parfois la limite du raisonnable en s'exposant comme il l'a fait ce soir. Il a perdu la notion du danger, convaincu qu'il est au-dessus des lois, au-dessus des dieux, que personne ne le stoppera dans sa furie meurtrière, sa spirale destructrice, cette escalade enivrante de violence. Il a pris goût au crime, à ce sentiment de toute-puissance qu'il procure et, telle une drogue, il est addict au plaisir de faire souffrir, de torturer, d'humilier. D'ôter la vie. Le meurtre s'est inscrit dans son ADN ; il est devenu un besoin biologique.

Jamais il ne s'arrêtera.

La paume épouse les contours de la crosse. Le doigt se positionne derrière la gâchette. Enfoui dans la poche centrale de son sweat à capuche, le Glock 9 mm loge dans sa main crispée, moite, légèrement tremblante. Le poids de l'arme tend le tissu du vêtement.

Le *Baba-Yaga* sort de sa cachette. Surgit devant le mur.

Samedi 2 décembre 2 h 59

Ludovic fait les cent pas sur l'esplanade de l'hôtel de police. Le vent rabat les pans de son caban contre son visage rugueux, sale. Exténué.

Soudain il s'immobilise.

Un homme avance dans sa direction, sous les éclairages pisseux des lampadaires. Il progresse d'une démarche volontaire, intimidante. Menaçante. Les mains dans les poches.

Ousmane entend les portes d'un ascenseur s'ouvrir. Des bruits de pas résonnent, font écho dans le couloir désert et lugubre du CHU. Ils approchent vers son brancard.

Trop tard…

Claire ne peut qu'observer le canon de l'arme brandi devant elle. Ses yeux azur passent de gauche à droite ; elle n'a plus le temps de réagir. Elle est faite comme un rat. Prise au piège.

Les rêves de liberté et d'évasion s'envolent. L'espoir se volatilise. Le chemin s'arrête ici, devant la Fiat 500 que ses parents lui ont offerte pour ses dix-huit ans.

Ses lèvres se décollent. Elle n'a pas le temps de prononcer un mot que la première balle lui déchire la poitrine et l'expédie contre le pare-chocs de la voiture.

La silhouette encapuchonnée avance, lentement, la surplombe dans la pénombre du garage, épinglée par l'ampoule vacillante. Son visage est tantôt dans l'ombre, tantôt dans la lumière jaunie, capricieuse.

La deuxième balle pénètre près de la première ; Claire expectore une mousse brune en hoquetant. Un air d'incompréhension peint son teint crayeux. Elle pâlit à vue d'œil.

La silhouette se tient juste devant elle. Pointe son arme contre le bonnet.

Inexplicablement, Claire éprouve une forme de soulagement.

La dernière balle brûle la laine blanche, perfore la boîte crânienne puis la carrosserie, aspergeant le capot et le pare-brise de sang et de matière cérébrale en une fresque immonde.

L'interrogatoire

— Et si c'était un flic ?

Sandrine arque un sourcil, songeuse.

— Plaît-il ?

Gollum s'appuie sur les accoudoirs. Il réitère sa réflexion à voix haute.

— Un flic, Poujol. Et si vous traquiez un type de la maison depuis le début ?

— Une hypothèse qui expliquerait bien des choses, commente *Jabba* en s'épongeant le front avec son mouchoir.

Sceptique aux remarques, *Voldemort*, à nouveau assis, toise néanmoins Sandrine dont la réponse tarde à venir.

— Donnez-nous votre point de vue, commandant Poujol.

Méditative, Sandrine jette un œil furtif vers *Gandalf*, puis étire ses petites jambes replètes sous le bureau avant de s'exprimer.

— Soit. Il est évident que Bagaievski se tenait informé de l'évolution de l'enquête. Je ne peux pas dire le contraire. Comme je l'ai dit précédemment, il connaissait chaque membre de l'équipe. Mais de là à soupçonner un...

— Et comment expliquez-vous qu'il connaissait vos visages ? coasse *Gollum*.

— J'imagine qu'il nous surveillait. Qu'il nous épiait. Peut-être était-il même présent sur les scènes de crime durant la levée de corps. Allez savoir...

Gollum ondule sur son siège, ses mains forment une sphère de doigts. Il répand son poison verbal d'une voix nasillarde.

— Et s'il avait exécuté votre collègue, le lieutenant Castagner, à la sortie 16, justement parce qu'elle avait reconnu un lieutenant de police, par exemple. Ou un commandant. Quelqu'un en qui elle avait confiance. Peut-être même un membre de votre équipe...

Sandrine se tourne vers *Gandalf* en désignant *Gollum* de son pouce potelé.

— Il est sérieux ?

Le *magicien* demeure impassible derrière ses lunettes fines. Il lisse sa longue barbe en expulsant sa fumée.

— Répondez, Poujol ! éructe *Gollum*.

— Répondre à quoi, au juste ? Qu'entendez-vous par ces insinuations ? Est-ce une accusation ?

Gollum retrousse ses babines. *Voldemort* intervient.

— Allons, il suffit. Mais il est indéniable que Bagaievski s'est immiscé dans l'enquête pour conserver un temps d'avance. Peut-être est-ce un homme que vous avez déjà croisé, peut-être même interrogé sans le savoir.

— Ce ne serait pas le premier tueur en série à vouloir participer à l'enquête, confirme *Jabba*, de plus en plus loquace.

Sandrine, qui n'a toujours pas digéré les sous-entendus de *Gollum*, opine à contrecœur.

— J'admets qu'il est possible que nous ayons croisé sa route. Cette éventualité nous a déjà effleuré l'esprit.

— Terminez votre histoire, l'exhorte *Voldemort*.

La commandante époussette son tailleur.

— Après le laser-tag, le lieutenant Park a entendu Ludovic Grimaud ici même. Dans nos bureaux. Le lieutenant Silas est resté au chevet d'Ousmane Mgouma toute la nuit. Après une première visite infructueuse au domicile de Claire Vasquez, j'y suis retournée aux environs de quatre heures du matin. C'est là que j'ai découvert son cadavre dans le garage. Le *Baba-Yaga* l'a donc exécutée entre mes deux visites : soit entre deux heures et quatre heures.

Silence suspicieux dans l'assistance.

— Hum. Où sont-ils, à l'heure où nous parlons ? s'enquiert *Voldemort*.

Sandrine reprend son souffle. Elle est lessivée. À bout de forces.

— Ludovic Grimaud est chez lui. Aux dernières nouvelles il préparait sa défense avec son avocat. Sa femme refuse de porter plainte. Nous n'avons donc aucune raison de le mettre en examen. Il est libre de nous attaquer comme bon lui semble. Ousmane Mgouma est toujours en observation au CHU de Purpan. Nous avons eu plus de peur que de mal. Il est tiré d'affaire. Après une courte rééducation, il pourra remarcher sans problème. Les médecins nous ont assuré qu'il ne garderait aucune séquelle. Nous avons auditionné le frère de son colocataire, Nazim Topal, qui a conduit à l'arrestation des agresseurs et d'un dénommé Cyril Soulier. Ils sont en ce moment dans les sous-sols, en garde à vue. Nul doute qu'elle sera reconduite vingt-quatre heures. Claire Vasquez repose à l'institut médico-légal. Nous négocions pour avoir un délai rapide pour son autopsie.

— Et ce mystérieux enfant perturbateur ?

— Aucune trace…

— Et le *Baba-Yaga* ? questionne *Gollum*, sarcastique.

Sandrine baisse la tête, penaude. Inutile de répondre. Bagaievski est probablement à des centaines de kilomètres de Toulouse. Tout le monde le sait. Et tout le monde est au courant de la quinzième victime retrouvée sur les berges du canal du Midi.

— Eh bien, vous pouvez être fière de vous, Poujol, ironise *Gollum*, cauteleux. Un magnifique fiasco ! Toute cette histoire pour se retrouver au point de départ. Spectaculaire ! Grandiose ! Trois cadavres d'innocents. Des recours matériels, financiers et humains exceptionnels. Et tout ça pour quoi ? Pour rien ! Félicitations ! Vous vous êtes surpassée sur ce coup-là.

Voldemort le fait taire d'un regard. Il se lève, ajuste sa cravate bleu nuit en marchant vers le bureau. Sandrine se précipite pour remettre ses escarpins. Elle reste silencieuse, un peu honteuse. En piteux état. Dans un sens, le petit être rabougri n'a pas tort : ce jeu de rôle a été un véritable désastre.

Le seigneur des ténèbres – qui n'est pas né du dernier Horcruxe – s'assit à l'angle du bureau. Il coupe l'enregistrement du smartphone. Son regard noir sonde la commandante. Un silence sépulcral envahit la pièce.

— Bien. Maintenant, qu'est-ce que vous nous avez caché ?

Sandrine s'interloque, les yeux exorbités. Elle adresse un air surpris à *Gandalf*, qui soupire en levant ses prunelles bleues au plafond.

— Qu'est-ce… Qu'est-ce qui vous fait penser que je vous dissimule quelque chose, monsieur ?

— L'enregistrement est éteint, commandant Poujol. Vous pouvez berner qui vous voulez, mais pas moi. Un détail de votre récit est tout simplement impossible, et vous le savez.

Inexplicablement, la lumière blafarde du jour décline, plongeant la pièce dans la pénombre. La voix de *Voldemort* tonne. Elle semble provenir d'outre-tombe.

— Je répète donc ma question : qu'est-ce que vous nous avez caché ?

Nouveau regard affolé vers *Gandalf*.

— Regardez-moi, Poujol. Ignorez-le pour le moment.

Sandrine déglutit difficilement. Même *Gollum* n'a aucune idée de ce qu'il se trame dans le bureau. Il observe, perplexe, savourant le désarroi de sa rivale en collants. En arrière-plan, *Jabba* fronce les sourcils, de plus en plus intrigué.

— Un détail de votre histoire ne colle pas, commandant, reprend *Voldemort*.

Sandrine devient nerveuse – vraiment nerveuse –, pour la première fois de l'interrogatoire. *Voldemort* penche sa silhouette, présente son crâne glabre devant le visage fatigué de la policière.

— Je vais vous aider, commandant, murmure-t-il. Le drone dont vous nous avez parlé n'existe pas. Pas sur le marché, en tout cas. C'est un prototype à cinquante mille euros. Votre histoire aurait pu passer auprès de quelqu'un d'autre, mais, manque de chance pour vous, je me tiens au courant des dernières technologies en matière de sécurité intérieure.

Sandrine se décompose. Elle n'a pas la force de puiser dans le regard bienveillant de *Gandalf*, elle est hypnotisée par les perles noires de *Voldemort*. La voix de ce dernier s'adoucit.

— Écoutez, je ne crois pas à votre culpabilité, comme le suggère une personne ici présente – coup d'œil à la dérobée vers *Gollum*. Je pense que vous avez voulu bien faire. Mais je pense aussi que vous avez agi dans la précipitation, sans mesurer les conséquences de vos actes, bafouant ainsi toute notion de déontologie et de principes moraux. J'entends bien que la situation était exceptionnelle. Quatorze meurtres en quatre mois. Votre collègue assassinée presque sous vos yeux. Ces circonstances inédites exigeaient d'instaurer un plan insolite, drastique, radical. Je le conçois. Mais cela n'excuse pas tout. Nous devons rester des professionnels, quoi qu'il en coûte. Nous ne devons pas nous engager dans des vendettas pour soulager un esprit de revanche. Des gens sont morts, cette nuit, commandant. Vous vous êtes embourbée dans une stratégie qui vous a dépassée. Vous avez perdu le contrôle – si tant est que vous l'ayez eu – et des vies humaines en ont payé le prix fort. Vous avez transgressé bon nombre de règles à cause d'une forme d'ego déplacé, un entêtement à faire cavalier seul qui vous a mis des œillères. Voyons, Poujol, aucune demande de renfort, pas même une requête auprès de la BRI pour le laser-tag ! Les sanctions seront proportionnelles à vos erreurs. Mais quoi qu'il en soit, vous ou votre supérieur n'avez pas pu acquérir un prototype de cinquante mille euros sans l'appui de quelqu'un. Une facture qui sera à vos frais, par ailleurs – regard en coin vers *Gandalf*. Je réitère donc ma question. Une dernière fois. Et il est très important pour la suite de votre carrière que vous me répondiez immédiatement : qui est derrière la mise en scène de la sortie 16 et du jeu de rôle, commandant Poujol ?

Les épaules de Sandrine ploient sous la pression. Elle s'apprête à ouvrir la bouche quand la voix de *Gandalf* retentit, grave, solennelle, dispersant le nuage de fumée qui l'enveloppe.

— Mon prédécesseur.

Voldemort pivote vers le *magicien.*

— Vous voulez dire que…

— Parfaitement. Cette idée du jeu de rôle, en concertation avec le commandant Poujol et moi-même, est le fruit de l'ancien commissaire divisionnaire : Francis Bertoumieu[1].

Tout est dit. Il n'y a rien à ajouter.

L'auditoire se lève.

Le juge d'instruction – *Jabba* –, le procureur de la République de Toulouse – *Voldemort* –, le commissaire divisionnaire du SRPJ – *Gandalf* –, et le commandant de l'IGPN détaché de Bordeaux – *Gollum* –, se réunissent au centre de la pièce.

— Commandant Poujol, déclare ce dernier, vous êtes suspendue jusqu'à nouvel ordre. Veuillez remettre votre plaque et votre arme de service.

Sandrine obtempère, puis quitte le bureau.

---

1. Voir *Nuit blanche*, Éditions Les Nouveaux Auteurs.

47

Samedi 2 décembre, 14 h 25

Six heures qu'elle était enfermée dans le bureau de son patron. Six heures de questions, de réponses, d'explications scabreuses pour justifier des prises de décisions exceptionnelles. Six heures de purgatoire.

Sandrine a enchaîné deux nuits blanches, elle n'a pas dormi depuis plus de quarante-huit heures. « Exténuée » n'est pas un adjectif assez fort pour décrire l'état de fatigue dans lequel elle se trouve. Elle n'a aucun recul sur la situation. Il est trop tôt pour réaliser les pertes, les conséquences, l'ampleur de la tragédie. Elle n'arrive pas encore à parler du lieutenant Chloé Castagner au passé. Tout cela est trop récent. Il faudra du temps pour l'accepter.

Son destin n'est plus entre ses mains, le nom de Bertoumieu va créer un séisme en haut lieu dans l'administration. La situation va la dépasser. Elle revoit l'ancien commissaire divisionnaire – le dinosaure de la justice française, celui qui *règle les problèmes* – détailler la mise en place du flagrant délit de la sortie 16, puis débouler en pleine nuit, le soir même, pour exposer les étapes du jeu de rôle.

Sandrine a bu ses paroles, proposant ses idées avec le sentiment d'enfreindre les règles, certes, d'agir dans la clandestinité, mais avec la conviction qu'ils feraient avancer l'enquête, que quelqu'un la prenait enfin au sérieux et qu'ils pourraient appréhender le *Baba-Yaga*. Un plan qui, sur le papier, semblait parfait. Mais c'était sans compter sur l'habileté d'un gamin au lancer de cailloux, ni sur la complexité de la nature humaine lorsque l'anarchie s'instille dans le quotidien et que les âmes tourmentées succombent à leurs vils instincts.

Sandrine s'est efforcée d'être respectueuse auprès de *Jabba* et *Voldemort* – avec qui elle a déjà eu affaire –, en revanche elle ne regrette aucun mot adressé à l'intention de *Gollum*. Ce n'est pas un fonctionnaire misogyne, grossophobe, imbu de lui-même ; un carriériste qui passe ses journées le cul vissé sur un bureau et qui n'a pas mis les pieds sur le terrain depuis des lustres qui va lui faire la morale. Un commandant – comme elle – qui a opté pour l'oisiveté de la police des polices – les bœufs-carottes –, et qui se permet de la juger sur un travail qu'il est incapable d'effectuer.

Dès le début de cet interrogatoire informel – pas d'enregistrement vidéo ni de procès-verbal –, elle a eu le sentiment que quoi qu'elle dise, il avait déjà décidé de la démolir, de la mettre plus bas que terre. Qu'il s'était mis en tête d'anéantir toutes velléités de justifications, d'argumentations.

Sandrine a peut-être été un peu trop provocatrice, peut-être aurait-elle dû faire profil bas. Mais, en réalité, elle s'en fout. Elle l'emmerde ! Elle, au moins, elle essaye de choper des tueurs en série, elle ose des choses, elle n'enfonce pas ses *collègues* quand ils ont passé quatre mois de leur vie à tout tenter pour mettre un fou derrière les barreaux.

Sandrine s'écroule dans le fauteuil de son bureau. Anéantie. Ses escarpins à la main. Son mètre cinquante-neuf, boudiné dans son tailleur anthracite, échoue comme une masse flasque qui déborde des accoudoirs.

La salle du groupe 1 de la brigade criminelle est déserte. Les lieutenants Silas et Park doivent être chez eux, profondément endormis, rechargeant les batteries après les dernières trente-six heures les plus intenses de leur carrière. Au fond de la pièce : le tableau blanc avec les schémas du stratagème du jeu de rôle, tels des graffitis indélébiles témoignant de leurs tentatives désespérées et vaines d'appréhender le *Baba-Yaga*.

Perdue dans un labyrinthe de pensées, Sandrine rumine toutes ses décisions depuis jeudi minuit. Le film repasse dans sa caboche rousse. Encore. Et encore. Son regard erre sur le bureau bordélique, reconnaissable parmi tous : le mug R2D2 ; le stylo avec la forme du bâton de Gandalf, du *Seigneur des anneaux* ; le fanion rouge et or, estampillé à l'effigie de Gryffondor, de *Harry Potter*, suspendu à la lampe ; la Baguette de Sureau en plastique qu'elle aime agiter pendant ses interrogatoires de *moldus*.

Oui, Sandrine est une geek. Et elle – mieux que personne – sait qu'il ne faut jamais se fier aux apparences.

Derrière son poste de travail, sur une étagère, figure sa médaille de bronze aux Jeux olympiques de Pékin en judo. Catégorie plus de soixante-dix-huit kilos. À côté, ses trophées de la Fédération française de tir au pistolet : dix mètres, vingt-cinq mètres et cinquante mètres *rifle* trois positions. Partout autour, ses collègues ont scotché les articles de *La Dépêche* mentionnant ses plus belles arrestations. Ce panel d'articles, additionné aux distinctions sportives, produit toujours un effet bœuf sur les interpellés.

Les paupières closes, Sandrine pousse un soupir en basculant sa tête contre le dossier. Au-delà de la colère contre le *Baba-Yaga* pour s'être fait encore ridiculiser, et de ce sentiment de travail inachevé qui la ronge, elle éprouve surtout de la peine. De la peine pour Arda Topal, pour Claire Vasquez, pour Ousmane Mgouma, alité dans un service de réanimation. Cependant elle a du mal à avaler que Ludovic Grimaud s'en tire à si bon compte. Cet analyste financier fraudeur, véreux, violent avec son épouse et qui était déterminé à assassiner Ousmane Mgouma pour sauver sa peau. Elle a eu beau insister auprès de sa femme. Rien à faire. La mère de famille refuse de porter plainte. Elle soutient qu'elle est – malencontreusement – tombée dans un escalier. Sandrine ne le digère pas.

Un sourire malicieux émerge aux coins de ses lèvres. Elle estime qu'au point où elle en est… Oh ! et puis merde !

Elle attrape son smartphone. Rédige un SMS.

Samedi 2 décembre, 14 h 35

Ludovic est accoudé au comptoir de la cuisine américaine. Côté fourneaux. Le bar le sépare de *l'autre*, prostrée sur le seuil de la porte d'entrée. Souffrante. Le visage violacé. Ses valises à la main.

Des débris de verre jonchent le parquet ; il a expédié le premier vase à proximité quand il a compris que

Sabrina débarquait sans les jumelles. Il a fait un pas dans sa direction, révulsé, le poing brandi, puis s'est aussitôt ravisé en apercevant le Kangoo de ses beaux-parents dans l'allée, sous le ciel moutonneux empli de neige. Et son beau-père, furieux, derrière le volant.

— T'auras jamais la garde, pauvre cruche, mon avocat t'en fera baver.

Sabrina sanglote en empoignant les valises.

— T'es allé trop loin, Ludo. C'est fini. Je retourne vivre chez mes parents.

Ludovic se décale pour s'écarter du champ de vision de son beau-père, à travers la baie vitrée, qui le fusille du regard. Sa voix baisse d'une octave.

— Tu rêves si tu crois que tu m'empêcheras de voir Emma et Lola. T'entends ? Je te suivrai partout. Tu vas en chier. Si tu quittes cette maison, je te jure que tu vas le regretter.

Sabrina fait preuve d'une assurance surprenante.

— J'ai pris ma décision, Ludovic. Je pars.

Ludovic contourne le bar, s'arrête aussitôt quand il comprend que le père de *l'autre* ouvre la portière. Il adresse un sourire niais vers la fenêtre, recule d'un pas. Chuchote :

— C'est ta dernière chance, Sabrina. Reviens avec les filles et j'oublie tout. Mais si tu franchis cette porte, je te jure que tu vas voir ce que ça donne quand je suis vraiment en colère. Tu…

Mélodie de l'iPhone 8. Trois notes. Un SMS.

Supposant qu'il s'agit de son avocat, Ludovic se rue sur le téléphone, l'index tendu vers sa femme pour lui faire signe d'attendre. Que la discussion est loin d'être terminée. Distraitement, il déverrouille l'écran.

Numéro inconnu. Avec une pièce jointe.

Pris de vertige, il tire un tabouret, s'assied dessus. Ses jambes vacillent. Le cauchemar resurgit. Impossible.

Sabrina marmonne des paroles qu'il n'entend pas. Les oreilles bourdonnantes, il ouvre la pièce jointe.

La photo de la jeune femme brune, morte, le cerveau disséminé sur le capot d'une Fiat 500, apparaît sur l'écran.

Sidéré, Ludovic lit le message.

> Je vous aurais toujours à l'œil. Toujours. Ne vous approchez plus jamais de votre femme ou de vos gamines. Si vous désobéissez, vos princesses finiront comme cette fille sur la photo. Vous passerez le reste de votre misérable existence avec le sentiment d'insécurité permanent que je pourrais m'en prendre à elles. Peut-être demain. Peut-être dans une semaine. Dans un mois. Dans un an. Dans dix ans… La police ne pourra pas vous aider. Ne comptez pas sur eux. Jamais ils ne m'attraperont. À compter de ce jour, vous aurez une pensée pour moi, tous les matins en vous réveillant, et ce jusqu'à la fin de votre vie. Ne vous approchez plus jamais d'une femme. Vous finirez seul, Ludovic, abandonné. Baba-Yaga.

La porte d'entrée se referme.

Seul dans son pavillon de Balma, Ludovic n'ose plus bouger.

Samedi 2 décembre, 14 h 40

— Si tu reluques ma sœur encore une fois comme ça, j't'e défonce.

— Tranquille, frère, je fais rien de mal. Elle a quel âge, déjà ?

— Oublie. Je rigole pas.

— OK. Et là, tu sens ?

Nazim appuie son doigt sur les jambes rachitiques d'Ousmane.

— T'es débile, ou quoi ? Je t'ai dit que j'avais retrouvé toutes mes sensations.

— Et là ? demande le petit frère en palpant sur la cuisse, dix centimètres plus haut.

— Laisse tomber. T'es irrécupérable.

Installé au centre d'un box de réanimation, Ousmane apprécie de respirer normalement, sans l'aide d'une machine et d'une sonde. Il se sent libéré, débarrassé du collier cervical – qui le grattait et lui tenait chaud –, de cette plomberie de fils et de tuyaux. On lui a retiré la sonde d'intubation et le drain pleural avec les points à neuf heures ; un bandage entoure son thorax, un pansement comprime la cicatrice de l'insertion du dispositif d'aspiration. Seules quelques électrodes le relient encore au scope ; il profite de sa liberté de mouvement, de pouvoir mobiliser ses membres. Tout simplement. La sensation est indescriptible.

Les médecins ont été unanimes : la fracture cervicale est minime ; aucune lésion de la moelle épinière. Un peu de repos, des séances de kiné, et il sera sur ses deux pieds dans les jours qui viennent. Mais malgré ces bonnes nouvelles, il n'arrive pas à exprimer sa joie. En réalité il culpabilise d'être en vie, contrairement à Arda qui, lui, n'a pas eu cette chance.

Derrière la vitre du box, sa mère et sa petite sœur discutent avec un interne. Maman Ousmane, emmitouflée dans un foulard multicolore, attrape les mains du futur réanimateur en signe de gratitude. Ses yeux débordent de larmes.

— Pas trop dur d'aller voir les flics ? demande Ousmane afin d'éviter de dévier – une nouvelle fois – sur le sujet épineux et encore trop récent du décès d'Arda.

— En fait ça a été, t'as vu. J'ai entendu qu'ils ont chopé ce fils de pute de Cyril dans son *bendo*. Ses lascars étaient là-bas aussi. Les keufs ont chopé tout le monde.

Ousmane opine. Curieusement, la nouvelle ne l'enthousiasme pas tellement.

— Et là, tu sens ? persévère Nazim en enfonçant son doigt sur le mollet de l'autre jambe.

Ousmane sourit. Il sourit parce que l'imbécile qui vient de perdre son frère lui remonte le moral, le distrait de son chagrin. Il se dit que malgré un QI proche de celui d'une huître, Nazim fait preuve d'une impressionnante force de caractère pour accepter le décès d'Arda. Ousmane lui envie cette résilience.

— Non, merde ! Je sens pas là où t'appuies.

Nazim se fige. Ouvre grand les yeux.

— Hé ! Toubib, y a un problème !

Ousmane éclate de rire.

— Mais ferme-la, abruti, je déconne.

— T'es un ouf, frère. Faut pas me faire peur comme ça.

Contre toute attente, les bêtises du petit frère endeuillé émeuvent Ousmane. Il a brusquement envie de parler, de se confier.

— Tu sais… je l'ai vu, hier soir.

— Qui ça ?

— Le *Baba-Yaga*.

— Sérieux ?

— Ouais.

— Tu pourrais le reconnaître ?
— Je sais pas. Il faisait sombre de ouf dans ce putain de laser-tag. Mais... y a un truc dont j'suis sûr : c'était pas un mec.

48

Samedi 2 décembre, 14 h 45

— Commandant Poujol ?
— Plaît-il ?
— Vous êtes là…
— On dirait bien.

Ratatinée dans son fauteuil, Sandrine détaille le jeune OPJ d'un air las qui s'est arrêté dans l'encadrement de la porte. La présence de la commandante semble le déstabiliser.

— Un problème ? s'enquiert-elle.
— Je… Non…

Sandrine bascule en avant, ses bourrelets l'amortissent contre le bureau. Tous les bibelots vacillent. La mine déconfite et le comportement de son collègue du groupe 2 l'intriguent.

— Qu'est-ce qu'il y a ?
— Euh… Rien… Je cherchais Silas ou Park…
— Ils sont chez eux. Qu'est-ce qui se passe ?
— Rien… Ça peut attendre.

Il s'apprête à repartir. Sandrine soupire bruyamment pour attirer son attention.

— Écoute, loulou, je sais que tu as dû recevoir

comme consigne de ne rien me dire. Je suis écartée de l'enquête, mais je ne suis pas encore virée, si tu veux tout savoir. Alors, qu'est-ce qui te met dans cet état ?

L'OPJ, embarrassé, jette un œil dans le couloir, dans les quatre coins du bureau, cherchant une échappatoire à sa bêtise. Il s'enlise, ne trouve aucune issue pour se dépêtrer de son bourbier. Un sifflement aigu le fait tressaillir.

— Hé ! Loulou ! Ça suffit maintenant, dis-moi ce qui se passe.

— C'est-à-dire que le commissaire nous a ordonné de ne rien vous…

— Le commissaire n'est pas là. Il ne t'en voudra pas. Alors, qu'est-ce qui t'arrive ?

Regard fuyant. Balayage du couloir. Visage coupable.

— On a le gamin, finit-il par avouer.

Sandrine cavale dans les escaliers jusqu'au sous-sol, devant une geôle en verre crasseuse de garde à vue. Un enfant de dix ans, sale et débraillé, drapé dans une couverture, dévore des barres chocolatées. Il est assis sur le banc, près du coin toilette. Sandrine hoche la tête en signe d'assentiment vers l'OPJ, penaud et fautif, puis entre et s'installe à côté du petit vorace affamé, barbouillé de chocolat.

— Salut.

Luka recule, méfiant. Postillonne en répondant d'une voix timide.

— Bonjour.

— Tu sais qu'on te cherche depuis hier.

Pas de réponse. Encore essoufflée après sa course, Sandrine s'adosse contre le mur, la tête inclinée vers le petit morfal.

— On t'a fait voir un médecin ?

Toujours pas de réponse.

— Tu habites où ?

Luka reste silencieux. Il s'empiffre. Sa détresse dissipe toute la rancœur que Sandrine a pu emmagasiner envers ce petit bonhomme qui a bousillé la caméra du drone. Qui a fait capoter la mise en scène de la sortie 16. Qui va l'envoyer en congé d'office, à coup sûr.

— Viens, on va faire un tour.

Elle l'entraîne hors de la cellule, le long du couloir fouetté par les relents d'urine et de vomi, jusqu'au local avec la machine futuriste qui récolte les empreintes digitales. Ils s'installent autour d'une table en inox, encerclée de casiers hébergeant les affaires des gardés à vue. Luka s'émerveille devant l'appareil.

— T'as vu, c'est rigolo. C'est fait pour mettre les mains dedans. Ne casse rien, OK ? Tu nous as déjà coûté assez cher comme ça.

Luka avale le reste de sa barre d'une traite.

— Comment tu t'appelles, loulou ?

Oui, Sandrine appelle tout le monde « loulou ». Luka baisse les yeux, se cantonne dans son mutisme.

— C'est quoi ton nom ?

Hésitation. Puis :

— Luka.

— Moi, c'est Sandrine. Et tu viens d'où, Luka ?

Pas de réponse.

— Tu vis avec qui ?

— Avec mon oncle.

— Et il est où ton oncle ?

Luka hausse ses épaules menues. Sandrine lui chipe une barre chocolatée et l'enfourne dans sa bouche. Le garçon sourit.

— Pourquoi as-tu jeté des cailloux sur le drone, jeudi soir ?

Luka grimace. Il ne comprend pas.

— Tu as eu peur du drone ?

— C'est quoi « drone » ?

— Le truc qui volait sous le tunnel.

— L'araignée ?

Sandrine sourit à son tour.

— Oui, ça ressemble un peu à une araignée, je te l'accorde.

— Méchante araignée.

— Oui, les araignées sont méchantes, je suis bien d'accord.

Sandrine a la phobie de tout ce qui rampe ou vole et qui a plus de quatre pattes. Luka se détend peu à peu.

— Tu as vu ce qu'il s'est passé, jeudi soir, à la sortie 16, pas vrai ?

Luka opine, songeur.

— Tu y étais.

Acquiescement du garçon. Regard tendre de Sandrine.

— C'était pas mon idée, explique Luka.

Sandrine arque un sourcil en mâchant sa sucrerie.

— De quoi tu parles, mon loulou ?

— Le plan. C'était pas mon idée. C'était mon oncle.

L'incompréhension se lit sur le visage perplexe de Sandrine.

— Le plan. Quel plan ?

— Moi je voulais pas. C'est mon oncle qui a dit que c'était ma seule chance de retourner au camp.

— Je ne te suis pas du tout, Luka, de quoi tu parles ?

— Le mouchoir.

— Plaît-il ?

— …

— Un mouchoir, dis-tu ?
— Oui. Je devais le mettre sous la camionnette.
— Un mouchoir ?
— Oui.
— Sous quelle camionnette ?
— Celle du tueur.

Sandrine effectue la même moue que ses chats lorsqu'ils l'observent danser seule au milieu du salon.

— Une minute, petit papillon. Tu veux dire que ton oncle t'a demandé de placer un mouchoir sous la camionnette d'un tueur...
— Oui, pour se venger.
— Se venger de qui ?
— Du tueur. Après ce qu'il a fait à ma cousine.
— Désolée, mon loulou, mais je n'y comprends rien. Tu ne veux pas plutôt dire un mouchard ?
— Oui, un mouchoir.
— Soit, si tu veux.
— Comme un téléphone portable, mais plus petit.
— Ouais, eh bé, t'apprendras, mon p'tit bonhomme, qu'on dit un mouchard.
— Ah.

Luka semble assimiler le mot. Il fronce les sourcils.

— Donc ce *tueur* avait tué ta cousine. C'est bien ça ?
— Oui. Mon oncle me l'a dit.
— Et il a voulu se venger ?
— Oui.
— Alors t'as placé le mouchard sous la camionnette de son assassin.
— Oui.
— Mais comment tu la connaissais, toi, sa camionnette ?

— Ben... je l'ai vue le soir. Quand la fille est morte avec l'araignée et tout.

Coup d'électrochoc. Sandrine gaine son mètre cinquante-neuf.

— Celui qui a tué ta cousine est la même personne que celle qui a tué la joggeuse jeudi soir ?

— C'est mon oncle qui me l'a dit.

— Comment il sait ça, ton oncle ?

— Parce que le tueur, il tue que des filles qui courent, il m'a dit.

Sandrine écarquille les yeux. Impossible. Le gosse fait référence au *Baba-Yaga*.

— Comment elle s'appelait, ta cousine ?

— Petra.

Sandrine se fige. Petra Lamar : la huitième victime de Bagaievski.

— Donc tu as vu la camionnette jeudi. Et tu l'as revue quand ? Vendredi ?

Luka réfléchit – il mélange encore les jours de la semaine.

— Oui.

— Et c'est là que tu as placé le mouchoir... Le mouchard !

Luka rit.

— Oui.

— Tu l'as revu ton oncle aujourd'hui ?

Fringant, Luka approuve en bombant son petit torse.

— Oui. Et je vais retourner au camp. Il m'a dit que le plan avait marché.

— Donc ton oncle a réussi à se venger. C'est ça ?

— Oui !

Sandrine enregistre ces informations rocambolesques. Un détail la chagrine. Une connexion improbable, ahurissante, mais qui mérite d'être approfondie.

— Comment étais-tu sûr que c'était la bonne camionnette ?

— Je l'ai vue la nuit de l'araignée. J'étais bien caché. J'ai pas bougé.

— Oui, d'accord, mais il y avait plusieurs véhicules, cette nuit-là. Un scooter et trois grosses voitures.

Luka grimace. Il regarde sa main – paume vers le haut –, commence à compter sur ses doigts en tirant la langue.

— Deux ! s'enthousiasme-t-il de son calcul.

— Deux ? Non, il y avait trois voitures. Un SUV noir. Une ambulance blanche. Et un utilitaire de…

— Non, corrige Luka, catégorique, en observant ses doigts. Deux voitures !

49

Samedi 2 décembre, 15 h 20

Deux voitures. Impossible.
Le gosse se trompe forcément.
À moins que…
Sandrine grimpe les étages de l'hôtel de police en quatrième vitesse, ses escarpins à la main, ignorant les ragots de son fiasco et les regards désobligeants sur son passage. Et puis que font tous ses collègues au QG un samedi après-midi ? N'ont-ils pas de famille ?

Un conciliabule houleux émane du bureau du commissaire divisionnaire – *Gandalf.* La porte est entrebâillée. Sandrine présume que l'assemblée de costumes-cravates a terminé de délibérer sur son sort. Les avis divergent, se délitent. Sentant l'annonce de sa sentence imminente, elle se hâte de regagner la salle de son équipe. Attrape sa doudoune mauve, les clés de sa Toyota Yaris, puis redescend les escaliers, toujours en collants, jusqu'au rez-de-chaussée.

Elle a peur d'avoir compris.

Ses minutes sont comptées si elle veut étayer sa théorie. Une théorie aussi invraisemblable que déroutante. Une vérité qui était juste là, sous ses yeux, et qu'elle n'a pas été foutue de voir, aveuglée qu'elle était, obnubilée à l'idée d'écrouer Bagaievski.

Le mensonge était tellement énorme que tout le monde l'a avalé.

Appuyée contre la rampe, Sandrine manque d'air. La cage d'escalier se met à tourner en une spirale de marches enivrante. En sueur, elle chausse ses escarpins. Des ondes glacées glissent le long de son échine.

Elle déboule sur l'esplanade, cavale en dodelinant sur ses talons en direction de son pot de yaourt motorisé. Un sentiment de tromperie la submerge, l'impression de s'être fait berner comme la dernière des idiotes. La gorge sèche, le cœur pilonnant sa poitrine, elle bondit dans sa voiture et démarre, pied au plancher, le deux-tons hurlant dans le boulevard. Les regards des badauds, amusés, se tournent vers cette vision hilarante et quelque peu ridicule : une Yaris équipée d'une sirène.

La voiture s'immobilise quinze minutes plus tard, rue Marie, devant le portail de la maison de Claire. Le quartier est silencieux, désert. Telle une Inuite, Sandrine tire sur les cordons de sa doudoune, son visage disparaît, seule une fente assez large pour ses yeux et son nez est exposée au froid mordant. Une allée de gravier dessert la maison. Sandrine aperçoit le jardin, la remise en bois, un figuier, la porte lambrissée ouverte sur le lieu du crime. Le garage est vide, Sandrine suppose que la Fiat 500 a été saisie par la police scientifique pour analyse. Il ne reste qu'une gerbe sombre et immonde, étalée sur le bitume, une flaque morbide désignant l'emplacement de Claire lors de son dernier souffle.

Des scellés condamnent la porte d'entrée ainsi que celle qui s'ouvre au fond du garage. Soucieuse de ne pas aggraver son cas, Sandrine, dépourvue de sa plaque et de son arme, résiste à sa petite voix intérieure – précisément celle qui l'a mise dans le pétrin en approuvant l'idée du jeu de rôle – et s'abstient de pénétrer dans la maison. Elle balaye la propriété d'un regard circulaire. Aucune trace de l'ambulance. Curieux. Blottie dans sa doudoune, les mains dans les poches, elle retourne sur le trottoir verglacé.

Avec ces saloperies d'escarpins, marcher sur ce béton gelé relève de l'exploit. Sandrine effectue le tour du pâté de maisons, quand un utilitaire Volkswagen blanc, garé dans une rue perpendiculaire, attire son attention. En équilibre sur ses échasses, elle s'y rend en épiant les alentours.

La plaque minéralogique lui est inconnue. Les vitres teintées empêchent de distinguer l'arrière de l'habitacle, en revanche l'avant est propre, nettoyé, bien rangé, aucun papier ne traîne. Coup d'œil dans la rue. Personne. Sandrine attrape un gant en vinyle de sa poche intérieure et tire sur la poignée du coffre. La portière s'ouvre.

Un sentiment curieux s'empare alors d'elle, l'impression de profaner un caveau ambulant, de pénétrer dans une crypte sur roues. Un lieu de perdition. Un lieu d'exécution.

La portière est grande ouverte. Le spectacle qui s'offre à elle la cloue sur place.

Des gyrophares amovibles reposent sur un tas de plaques minéralogiques, près d'une visseuse électrique, sous un extincteur fixé contre la carrosserie. À côté sont enroulés des stickers adhésifs estampillés d'un numéro de téléphone, d'une adresse, d'un logo.

D'un nom de société d'ambulance.

Les miasmes de la mort planent dans l'habitacle.

Prise de vertige, Sandrine se retient à la portière. Elle prend une profonde inspiration, puis s'engouffre dans l'utilitaire. Prend appui sur le brancard coulissant jusqu'aux sièges avant, pliée en deux, tout en évitant les obstacles qui jonchent le sol. Elle tend un bras potelé vers la boîte à gants. Ses bourrelets s'écrasent contre le cuir troué. Du bout des doigts, elle l'ouvre.

Bouffées de chaleur.

Dans l'espace de rangement, un jeu de téléphones à cartes prépayées, un smartphone emballé dans une sorte de pochette en aluminium.

Sandrine sort, ses escarpins foulent à nouveau le bitume. L'air frais semble dissiper les mauvais esprits qui hantent l'utilitaire. Elle fait le tour du véhicule. Inspecte le châssis. Sa main gantée palpe les jantes, les renfoncements autour des roues, les suspensions.

Soudain elle s'arrête. Sa respiration se bloque. Ses doigts sont entrés en contact avec un objet étrange. Magnétique. Collé à la carrosserie. Derrière le pneu arrière gauche.

Sandrine extrait l'appareil de sa cachette et le détaille.

Un traceur GPS.

Elle court à toute vitesse vers sa voiture. L'adrénaline lui fait miraculeusement garder l'équilibre. Elle saisit ses clés, appuie sur le déverrouillage quand elle remarque une jeune femme – un physique de mannequin, guindée dans un long manteau taupe et des bottes en cuir – devant la maison de Claire.

— Qui êtes-vous ? lâche-t-elle, les joues rouge pivoine à cause du froid et du sprint.

La mystérieuse inconnue recule d'un pas, méfiante.

— Je... je suis une amie de Claire. Et vous, qui êtes-vous ?

— Commandant Poujol, SRPJ de Toulouse. Je vous montrerai ma carte une autre fois. D'où connaissez-vous Claire Vasquez ? demande Sandrine en préconisant l'utilisation du présent.

La jeune femme réajuste la lanière de son sac à main, tel un geste protecteur. Cependant la détermination de cette drôle de flic toute ronde la rend coopérative.

— Je la connais des cours de yoga. Je m'appelle Jessica. Il est arrivé quelque chose à Claire ?

— Vous la connaissez bien ? enchaîne Sandrine, éludant la question.

— Pas vraiment. Elle est plutôt du genre lunatique, solitaire. Mais elle a un bon fond, j'en suis sûre. Je suis psychologue, je sais reconnaître les signes chez une personne qui souffre. Je m'inquiétais, alors je suis venue voir si tout va bien.

Si tu savais, ma louloutte, songe Sandrine.

— Savez-vous si elle a de la famille dans la région ? Un pied-à-terre ?

Jessica réfléchit brièvement.

— Nous avons discuté deux ou trois fois quand elle venait encore à la salle. Je crois qu'elle a perdu ses parents il y a quelques années. Un accident terrible de voiture. J'ai souvenir qu'elle a mentionné une grand-mère aussi, je crois bien qu'elle habite dans le coin.

Sandrine déguerpit aussitôt dans sa Toyota.

Cinq appels en absence. Trois de son chef, avec un message. Deux d'un numéro inconnu. Sandrine imagine le commandant de l'IGPN – *Gollum* – se répandant en invectives, pendu à son téléphone, salivant à l'idée de la virer. Le temps qu'elle furète autour de chez Claire, ses supérieurs se sont échinés à l'appeler sans relâche. Elle chuchote des excuses à l'attention de *Gandalf*, son mentor, espère qu'il comprendra, ou du moins qu'il se montrera conciliant. Pendant ce temps, la Yaris file vers le périphérique sous le ciel blanc immaculé.

Sandrine doit aller au bout. Clore cette enquête qui a cannibalisé quatre mois de sa vie, ses principes déontologiques, peut-être même sa carrière. Elle ne peut plus reculer. Plus maintenant.

Les doigts agrippés au volant, elle repense au témoignage de Luka, imagine à quoi peut ressembler le quotidien d'un enfant comme lui. Des journées entières à mendier. La vie au sein du camp. Les violences de son tortionnaire. Elle parie que mettre la main sur son *oncle* ne prendra pas longtemps, pense aux chefs d'accusation qu'elle lui collera sur le dos. Un homme de cette trempe doit être fiché. Sans aucun doute. Elle se demande aussi pourquoi il n'a pas récupéré le mouchard, s'il n'a pas retrouvé l'ambulance garée à une centaine de mètres, dans la précipitation, s'il a manqué de discernement une fois sa vengeance assouvie, ou si l'identité de sa victime l'a déstabilisé au point de fuir sans assurer ses arrières. Mystère. Elle se fera un plaisir de lui poser la question quand on lui passera les menottes – si toutefois elle conserve son boulot d'ici là…

Samedi 2 décembre, 16 h 40

La croûte nacrée du ciel explose en une myriade de confettis blancs.

Il neige.

Les balais d'essuie-glace dispersent les flocons qui se déposent sur le pare-brise. La Toyota cahote sur une route de campagne, striée par les ornières des engins agricoles. Sandrine roule au milieu de nulle part depuis dix minutes. Un membre du groupe 2 de la brigade criminelle – celui qui est entré par inadvertance dans son bureau – lui a communiqué l'adresse de la grand-mère paternelle de Claire. Sandrine a dû patienter à peine deux minutes pour avoir l'info, avant de prier son collègue de ne pas ébruiter cette conversation.

Un voile blanc recouvre peu à peu les champs et les buissons qui bordent le chemin. La Toyota s'enfonce dans un bosquet nappé de neige. Soudain, au détour d'un virage, une ferme émerge au cœur d'une clairière. Sandrine s'y aventure. La route mène à une vieille bâtisse dévorée par le lierre, bordée de fleurs fanées. Puis à un cerisier. Et enfin au garage. La propriété est enclavée par les arbres.

Sandrine éteint le GPS, vérifie le nom sur la boîte aux lettres. Marie-Ange Vasquez : elle est bien au bon endroit. La maison est plongée dans l'obscurité, une pellicule de saleté opacifie les carreaux. Sandrine n'y voit rien. Elle se risque à sonner. Attend. Pas de réponse. Dans la poche de sa doudoune, son smartphone vibre sans discontinuer, tel un compte à rebours qui s'égrène sur la décision qui régira son avenir. Le temps presse. Elle doit se dépêcher pour démêler les fils de l'enquête et découvrir le fin mot de l'histoire. La vérité se trouve derrière cette porte, elle en est persuadée.

La ferme semble inhabitée. Sandrine s'empare de

son rossignol et, après quelques grimaces et une flopée de jurons, crochète la serrure, consciente de sceller un peu plus son destin. Après quatre mois d'enquête, la curiosité la pousse encore à outrepasser ses droits.

Armée de sa Maglite, elle franchit le seuil. Un vent de putréfaction la terrasse aussitôt. Une odeur tellement insoutenable que Sandrine obstrue son nez avec la manche de sa doudoune. L'air est irrespirable. Une odeur ignoble à en décoller le papier peint.

Une odeur de viande en décomposition.

De la pointe de ses talons, elle inspecte le salon, éclairé par le halo de la lampe. Les bibelots surgissent dans l'obscurité, enveloppés de poussière. Direction le couloir. Ici, la puanteur lui soulève l'estomac, pique les yeux. Le bois des charpentes et de l'escalier grince, le craquement d'une poutre, quelque part sous les combes, la fait sursauter. Le pinceau de lumière illumine les cadres accrochés au mur, la cuisine, une chambre. La source méphitique semble parvenir de là. Sandrine entre.

Une chose répugnante est allongée sur le lit. Une forme humanoïde encastrée dans le matelas – comme si elle avait été moulée dedans. Une sorte de momie grise, rachitique. Effrayante. De rares lambeaux de peau, rongés par les semaines écoulées, recouvrent par endroits les os d'une blancheur éclatante qui contrastent dans la pénombre de la chambre. Elle est énucléée, les insectes nécrophages bruissent entre les tissus en décomposition. Une nuée de mouches festoient sur les chairs pourries du cadavre qui était encore, il y a six mois, la grand-mère de Claire.

Sandrine vacille. Se tient au mur du couloir pour sortir de cette maison de l'horreur le plus vite possible.

Aigreurs d'estomac. Nausées. Besoin d'air. Vite ! Sandrine se penche, appuyée sur ses cuisses, lutte contre l'envie de vomir. Dans sa poche, le téléphone vibre toujours. Son regard croise le garage accolé à la ferme, saupoudré de neige. Son instinct de flic la pousse à y jeter un œil. Juste un coup d'œil, et ensuite elle répondra pour connaître la décision de ses supérieurs. Le rossignol fait à nouveau des miracles : la porte s'ouvre.

Des ballons, des dizaines de ballons flottent sous le plafond du garage.

Des ballons noirs.

Sandrine pénètre dans *l'antre*.

Épilogue

Une épaisse couche de neige recouvre les tuiles de la vieille bâtisse, le lierre qui serpente aux façades de pierres ocre, les fleurs fanées, les branches du cerisier.

La clairière est baignée d'une lueur crépusculaire. Les gyrophares nimbent de halos bleutés les véhicules de police garés en épi devant la ferme. Des flashs de lumières agressives tourbillonnent dans l'air ouaté, balayant le bosquet, les champs blancs à perte de vue, la maison de la grand-mère paternelle de Claire Vasquez enclavée par les arbres.

Depuis l'habitacle de sa Yaris, Sandrine assiste au déploiement des techniciens de la police scientifique. Affublés de combinaison blanche, ils s'apprêtent à investir la ferme avec leurs valises de matériel et des projecteurs sur trépieds. Les lieutenants Park et Silas aiguillent une équipe de l'institut médico-légal vers la chambre de Marie-Ange Vasquez. Vers le cadavre en putréfaction.

Le chauffage ronronne, les essuie-glaces chassent les congères qui se forment sur le pare-brise. Après avoir ouvert les portes de l'enfer – *l'antre* –, découvert la table maculée de taches sombres, le poste de surveillance high-tech bardé d'ordinateurs et l'engin de torture abject qui croupissait dans une eau trouble, Sandrine a prévenu les renforts. Depuis elle patiente, cloîtrée dans sa voiture, refusant de sortir par ce froid cinglant. Prostrée. K-O debout. La confrontation avec sa hiérarchie est imminente.

Park et Silas l'ont rejointe les premiers. Tirés du lit par l'appel de la commandante, les deux lieutenants exténués se sont renseignés en chemin sur la grand-mère de Claire. Marie-Ange Vasquez avait passé la moitié de sa vie dans des secteurs fermés d'hôpitaux psychiatriques. Suivie à Purpan depuis des années, elle souffrait d'une forme de schizophrénie paranoïde traitée par des injections d'Haldol hebdomadaire. Claire avait pioché dans la réserve de sa mamie pour neutraliser ses victimes. Le thérapeute référent de Marie-Ange Vasquez n'avait plus de nouvelles depuis six mois, cette période pouvait correspondre, d'après l'examen préliminaire de l'équipe du légiste, à la date de sa mort. Soit deux mois avant le début de la série de meurtres. Certainement l'élément déclencheur. L'autopsie permettrait d'identifier la cause du décès ; le psychiatre avait précisé qu'elle était également suivie à l'Oncopole pour un cancer des poumons métastasé.

À leur arrivée, guidés par la commandante, Park et Silas ont inspecté la maison. L'habitation insalubre semblait à l'abandon depuis des mois, croulait sous la poussière et les toiles d'araignées, à l'exception de la salle de bains de l'étage. Claire l'avait même utilisée durant la nuit, des serviettes mouillées étaient étendues sur une tringle et une odeur de savon embaumait encore la pièce carrelée.

Toujours stupéfaite par ce twist final, Sandrine

attend dans sa voiture, stoïque. Elle a du mal à réfléchir. Elle ne sait pas quoi penser de toute cette histoire. La représentation qu'elle s'était faite du *Baba-Yaga* ressemblait plus à une montagne de muscles. Un homme, rustre, fruit d'un inceste. Un expert en arts martiaux, militaire traumatisé au front. Un ex-détenu ou un ancien patient d'un hôpital psychiatrique réputé violent. Pas à une gamine bon chic bon genre !

Réfugiée dans la Toyota, au milieu de l'effervescence policière, Sandrine éprouve une sorte de déception, de désillusion quant à la nature de son adversaire direct. Tout ça pour ça… Décidément son boulot lui en fait voir de toutes les couleurs, le Mal jaillit de n'importe où. Surtout de là où on s'y attend le moins.

Songeuse, elle imagine Claire affublée de son sweat noir à capuche – celui dans lequel on l'a retrouvée –, traquant ses *patients*, hissant leurs cadavres en serrant les dents et en se bousillant les lombaires. Appliquant les stickers adhésifs sur son ambulance, fixant les gyrophares amovibles, une nouvelle plaque d'immatriculation. Fuyant les scènes de crime, sirène hurlante, sans que – paradoxalement – personne la remarque.

En son for intérieur, elle maudit *l'oncle* de Luka pour avoir assassiné Claire Vasquez dans le garage de ses parents, mais surtout pour l'avoir privée, elle, Sandrine Poujol, d'une arrestation en bonne et due forme, d'un retour triomphal à l'hôtel de police, d'une confrontation finale dans une salle d'interrogatoire où elle aurait pu lire à travers les yeux du *Baba-Yaga*, comprendre ses motivations, la noirceur de son âme, avant de l'écrouer pour le restant de ses jours. En assouvissant sa vengeance, il lui a volé son heure de gloire – bien que Sandrine n'en ait cure –, il lui a surtout ôté la satisfaction d'avoir mené à bien quatre mois d'enquête éprouvante, la fierté du travail achevé, le sentiment d'avoir rendu justice au lieutenant Chloé Castagner.

On cogne à la portière.

Sandrine s'extrait de son pot de yaourt. Engoncé dans un long caban, les cheveux décoiffés par les bourrasques, la barbe et les sourcils mouchetés de neige, le commissaire *Gandalf* la surplombe.

— La voie est libre, tu peux sortir, dit-il d'une voix douce.

Sandrine s'efforce de sourire.

— Écoutez, commissaire, j'avais de bonnes raisons de…

Il l'arrête d'un geste de la main. Ôte la pipe de sa bouche et pointe l'inspecteur de l'IGPN, *Gollum*, qui s'entretient avec Silas et Park sur le seuil de la ferme.

— C'est avec lui que tu verras ça.

Sandrine opine.

— Elle était sous notre nez depuis le début, soupire-t-elle, dépitée.

— Tu ne crois pas si bien dire. Je suis passé à l'IML avant de venir. J'ai vu le corps de Claire Vasquez. Son visage. Et figure-toi que je l'ai reconnue. Si l'on fait abstraction de la perruque, qu'on l'imagine avec une tonne de maquillage et des lentilles de contact différentes, c'est elle qui a témoigné lors du sixième meurtre. C'est elle, Sandrine, qui nous a décrit le physique inventé de toutes pièces de Baptiste Bagaievski.

Sandrine tombe des nues, abasourdie.

— J'ai passé quelques coups de fil sur le trajet, poursuit le commissaire en inhalant sa fumée. J'ai réussi à joindre une des anciennes formatrices de l'institut de formation en soins infirmiers où Claire Vasquez a fait ses études. En réalité, elle a été virée pour des cas de maltraitances répétés durant ses stages.

Apathique, Sandrine acquiesce, le regard vague, perdu vers *l'antre* et son lot de monstruosités.

— J'ai eu aussi un type des impôts. Oui, un samedi, ce n'est pas une blague. La société d'ambulance de Claire Vasquez n'a fait aucun chiffre d'affaires depuis des années. Son entreprise était devenue une couverture. Qui se méfierait d'une ambulance ? D'une ambulancière, de surcroît ?

Une rafale de neige terrasse la ferme. Telle une Esquimaude, Sandrine tire sur les cordons de sa doudoune ; la capuche mauve gobe son visage de marbre. Elle grelotte de la tête aux pieds. Comme si le froid n'avait aucun impact sur lui, *Gandalf* énumère ses infos, inflexible.

— Dernière chose : j'ai envoyé le groupe 2 au camp du petit Luka. Il nous a fait un plan, on voit bien où il est. Son oncle n'est pas du tout son oncle. Il est bien connu de nos services. La brigade des mœurs pourrait te parler de lui pendant des heures. Il s'appelle Ivan Kocsis. Et il est fils unique. On peut ajouter le meurtre de Claire Vasquez à la longue liste de son casier judiciaire. Je peux te garantir qu'il va finir sa vie en prison, celui-là.

Sandrine observe le ballet des techniciens d'un air détaché. Elle n'assimile plus les paroles du commissaire. Son regard accroche celui de *Gollum*, qui patauge dans la gadoue neigeuse près du garage. Elle ne discerne plus cette lueur perfide dans les yeux de l'inspecteur de l'IGPN. À présent elle croit même y lire une forme de respect. Contre toute attente, il lui adresse un bref signe de tête. Sandrine, pas rancunière, lui répond en secouant ses mentons. Elle n'éprouve plus d'animosité envers lui. Il y a quelques heures encore, elle fantasmait à l'idée de prendre sa revanche, orgueilleuse, de se vanter, de lui balancer au visage : « On fait moins le malin, *Gollum*, je vous l'avais dit que je l'attraperai ! » À présent elle n'en ressent même plus l'envie. Le dénouement inattendu de l'enquête l'a tellement ébranlée qu'elle ne lui en veut plus. Elle est trop lasse pour cela. Trop troublée. Là, maintenant, avec ses talons plantés dans la neige et ses jambons frigorifiés à travers les collants, elle souhaite juste rentrer chez elle.

La voix grave du commissaire tonne à nouveau :

— Tu vas être mise en congé d'office, Sandrine, en attendant le résultat de l'enquête de l'IGPN. Repose-toi. Tu passeras lundi matin pour signer les papiers.

Sandrine hoche la tête, une mèche cuivrée barre son visage joufflu.

Gandalf lui caresse affectueusement le bras puis part rejoindre Silas et Park.

Sandrine erre dans la cour de la ferme comme une touriste, déboussolée, sous la pluie de flocons.

Une voix l'interpelle dans son dos.

— Commandant Poujol ?

C'est le procureur de Toulouse, *Voldemort*.

— Comment allez-vous ?

— J'ai connu mieux.

Le seigneur des ténèbres, les mains enfouies dans son trench-coat noir au col relevé, opine d'un air grave.

— Sale histoire. Vous avez fait un boulot impressionnant, dans tous les sens du terme. Personne n'aurait pu le prévoir.

— Non, personne.

Le procureur contemple la campagne ensevelie sous la neige, soudain songeur.

— Vous êtes un bon flic, Poujol, n'en doutez pas. D'après mon expérience, mon petit doigt me dit que votre carrière ne s'achèvera pas devant cette ferme sordide. Vous aurez une seconde chance. À vous de ne pas la gâcher.

— Oui, monsieur. Merci.

— Vous aurez appris une leçon, aujourd'hui. La fin ne justifie pas toujours les moyens. Tâchez de ne pas l'oublier, à l'avenir.

Il demeure pensif un moment. Puis :

— Cela dit, moi aussi j'ai appris une leçon, aujourd'hui.

— Laquelle ? demande Sandrine, surprise par le timbre fébrile, vulnérable du procureur.

— Dorénavant, j'écouterai davantage les médias. Ils avaient raison, en fin de compte, avec leurs histoires.

— Pourquoi dites-vous ça ?

— Parce que dans le conte slave, le *Baba-Yaga*, c'est une femme.

Composé et édité par HarperCollins France.

Achevé d'imprimer en février 2021.

CPI
BLACK PRINT

Barcelone

Dépôt légal : mars 2021.

Pour limiter l'empreinte environnementale de ses livres, HarperCollins France s'engage à n'utiliser que du papier fabriqué à partir de bois provenant de forêts gérées durablement et de manière responsable.

Imprimé en Espagne.